· 文脉中国散文库 ·

风月留痕

李福寿 / 著

中国文联出版社

图书在版编目（CIP）数据

风月留痕 / 李福寿著 . -- 北京：中国文联出版社，
2017.9（2023.3 重印）
ISBN 978 - 7 - 5190 - 3118 - 3

Ⅰ.①风… Ⅱ.①李… Ⅲ.①散文集—中国—当代
Ⅳ.①I267

中国版本图书馆 CIP 数据核字（2017）第 240454 号

著　　者　李福寿
责任编辑　郭　锋
责任校对　李佳莹
装帧设计　中联华文

出版发行　中国文联出版社有限公司
地　　址　北京市朝阳区农展馆南里 10 号　　　邮编　100125
电　　话　010 - 85923025（发行部）　　85923091（总编室）
经　　销　全国新华书店等
印　　刷　三河市华东印刷有限公司

开　　本　710 毫米×1000 毫米　　1/16
印　　张　15.5
字　　数　286 千字
版　　次　2023 年 3 月第 1 版第 2 次印刷
定　　价　78.00 元

序

男人的文风

/ 叶继宗

阳春三月，收到李福寿先生寄自厦门即将付梓的文稿——散文集《风月留痕》。我被这一充满韵味的书名吸引，仿佛置身于四时如春的厦门岛，耳畔响着鼓浪屿的涛声，见到一个浪迹四方的人生搏击者。有朋自远方来，不亦乐乎。我与福寿是忘年交，在我心目中，他是一个有个性、聪明的小伙子。他远离家乡在南方创业，我们20年没见面，今天读到他的文集格外亲切和激动。这一篇篇散文，是他一段段人生经历的记录，是他心灵的歌声和灵魂的呐喊，洋溢着生命的朝气、艺术的大气，非同凡响。

《风月留痕》是一部大气的男子汉散文集。我知道用性别划分文体欠妥，也是对文学的不恭。笔者称其为男子汉散文，是指它的灵性和内涵。有学者称散文是"自我"的文学、"个性"的文学和"灵性"的文学。我认为散文在一定程度上可称作"私人化"文体，品散文就是品人，品读作者气质、性格、生活和生命。

文集的作者称此书是"咀嚼时光的记录"。对某个人来说逝去的时光，回头看来就是他的人生一段经历。人生如旅途，"人生就是一段段旅程的组合，一段旅程结束也是另一段旅程开始。"周而复始，从出生到离世完成他的人生全部旅程。

《风月留痕》中大量的文字都是作者生活的记录，直面生活，贴近生活，经历人生一个又一个驿站，酸甜苦辣，感慨万端。文如其人，从文集中读者可以看到一个追求幸福，热爱生活，勇于担当，充满乐观，永怀感恩，力求务实，有底线的男子汉形象，其光明磊落的精神人格，顽强拼搏的人生态度，豁达拼搏的处事风格，令人敬佩和感动。

文集的开篇《太阳》，作者满怀诗情对太阳诉说："在这个世界，看你第一眼，我眼前光华灿烂,我的心好温暖。"这是对太阳的礼赞、光明的追求。太阳朝起夕落,"我计算着时间,若能化作一缕轻烟,托我痴迷的灵魂向你飞升,我愿熔化在你灼热的怀抱,给世界增加一份温暖和绚丽。"一个虔诚、无私追日者的形象,一个真正男子汉的形象出现在读者面前。《太阳》一文,奏出了《风月留痕》的主旋律。面对太阳的联想,"发现、体悟、品味周围的幸福,创造成就圆满幸福的人生"。《太阳》一文是男子汉的人生誓言,也是文集的主旨。文集中多次谈到幸福,谈到他对幸福的理解和追求。他从云梦到厦门是为了追求幸福,往返于厦门、北京的打拼也是为了获得幸福,但他不是为了高官厚禄,出人头地,他的幸福观是"做个心地善良,生命健康,自由潇洒,生活平静的普通人"。他还认为人不能身在福中不知福,要善于创造幸福,发现幸福,使人生更加圆满、美好,"短暂人生,既要不浪费时光,不缺少快乐,不错过幸福,更要主动乐于发现,强化。不缺少发现的智慧,才能在当下剪下美好时光,度过人生没有遗憾的旅程。"这种幸福观很实在、全面,但非轻而易举获得,要达到这种境界的幸福,要有理性和努力,这才是真正男子汉的幸福。

男儿不是无情汉。文集中有多篇文章表现福寿浓浓的乡情、亲情、友情。故乡是他抹不去的情结,无论他离家多远、多久,故乡是他重要的精神家园,他赞美家乡,眷恋乡土。《吾云吾梦》《记忆的青苗》《府河清梦》《一梦还乡》《童年夏梦》……云梦是他生于斯,长于斯的故乡。他想云梦,思云梦,终生系怀云和梦,故乡与他永不离,所以他把当今在厦门的居所称为"云梦山房"。同时,他的故乡观也表现出男子汉的大气,他认为"你身在哪里,乡就在哪里"。男人四海为家,这种故乡观也非常现代。散文中作者浓墨重彩地赞美他至今落户20年的厦门,他爱厦门的天、海,一草一木,在他心目中"地球上再没有第二个比厦门更适合我生活、工作的地方",他与厦门有缘分。

羔羊反哺,血浓于水。文集中有多篇文章对父亲、母亲的思念、感恩,《我与父亲》《梦中月圆》《在父亲肩上》《我的麦芽糖》《你总是怕我不甜》……这些文章字字情深意切,读着感人泪下。母亲用糖水把他喂大,"她总是怕我不甜",母亲给他的甜总是不期而至,母亲煮的香喷喷的糖水荷包蛋至今不忘,纯真的母爱,慈祥的乡村母亲形象出现在读者眼前。在此我还要说另一篇《住在深圳的"妈妈"》,不是亲妈胜亲妈,是作者敬爱的妈妈,一个新加坡的爱国华侨,她以大半生才华和精力在泉州创办了一所大学,为祖国教育事业做出了卓越贡献。老人的"做人做事,只做不说"的品格为作者所深深敬佩。文章中还有多篇文章写他与"二姐"、儿时伙伴,以及他的学生的文字,同样感人至深。

男人走四方。第三辑"三两屐痕"多是游记散文。他酷爱旅游，每到一个地方都留有记忆、感受、脚印，故有的性格、激情、领悟，寻幽探微，拥抱自然，聆听自然。《土楼闲话》非闲话，见证百年前闽西土楼，见证一个姓氏、家族的繁华烟云。今日土楼老矣，后人一代不如一代，但仍然靠山沟风光啃老……作者发出"我只是不知道什么时候能有新的故事，开启新的历史，光耀一个氏族新的门庭"的感慨；《古镇门风》，从不同的门，品味人间辛酸，窥见历史的脚印；《见识贞节牌坊》，从未见过牌坊，从小就听过"当婊子立牌坊"的歇后语，今日作者从屏南的一个牌坊故事，发出在贞节牌坊的笼罩、威压下，以柔弱的肩膀扛起家庭重担的寡妇，她们远比豪门贵妇贞洁得多的感叹和敬重；《帝都飘影》，作者重游古都西安，面对成为历史的繁华遗迹，终将归于沉寂、回归尘土，他飘啊飘，认为发思古之幽情，纠结于原本虚无的一切毫无意义，在此他提出了一个人生哲理的命题。这些记游散文，不仅记叙细腻，描写逼真，使你身临其境，大饱眼福，还能给你人生启迪。

男人要讲"真"。读罢文集中通篇文章，我感到一个"真"，男人要讲男人话，那就是真话。文章中没有假大空的废话，没有故弄玄虚的鬼话，更没有虚情假意的无病呻吟。作者专注于至真、至诚、至性，以心灵深处的感悟，展示身边丝丝缕缕美好真情，他对人真诚、宽容、友善、乐于助人，对自己也柔和豁达，真情流露，毫不做作。文集中虽写自己的经历，但作者将"小我"融入自然环境之中，启迪生活深处的处世哲学，以犀利的目光洞察人生，赞美自然，用真诚的态度写人生的真、善、美。

读罢文集，我被一股浓郁的激情支配着，这种激情缘自作者心中的激情，文章本身的激情。加之文字率真自然，感情质朴、真实，直述胸臆，扣人心弦。

最后啰唆一句，一部男人的散文，男人有男人的脾气，福寿的性格是直和真，快人快语，自然有时在行动中、语音里露出偏激的毛病。如《说商》，"商，真不是个东西"，《一生只读一种书》，虽然是实话实说，这只是他的一己之见，我想读者诸君会自己思考。

文章贵在品位，品位更在人品，《风月留痕》袒露了作者美好的心灵，展现了拼搏者的足迹，我与读者诸君一起品味书中真谛，分享人生追求的乐趣。

给人新著作序，对我来说，是件很难的事，福寿诚意要我写几句，我只是先睹为快，写点读后感受，一是与多年未见老友谈心，同时也是请教八方大家。

是为序。

丁酉年仲春于董永故里

自 序

　　功利成了驱动社会的主要动力，这个社会雾霾很重。许多人过得都很疲累，但我在自己的天地里轻松着。全世界似乎都在为谋求结果而奔忙，而我在活着的过程中咀嚼每一刻珍贵的时光。这本书，就是咀嚼时光的记录。

　　我厌恶泛滥成灾糟践灵魂侮辱智商的歌功颂德、大而无当、互相吹捧、教授奸宄、虚情假意、空洞无物、漠视平凡的垃圾文字，那些毫无底线地引诱、蛊惑，鼓噪权欲、利欲、肉欲而漠视灵魂净化的所谓文学作品在我眼里全是垃圾，那些沉溺于社会雾霾而不能自拔的所谓作家们被利益蒙昧了心灵，他们很彻底地堕落了，甚至无法干净地活着。鲜有不屑于为名利去取宠权贵、市侩的良心写手。以上天的好生之德，我无比同情、怜悯码字圈那些趋炎附势、追名逐利、无度腐化的苟且之徒，极少数我还无比厌恶。为了梦寐以求的功利结果，他们出卖灵魂、浪费青春、磨蚀生命，这个过程有多么痛苦只有他们自己知道。在我看来，这个世界的任何结果，都是重新开始；任何结果都是死亡或垃圾。我轻看结果重视过程，乐于享受自然、人群包括风雨雷电、喜怒哀乐、起落坎坷的所有过程。因此，我珍惜分秒，看护灵魂，品味过程，自娱自乐，沉浸在与亲人、朋友、同事无比良善（我喜欢这个词）的工作、生活过程中，过着有滋有味的良善日子。记下一些打动我的过程，目的也是为了让这个过程更美好一些，以期驻留精彩，取悦同好。

　　到2017年，我落户厦门整20年。一个云梦人，成为厦门人，远离故土，漂泊异乡，这似乎很孤独、恓惶、忧闷。于我却不然。我不知道我的祖上乃至祖上的祖上到底来自哪里，至少，"入秦为禁苑"的云梦不可能是我祖上的发源地。其实很多人都一样。哪有什么故乡？哪里是故乡？很多自认的故乡不过是某一代人暂时的休养生息之地。你身在哪里，乡就在哪里。或者说，你能全身心融入哪个地方，哪个地方就可以是你温馨的"乡"。那些骗人伤情的故乡之论不过是文人墨客无病呻吟闲说愁的做作而已，原本毫无道理。身在此处，心想别处。身在当下，心却虚空。这是什么行为？这是浪费和糟践身边美好的行为，这是得陇望蜀、这山望着那山高的贪婪行为，这是给自己储存遗憾乃至痛苦的行为，这是漠视和荒废过程等同自戕的行为。不是及时行乐，也不是孤傲自私者的闭关自守，而是以一种感恩自然、感恩父母、感恩亲情友情、感恩周遭一切美好的纯净心态，成为与当下和乐相处的良善元素，与当下融为一体。本文集"二三碎片"中有多篇感恩、感性、至真至诚的文字。

上天对我不薄，人生如此多情。厦门的美好给了我无比清晰、丰富的灵感。亚热带海洋性气候令所有山海草木风光人物都十分滋润、旺相。只要有心，只要留心，时时处处，涓埃纤毫都显得那样充沛青翠，那样激情迸发，活力四射。在一个四季如春的所在，在天风海涛和碧绿的鸟语花香的背景上，烈日无炎，寒风不冷，惊涛不躁，枯叶不败。晴有美丽厦门蓝，雨有朵云太阳雨。即使是每年数度的貌似暴虐的过境台风，也在抑扬顿挫中摧枯拉朽，淘汰残花病树，促进除旧布新。在我当下的工作生活状态中，我以为，地球上再没有第二个比厦门更适合我工作生活的地方。在我眼里，厦门不仅十分美好，而且十分性感。山河湖海，万千植物，人文景观，风土人情，成就了厦门勃发少女一般的青春焕发，姿态迤逦，温情脉脉，情意盎然。于是，于我而言，一粒石、一兜草、一棵树、一片叶、一朵花、一丝新鲜空气、一息畅快的呼吸、一片蓝天白云或一阵风雨雷霆，一切上天赐予的有形无形之万物，都令我无比珍惜，由衷感恩。它们能在一个我感知尚敏感健全的时间点与我不期而遇，都不是一般的缘分。正如古希腊哲学家赫拉克利特所言："人不能两次踏进同一条河流。"所有的遭遇都是独一无二无法重复或再来的。失去即结束，过去即死亡。由是，本文集中的大量文字，都是于平凡生活中紧扣当下秋毫、咀嚼转瞬即逝之美好的文字。求真、求实、求细、求复原美好而力戒空洞无物虚情假意。其中，尤以"一孔风月"题下大多数篇目浸淫着厦门各样的性感和美好。

男人就要说男人的话，假大空话套话客气话都是废话。写文章也许不能直奔主题，做人、办事、说话却不应含含糊糊语焉不详，而要尽可能不玩雕虫小技速达主题不留枝蔓。在纸质媒体日渐式微网络媒体如日中天的今天，大家都习惯快餐式阅读，所以我的文字在追求准确、优美表达的同时，务求实话实说、能简则简，直抒胸臆，自成性情散文一派，读者诸君可任意臧否，随意挞伐。

李福寿

2017 年 3 月 4 日于厦门云梦山房

目录
CONTENTS

第四辑 零星短长

第一辑 | 一孔风月

太 阳

在这个世界，看你第一眼，我眼前华光灿烂，我的心好温暖。

我期待。

早晨，经过一夜梦的清洗，你圆润光鲜，跃出我的地平线，给我镀一层明媚。你怎么那么小气呢？仅给我一瞬温馨，就悄然隐去。

好厚好厚的云，好难挨的时光。

我守候着无数时间的起点，孤独而无望地等待。

我计算着时间。若能化作一缕轻烟，托我痴迷的魂灵向你飞升，我愿熔化在你灼热的怀抱，给世界增加一份温暖和绚丽。

我默默在云层中搜寻，每天都一样。云太多太厚，经常有飓风、暴雨，伴随滚雷。能注视你一眼的机会太少，尽管一眼就足够了。

你四射的光令人无勇正视，你不觉得孤独吗？

黄昏的时候，在我另一边的地平线，我终于又看到了你的情影，你就要归去。从你明丽的脸上，我读到了你旅途的疲惫，你这一天的经历与昨天完全一样：一切离你还是那么遥远……

同昨天一样，我们相对注视，默默地，你给我一朵动人的微笑，仅一眼，就要消失在我的地平线了，我泛滥的思念燃烧成漫天红霞。我很清楚：虽然我们同属于宇宙，可是我们都不自由，我们很难相互拥有。

你就要归去，时间为什么不凝固呢？

我酸泪涌流。

我们虽然同处于拥挤的宇宙，但是，你是恒星，我是行星，我永远只能悄然沐浴你的光辉，养育我的生命。

日复一日，年复一年。我们一直相视无语，互赠一抹醉人的眼神，浇灌我们的思念，肥沃我们的爱。

这个故事的开头是渴望，结局是无尽的思念。

吾云吾梦

云里，梦里。云居天，而梦沉于迷……感谢祖先，感谢父母，将我生在一个叫云梦的地方，让我一世云梦（"云"在古汉语中是"说"之意）。云里梦里，我想云梦，做云梦，云之梦，云里梦，云上梦，云中梦，云下梦，终生系怀云和梦。

那是怎样的境界？无论阴晴，亦无论春夏秋冬，空际迷茫，花香飘溢，林涛呼吸，百鸟和鸣，绿色环绕，视野空蒙……

没错，这是一所山野小屋，就是那种遁入自然深处的理想居所，一个可以命名为"云梦山房"的居所，——我的夙愿。落户厦门之后，深陷城市纷繁嘈杂的生活，每天经受噪音、塞车、空气污染的磨炼、考验，即使是在全国环境质量排名靠前的厦门，我这个理想变得似乎越来越虚无缥缈、遥不可及。

于是，很多缥缈的云，很多恍惚的梦，无论白天、黑夜，亦无论坐卧行止，常不期而至，敲打我日渐淡定的心神和越来越坦然幽深的思绪。——梦来敲门，是不是一件很美妙的事情？

于是，在梦中饕餮、挥霍那些富裕到一生受用不完的记忆，便成了我日常最安详、幸福的心灵运动。

我幼时静谧而色彩丰富的故乡，赤足甚至赤裸奔跑过的泥泞小路，我挑过猪草的原野上起伏的田畴畈角、我摸鱼抓虾的小河、我每天上学必经的古老石拱桥、我夏日成天泡在里面的清澈塘堰、我抓过鳝鱼的荒草淹没的田埂，还有村头圆而大的石碾，隐现小村的楝树林，惊醒酣梦的喜鹊、八哥吵闹，我在里面长大的九柱十一檩的老屋，梳林撞墙的东南西北风……

成年后，我曾随村里的青壮劳力到故乡北部徐家河水库工地维修干渠。那里蔓延的山冈、雄浑的松涛、裂山嗷岩而出的清清渠水，乃至驻军山顶营地空场上高挂的电影银幕，尤其终日不绝于鼻翼的松香，都成为我终生不会丢失的记忆。

于是，痴人说梦般，我一直固执地要求自己在无法远行的老年，找一处可以遁迹林海的小屋终了残生。这间小屋离闹市很远，离生活很近，与繁华隔离，与自然亲密。可以无须太大，够住；也无须奢华，甚至可以看上去土气；尤不用现代，最好类似我幼年时的土墙黑瓦。但一定要高，可俯瞰天下……

这简直是不可实现的奢望。很多时候，我安慰自己，云里梦里，是痴人的专利。我就是那个痴人，就是那个私下里乐于自说自话、痴人说梦的人。做不到，想想也不错，云里梦里，想一想，梦一梦，也是享受。

华丽因财力沦陷，精神被物质绑架。现代都市人的精神世界大抵如此。在云与梦的挣扎中，我既不愿像阿Q一样自慰，也不能如肉猪般麻木。在云与梦的照耀下，既然丑陋而奇臭的粪土可以助力千里沃野，令绿洲更绿，鲜花更艳，世俗的财货为什么不能被我们这样努力与这个世界和谐相处的人所奴役？

寻寻觅觅，等待期待。终于，我在厦门位于五老峰主脉的植物园万石山半山腰密林边，有了一个小小的两居室，处最高层，有个与住房面积相等的露台，站在露台上，不仅可以聆听风涛鸟语，观赏百万奇花异木，还可以伸手摸到山上绿叶，摘到龙眼、桑枣一类果实（我是规矩人，不会乱来）。与闹市隔着植物园、铁路公园，看得到中山公园、筼筜湖、仙岳山，抬腿就下山，进铁路公园，走过一条小街，然后进入虎园路或文园路，去中山公园或火车站。而地铁一号线的将军祠站，就在山下，直线距离不到500米。附近还有一个规模相当大的古玩市场。

说内心话，我喜欢厦门，但并不是喜欢厦门所有的地方。可以这样表达：在地球上，我最了解并最喜欢的城市，是厦门；在厦门，我最喜欢的是厦门岛；在厦门岛，我最喜欢的是植物园；在植物园，我最喜欢的就是我的家了。

这是我平生第一次在城市走进自己拥有独立产权的房子，虽然依然在这个地球上没有一寸属于自己的土地，但在地球上，在一个地球上还算不错的城市，我有了可以安逸乐居的空间，安下了云梦、安心云梦，足矣。

云梦，吾云吾梦。云梦山房，我云，我的云；我梦，我的梦。我情系我的山，我的林，我的诗，我的文，我的家。

夜坐中山路

我没出过国。一位出过国的朋友对我说，厦门中山路有欧陆风情，尤其是当其成为步行街之后，这种特色就更加得到了彰显。

哦，这就是欧陆风情，原来，住在中山路，就是在享受欧陆风情？这本该算是我意外的收获和享受，但我忽然有了怪怪的感觉。因为在没有这感觉之前，我对中山路的感觉是一种带有自豪感的纯然的舒适、人性的温情。忽然掺进洋派的感觉，反而让人觉得这街、这景、这感觉，仿佛是买来的甚至是偷来似的，很不自在。我得调动我豁达包容的大同心，权当在自家门前梦游洋派的街景。

我经常会在闲暇的黄昏，在那轮黄黄红红的大太阳在中山路尽头鹭江道对岸的鼓浪屿日光岩后沉下去时，走进中山路。那时，那轮太阳几乎撑满整个中山路的街头，忽闪着，在周围云翳的燃烧下，灿烂辉煌地隐去它火红的圆脸，作别鹭江道悠闲的车流、人流和鹭江上满载的渡轮、搏浪的舢板和翻飞的白鹭……

最迷人的，还是华灯初上的夜晚。坐在那些给游人提供休闲食品和时尚饮品的木屋旁茶座台上，看大街上那些悠闲地熙来攘往的同胞和偶尔夹杂在里面高个子大鼻子洋人，一种"活着真好"的质感油然而生。作为一种存在、一种感知、一种参与，幸福的人们在你的眼里鲜活，而你在幸福的人们之中端坐。没有哪一种感觉能比得上跳出自我意识的圈子，跃上夜空，站在繁星密布的薄云上，看夜色中的中山路，看和美夜游的人群，看自己温和旷达满足的情景……

无法言述啊！满街霓虹灯汇成流光溢彩的河流，满街笑脸洋溢的人们亲切闲适，满街轻松悠扬的背景音乐……在民俗雕塑的点缀下，在泥人李画像张歌唱洪等民间艺术家的烘托下，在缤纷店铺的簇拥中，直排轮小子在人群中飞行穿梭，孝顺的儿女们推着轮椅上白发婆婆，热恋的情侣在街边花坛旁的条椅上相拥私语……此时此刻，每时每刻，这里发生的一切都是和谐和温馨，是富足和惬意，再没有比生活在这样一座城市、这样一条街道、这样一群人之中更为满足的事了。

听 春

就像徒步跋涉久了会喘气，连续攀登几座山头会出汗，凉爽的初春，舒缓畅快地漫步到仲春，太阳终于把万物煽情到汗流浃背了。山峡斜出的缕缕清风可一时松弛热度的缠磨，却远不足以消弭空气中的暖热。头上灌木的叶苞和山坡上大大小小的花蕾拍打着黄亮亮的日光，拍着拍着，张开了嫩弱的叶片，开出了五色花朵。鲜亮的日影透射到山坡上，树影花影清晰地在山坡、山峡漂移。青草和灌木嫩叶的青涩与各种花香氤氲在湿热的新鲜空气中，各种鸟、虫、蛙或者蛤蟆的聒噪合奏出静美的曲调。

带一把杏仁，两三个馍，七八颗红枣，上十粒核桃，二三两烧酒进莲花山，把这百十来斤扔进大自然，去亲近讨好万物，用一天的时间听春，我想是件美事。地点当然要讲究：出离城镇，远避尘嚣，到人迹罕至、山水丰沛、林木葳蕤的所在，……那些遭受过多搅扰的所谓景点是不相宜的，那样碧海绿谷的丰茂甚至人为修饰的完美，只适合满足财货贸易般的购买欲望，也许耐看，却断然不适合听这样纯然的物事。

正如一场正规音乐会上演，不能有半点差池，容不得丁点儿杂音，听春须杜绝任何人为的嘈杂之声，而一任自然界万物磅礴、细切、委婉、悠扬、呼啸之声自如地起承转合。就连我的喘息、我踩踏山坡枯叶腐土的咔嚓之声都是多余……

沿一条小溪弃路进山，没入丛林，上山攀崖，溪上有洞，洞上有瀑……这个春一直很少雨水，山脚下一泓泉流涌出，山上裸露的岩石成崖成台，层层跳跃投涧的溪流很清瘦，崖台口泻下的是瀑或者线，宽窄粗细混杂，断流的山崖，鳌黑的湿迹映着阳光，泉水顺无数须垂的枯草沁下，在草尖结珠，一颗颗有节奏地悠然下滴。山中密林间，轰然、哗然、潺然、淙然，叮咚之声，上上下下，此起彼伏，婉转回旋，涓埃汇流，可见满山到处都是山下小溪的源头。偶有黄雀、麻雀、或山鸡被我惊飞，成双的落单的，或掠过山涧，或缘溪而上，叽叽喳喳投入密林，只有喜鹊、八哥之类，比较胆大，仿佛迎接客人般，随我缘溪攀登的脚步，不断升高它们的落脚点,似引领我的脚步,抒发好客的喜悦,满怀导游推介景点的自信。

渐近山顶,洞尽于一洞,洞含一潭。一汪墨清之水漂浮着几片新落的树叶,镜子般倒映着周遭的山林和天空。潭水静谧,垭口几乎点滴不出。却没有上山顶的路,只好在平坦干白的潭边岩石上席地而坐。这时候,就着囊中坚果,平心静气聆听春天隆重恩赐的风声、水声、叶声、鸟声、虫声、蛙声,甚至霍然草木拔节、骨朵献蕊之声,这大概就是人所向往的神仙境界吧。

居然一时云盖林暗,山雨欲来。林间朝我纷纷扑来些清甜松风的凉意,可远处山下明显云蒸霞蔚、阳光灿烂。这天气,一个春天都很少下雨,我一进山就要下雨,是特别优待我呢,还是刻意戏耍于我。不知道我就喜欢雨天尤其是山中雨天吗?在城市不打伞赤脚戏雨是我的最爱。我光溜的头皮对于清凉的雨点特别敏感,而曾经结满老茧的脚板也十分亲近城市平坦地面的清流,何况是如此纯净的山中。稀疏的雨点大大小小,粒粒筛下,仰面承接那甘露般的雨滴是跟老天最亲近的交流呢。我寻路下山,捕风接雨——一抹脸,满脸湿漉漉的,我居然不知道自己是怎么睡着的。风旋山涧,天真的下雨了。进山时的些许燠热已被一扫而空,取而代之的是清凉的寒意,洞前碧潭因山上雨水注入已然浑浊如乳,浑黄的潭水飞泻山崖,声洪如雷。

已是下午四点多,天空阴云密布,雨点豆粒般密织筛下,山涧风哮林暗,草木欢欣。风声雨声瀑布投崖入潭的轰鸣声仿佛交响乐最高潮的乐章,那声音、那风格,不像冬天那么尖厉、凄寒,没有夏天那么热烈、放肆,而只带着春天的清丽、委婉、豪迈,于冷静、淡泊中,摄人神魂,撼人心魄。

这场意外的不速之雨,恰好弥补了我此行可能留下的不足,——没有春风春雨之声,怎能算是没有遗憾地听春呢?

浮生之闲,须天意成全啊!

听 风

这是一个被台风"杜鹃"霸占的日子。只有雨，没有风；只有雨声，没有风声。准确地说，是雨声洪亮而风声细切。"杜鹃"难道就这样静静默默远道奔袭，低调而来？

城市楼群皆大开窗棂，倾听风雨，静观天地。远际迷茫，"杜鹃"东来的路水天一色，空蒙凄迷，它在太平洋上孤独彳亍。这个出生似乎就没有兄弟姐妹的孤傲家伙准备就这样绵里藏针，要大大地给天地万物好看？它是要像强盗一样一路掳掠而来，还是像顽童一样玩玩打打戏耍而来呢？迷惘中，我竟急切盼望它快快到来。静默许久。忽然，空中陡起一声尖厉的呼啸，城市楼群骤起噼里啪啦窗户被强行推开或关闭的爆裂脆响，漫天铁板一块的乌云霎时成为轮廓清晰的卷云、朵云、拉丝云，它们在昏暗的底色上拥挤、腾挪、翻滚，不断聚合成新的云块云朵，云与云重叠、碾压、推挤的缝隙里闪现出天空深处被严实遮蔽、控制的阳光。

大地上于是热闹起来。阵风没有规则地一波波猛烈扑来，像调皮少年玩弄巨大的蒲扇，把漫天接天连地的雨线扇斜扇乱，把满地湿漉漉的叶片、纸片等细碎杂物甚至瓦片、玻璃片卷起，裹挟成巨大的气团，翻滚而来，粗暴地推进街巷，灌进罅隙、角落。这确实不只是调皮而是疯狂了。山上、路边、海岸，那些苍绿的棕榈、老榕，都显出见惯世面的淡定，摇之舞之，俯仰之间，有见惯风景的从容、傲慢。

暴躁的出演持续约莫一个小时，风风雨雨弛缓下来，天空大地都喘了口气，松了口气。中央气象台消息：早上8点50分，"杜鹃"在福建莆田秀屿区登陆……风来了，走了。因为靠得近，厦门回旋的阵风依然强劲，天地迷蒙一色，雨不像刚才那样敲山打海如万马奔腾，而是麻麻喷喷如烟似雾柔曼飘落。风声渐息，剩下的，是屋檐、树丛渍水滴落下来敲打地面、石板、水池或玻璃或木板的嘀答声，轻重缓急，杂乱而似有节奏和章法。闭了眼听风听雨其实不比听音乐差。站在窗前，静观细听风声雨声，乐。

暖冬如春

似乎一直在期待，又或者与这气候一起在拒绝。冬这么凌厉的气候在厦门实在是太弱太没脾气也太没市场了。

厦门的冬天更像春天。阳光明媚、风和日暖。穿着单衣，披件坎肩，稍微动一动，微汗沁出。风扑在脸上，温温的，细腻柔滑，十分舒适。冷确乎十分难得。没有冷，我感觉徘徊在夏秋之季，一直没入冬，难道一定要把冬天错过吗？

这天下班回家，一进门，发现窗帘舞得好欢，扬起飘起扫起，桌上一只高脚杯已经倒了，差一点点就被扫地上了。尖风满屋回旋，东戳西戳，桌上原本叠好的报纸被抛撒一地。气温冰入肌肉里，有些锋利，欲入骨。救了酒杯，安抚好窗帘，将窗关小，于是，风声从霍霍到呼呼，再关小一点，就开始萧萧了，听起来越来越悦耳。烧好水，坐下来点香，放音乐，安顿茶器，泡茶。风在外面推窗撞墙，轰轰然，风力渐甚，萧萧声逐渐变得尖厉悠长，仿佛吹哨，那冷有些接近刀锋的刃口或芒刺的锋尖，加了件外套也无法顶住寒冷的刮割刺扎，只好不客气地将窗关严了，把风全堵在窗外，任凭它们在外面奔突、冲撞、咆哮。

茶香、沉香氤氲，音乐如清流潺潺流泻，与屋外风声应和。啜一口茶汤，尤觉室温冰冷刺骨，而茶汤香暖可贵，自觉有"叶公"之幽默。冬天没有冬天的样子，我似乎天天在盼望冬天冷出个样子冷出点气氛，而冬真祭出寒彻天地的法宝，这才稍微放点冷风，我就如此毫不客气地拒绝了，如此，说幽默都是客气了。

室外尖风凌厉，室内须加衣才可暖心安坐。寒冬，人们应该能看到自己呼出的雾气。家乡的冬天，一干人一起在寒冷刺骨的瑟缩中说话，呼出的雾气成缕成团，呼出消散，有吞云吐雾的韵致。但厦门的寒冬，似乎很难达到这种境界。我除了看到面前缥缈的香烟茶气，任怎么长吸慢呼，嘴前空明澈净，了无丝雾。

冬总算凛冽起来了，却带着些不彻底的春意。暖冬如春，得好好享受这盛满厦门温情的冬寒。

风　语

　　识风，无须水平，亦无须技术，唯需一种状态和心境。风，起于青萍之末，此古人欲识风之说。而风声，风语者，亦为识风尝试，奈何此风非彼风，一干人忙则忙矣，慎思之，却与风马牛不相及，唬人而已，实乃对风之大歪曲，大不敬。

　　风起于天地之间，回旋于山水村落城市之中，掀海洋怒涛，腾江湖细浪，呼山野渊涧，啸林莽叶枝，推波助澜，鼓壁奏穴，风风火火，洋洋洒洒，倾城而来，卷席而去，乃天地交泰之功，大气吐纳之力，台风飓风排山倒海，革故鼎新，山海泰然和之，于人间飞沙走石，摧枯拉朽，何不顺而从之，大呼快哉？

　　吾喜风，始于涉鹭江，穿鼓屿。彼时，初落鹭岛，流如漂萍，劳无功，生无依，居无所，卡无银，而窃喜携妻于鹭江道闻钟听涛，食风观潮，呼船唤鹭，忘其月日。尝百无聊赖，数乘轮渡往返厦鼓，了无他为，只为食风。东南西北，轻风狂风，往复回环，来者不拒，呵呵受之，大快朵颐。

　　是风，柔无骨，而抚心田；细无弦，而吟春秋；洁无香，而播百花；洪无度，而穿鳞隙。与宇宙同生，与天地同存，荡涤乾坤，平衡阴阳，上达九天，下及黄泉，携雷舞电，耕云播雨，种雪布冰，乃至飞沙扬尘，成台风飓风龙卷风，或为沙尘暴，盖成自然之和美而斥人类之贪婪，有生不辍，兆亿不息，小我一隅受之观之食之，有食风而肥之快。谅喝西北风之言出于识风者之口，今人屈用之，大谬。

　　故曰：

　　吾食风，

　　吾识风，

　　吾试风，

　　吾是风……

风岛赋

行走厦门岛，总感动于宜人的风。在丰满惹眼的绿色包围中，风无色无味，无状无形，却温婉可人，盈盈可握，细滑拂面，温凉有度，高唱低吟，尤宜穿山越岭，穿街走巷，听之受之，无比快意。

岛上，云顶岩、五老峰南北走向，仙岳山东西走向，呈"L"状，尤以"L"弯内最是养人。仙岳山前，筼筜湖玉体横陈，绿荫夹岸，石条路掩映其间，白鹭翩飞其上。五老峰侧，植物园、鸿山公园、白鹭洲公园、中山公园、海湾公园、铁路公园和"L"形山体上依山而建的若干隐于莽林山谷的山水公园，四季绿色丰隆，鸟语花香，无论寒暑，亦无论阴晴风雨，行走或奔跑其间，浴雨沐阳，食风食香，那自然天成的优美，随时随地，馈尔浓浓惬意。正是人行景中，景在心中。

又兼，"L"弯间，无论大街小巷，街随山转，路随岩弯，绿树遮蔽，起伏回环，行走其间，常有岩山在眼前身边突兀而出，大大小小，或高或低，大可自成小山，小可如石柱突出，俱有藤蔓植物或绿苔与其共生，圆滑则如巨球半埋，险峻犹似刀劈齐整。风啸山谷林间，街巷骑楼，人行其间，目不暇接。山涧之中，高崖之上，峻峭平整的岩面上偶有古人墨宝摩崖其上，笔画森然，洋洋大观。

厦门岛又名鹭岛、鹭门、嘉禾屿。海中有岛，岛中有海，岛旁有岛，岛中有岛。道路与公园植被覆盖率达90%以上，人与百鸟各有天地，和谐共生。密林深处，栖息尤众者，白鹭。这白鹭似乎也是喜风乐雨的。晴天丽日风平浪静之时，三两白鹭掠过水上林空，为寂寞的城市增添点灵趣。一伺风起云涌，风急浪高，无数白鹭倾巢而出，上下翻飞，巡游海上，停船或岩礁上落满白鹭，或伸颈观潮，或临风梳羽。风啊雨的仿佛俱为白鹭仪仗，大善其用。

行走岛上无处不宜。"L"弯内筼筜湖、白鹭洲周边、铁路公园、仙岳山、鸿山公园山顶、植物园。"L"弯外有环岛路、五缘湾。风绕岛上，林壑传响。水波滟潋，树舞叶欢。风飘起远垂的藤蔓、少女的裙摆、帅哥的长发、老人的银须……吹不动的，是古树、老岩、古庙、栈道，还有，我和我的光头……

识　风

在莎拉·布莱曼天籁般的歌声中,风从窗口涌进,鼓起窗帘,抚脸擦身,和煦着、绵延着,有种让人唯恐瞬间失去的缠绵。窗外,蓝天白云下,五老峰披着葳蕤而肥厚的绿。活着的、惬意的、陶醉的感觉纷至沓来,淹没我的肉身及意识。

我想,这应该叫作快乐和幸福吧,或者,这应该可以解释为快乐和幸福的一种。我是个头脑简单的人,脑子里大道通天,不喜欢走弯路,也极容易满足,每每有这样使我融进自然时空的机缘,总是很容易贪婪地抓住。那一刻,闭了眼,空了脑,放空一切思维垃圾,让肉体和灵魂化作烟,散成气,弥散或者飞升。

似乎有点点雨滴打在脸上,很凉,但清新,意识便被这雨滴砸醒、濡湿、出现印记、融进现实,伸手触摸风的肌肤和灵魂,每一根毛孔都能感觉到那风携着疏雨,播洒甘霖的欢娱,心空那股通透冰爽就呼之欲出。嗯,活着,真爽。

生活中,触摸风的肌肤的机会很多。法国著名雕塑家罗丹说:"这个世界不是缺少美,只是缺少发现美的眼睛。"幸福也一样,世界上从来就不缺少幸福,只缺少发现并抓住幸福的心灵。而之所以稀有这样的心灵,绝不是因为愚蠢或者聪明之别,只在于我们的心灵里挤进了太多杂七杂八的东西,从而挤占了心灵中发现幸福的空间,以至于即使我们被幸福包围着,也无法获得愉悦和快感。这样的心灵,是沉重而疲惫的,也是缺乏活力而极容易陈旧、衰老的。人生的意义,说到底是一个过程而绝不是一个结果。真要追求结果,都一样,富贵贫贱,无非都是死亡。生命消亡,感觉消弭,即使整个世界曾经属于他,一切也了无意义。那种欺骗人追求死后安宁或者极乐的教义实在是苍白而又自欺欺人。

让生命的过程通泰或者欢娱,只需要我们放弃那些被佛教教义称为"贪嗔痴慢疑"的东西。这是生命的智慧,也是通往幸福的捷径。

触摸风的肌肤,似乎认识一个有性格的人,宽容与豁达之人总是能体验到他的友好之处。风,不特别取悦于人,也不特别苛责于哪一个人。普天之下,莫非风土;率土之滨,莫非风臣……

秋风引

云朵爬满天空，阳光爬上窗台。到底是厦门一年中仅次于春天的舒适季节，风的柔和甜润可以比喻为婴儿的呼吸、少女的纤手、山涧的轻流……吹拂在脸上身上，很容易让思绪轻舞飞扬，心情愉悦躁动，起一种出位、放肆的冲动。

走出去，抬起头，仰着脸，你会发现，秋风有形。所谓"夫风生于地，起于青萍之末"，秋风生自山涧，起于秋水，回旋于平川，激荡于瀚海。在厦门，风自有其得天独厚的优势，更有其出类拔萃的施展空间。厦门岛酷肖莲花的花蕊，而其周边群山就是莲花的花瓣。在这些花瓣之间，是同安、集美、杏林、海沧多重直通大海的农业走廊，重重群山围绕厦门岛次第延伸至内陆，唯有东面直面大海，却又有台湾澎湖列岛和金门众瓣护之，使厦门岛完全处于绿叶与花瓣的呵护中。这时早已没了热度的秋风就很少长驱直入，而是带着山林绿荫的静谧、湖上碧水的清凉和海洋豪放的气魄，悠然而来，回旋往复，一步三叹，徐之柔之。

秋风"扫落叶"吗？不，那不是扫，那是送。叶已落而秋风送之，是秋风在做成人之美的功德，是秋风无私相送的至诚和柔情。叶之落原本是生命再生的必然，关秋风什么事呢？伤怀悲秋者把落叶的凋零、世界的萧瑟归咎于秋风，这真是一件最没有道理的事。秋风不来，那些在自然界临近生命终点的黄叶就不飘落吗？可见，拿秋风来说忧愁而拿春风来说快意是件大大不公平的事，"云想衣裳花想容，春风拂槛露华浓"，李谪仙写春如此情真意切，充满生机，但他写秋就难避俗套了。"秋风吹不尽，总是玉关情。"飒飒秋风，驱散不了他思念远方征人的愁思。"秋风清，秋月明，落叶聚还散，寒鸦栖复惊。"秋风秋月，这是何等宁静、清雅、酣畅的境界，但他偏偏赋予落叶、寒鸦这些也许正享受秋风秋月的生灵以感伤。可见，不懂从正面感受自然、感受人生的滥觞是古代那些文人墨客。

阳光明媚，空气清新，中山公园榕林浓绿欲滴，这绿堪比故乡仲春柳林之绿。不同的，是榕林的绿更深沉，更老到，更持久。如果把故乡柳林之绿比作青春少女，葳蕤、勃发、轰轰烈烈，那么，厦门榕林之绿则更像成熟而稳重的中年男子，含蓄、深沉、富有力量。秋风是榕林最好的伙伴，风入榕林，最享受的，莫过于坐或者躺在榕林间的石凳上，让秋风拂过肉体的每一寸肌肤，也梳理每一根品味生命、品味人生、品味生活的思绪。榕林的风声决不像故乡山间风入松林那么聒噪、那么震撼，有时甚至有些惊悚。厦门榕林的风声清幽、舒缓，犹如成熟男人平缓、舒畅的呼吸，有轻歌曼舞、飘飘欲仙的韵致，进入榕林的人也都受了这从容、稳健的感染，脚步轻轻、声音轻轻。

站在万市植物园的高处看看，你不感动都不行。环顾四方，绿色充盈的厦门，秋风过处，阴霾尽除、尘埃尽散，天是这样蓝，空气是这样清新。大自然是这样眷顾南方，眷顾厦门，难怪我等远乡人在此乐不思蜀了。

乡 雪

我知道，没有"乡雪"一词。

我这个词对应着家乡的雪景：那是被低低的黑云沉重压抑的山野，那是被白一统江山的世界。曲曲弯弯的小河，河床深陷丘陵，河面冻结，两岸起伏的山冈银装素裹，只有村庄，村庄里朝天赤裸支棱的树丫是坚硬、刺眼的灰黄。三两点人在雪原上张着两臂，踏着深雪麦人一样在风雪中艰难赶路。比较引人注目的，是雪地上三三两两或成堆成群紧张觅食的鸟雀和那些延伸到洼底坡脚的野兽脚印，有黄鼠狼、獾、田鼠……当然还有狗，很好区别。

故乡的雪景离我很遥远了。直线距离，千里之外；心理距离，恍如同时。

那条河上游叫碳子河，下游依其经过的村庄命名，什么杨家河、李家溪、吴家港……河不大，却有历史，春秋时叫寒溪。一条大路东西延伸，通过拱背石桥跨过寒溪。向东，在河岸援坡而上，坡很长，跨过梯田，到畈上，是一连串水塘，长堰、后塘、垆塘……这些水塘呈长条形，我的村庄就在后塘和大路的南边。雪如白蝗在风中劲舞的日子，大人集中在生产队的仓库打谷子。我们小孩就窝在家里烤火炉。是那种带拱把可提的瓦炉，用草火烧谷壳，上面覆盖一件旧衣服或者小孩隔尿的棉布片更暖和，不过时常有暖暖的尿臊气。

屋外雪纷纷，屋里暖洋洋。这样的日子，母亲、二姐待在家里纳鞋底，打毛衣，我在火炉里烤豌豆。烤豌豆是个技术活。火不能太大，也不能太小，这就靠吹。把草灰吹出红火，把豌豆整齐地排列上去，等待，豌豆会逐步鼓胀起来，闻到豌豆纯熟的香，就可以翻边了。这是最刺激的时候。常常，还没有来得及翻边，豌豆砰的一声爆炸了，于是浓香扑鼻。有时，豌豆会在夹它翻边的拇指和食指间爆炸，手指被炸，抖一下，不怎么疼。如果翻边及时，就有机会看到豌豆一个个在火炉中爆炸，雾气随草灰小小地弥漫，那时，就可以把豌豆一粒粒捡到嘴里连壳吃了。豆瓣松脆，味道粉香，会烫，但可以忍受，偶尔也会把口里烫出一个个水泡。

雪住，房前屋后已撮出路径，家家路径联通，路两边堆着厚厚的雪。风特别大特别冷，吹得枯树枝和墙壁的罅隙发出尖啸。泼一瓢水到墙上，不等流下来就冻成能照见人的镜子。后塘结满厚厚的冰，村里大人小孩都到后塘去滑冰。那时大家穿的都是实纳千层底的布鞋棉靴，直接踏在冰面上往前冲，借助惯性会滑出很远。拿冰块或石头敲打冰面，冰面会发出清脆尖厉的爆裂声，这边敲，那边响，很有趣。比较恐怖的事情当然是冰层不堪重负爆响开裂，从一点向塘对岸或东西两边远处辐射，这时，滑冰的人们会大呼小叫，小心谨慎地回到岸边，偶尔有冰破落水者，整出惊险救援的故事，没有生命危险，捞起来，送回家烤火就是。

我最喜欢跟在大哥哥们后面到野外推鱼。各家都有推网，长竹篙根部呈丁字形结一根横梁，渔网呈三角形结在丁字架上，破了冰，把网沿着塘底快速推下去，推到塘心，再麻利拖回，网底全是蚌壳、螺蛳、水草，当然也有白花花蹦蹦跳跳的鱼，喜头（白鲫鱼）、鞭子（鳊鱼）、鄌鲅、小虾……运气好的话，可以推到一斤多重的红鱼、草鱼。背着笆篓，扛着推网走在雪原上是件很爽的事。找水塘，破冰，推鱼。站在山冈顶四顾，水塘像一面面镜子落在高低起伏的雪原上。越是低处的水塘，鱼越多，因为这样的塘几年也难干一回。

很奇怪我们似乎从未到河里去滑冰、推鱼。也许是离水很近吧，也许野畈风头的河畔更冷。大雪簇拥下，冰封的河床异常坚硬，水浅处，冰至河底，搬起斗大的石头也砸不破。冰封数月，河里的冰化开动流是春天到来的标志。上学路上，我们曾敲开巨大的冰块做冰排，站上去顺流而下，好不惬意。

瓦火炉、千层底布鞋、棉靴、推网，这些东西早已成为古董，难以寻觅；乡雪，那梦一样逝去的日子，一直坚硬地镌刻在我记忆的褶皱里，闪耀着雪原的亮色。

秋　思

　　风没了。热包裹着生灵不动不摇，像控制，也像是保护。楼群边空地上那些绿树、那些花草，全停止了叶片的欢呼，耷拉着，睡着了似的，不知是在闭目享受静谧体味孤独，还是在闷热中等待秋风。这么闷热，这哪是秋啊？——享受惯了的人们发出了惯常的抱怨。

　　台风"森拉克"正从太平洋匆匆赶来哩。室内 35 摄氏度，室外 38 摄氏度，这场仲秋的闷热是在等待抑或是在抵制森拉克的到来呢？我似乎嗅到了这闷热中所弥漫的紧张和烦躁，有点类似黎明前的黑暗、大战前的寂静、产妇剧痛前的舒缓。难道这闷热也会催生出一个新的或善或恶的结果？天机包裹，不得而知。

　　出外走走吧，也许在外面会找到风。

　　卫星在头顶帮我们看着地球呢，但跟人站高了看有很大区别吗？就算看到了，人除了被动抵抗以外，又能怎样？人在很大程度上参与了一些自然气象的形成，但对于那些灾害性气象或即将降临头顶的吉凶，我们似乎永远无法预测。从这点来看，在闷热中等待的，不只是那些处之泰然的草木，还有麻木的人。

　　没有风，颤巍巍挂在梢头的黄叶默然垂首，没有叹息更没有绝望，享受生命的欢娱，即使行将凋零、顷刻即别离，但它们把这分分秒秒看得同过去一样平淡而又珍贵。生死离别似乎并不是它们欢乐或者痛苦的理由。而代代奉献出这葳蕤的绿，却是它们恒久而执着的骄傲。绿，是恒河沙一样众多的小生命共同在地球上托出的大生命啊！

　　"爸爸，为什么会没有风呢？风哪儿去了？"女儿在那些大树的庇荫下向我不解地发问。我说，风到别的地方忙去了，它们忙得很呢。

　　和风微风大风台风飓风……风风纷至沓来，温柔的、潇洒的、强悍的、威猛的、暴虐的……风比人的资格老多了。伴随地球的成长，风在演出着一幕幕悲喜剧，叫幼稚的人欢喜或者忧愁，但真正让人们记住它们，是近几年它们有了名字以后的事，而记住的也只有那些给人们的灵魂刻下痛苦印记的风。龙王、碧利斯、桑美、象神、蝴蝶、圣帕们一个个走过，飓风米奇、弗洛伊德、丽丽、伊莎贝尔接踵袭来，它们可谓"叫嚣乎东西，隳突乎南北"，虏虐自然、蹂躏生命，所向披靡，是因为死亡的威胁像一把达摩克利斯之剑一样悬在人类头上，记住不是为了避免，更多的是为了逃避。而那些给人类带来福音福气舒适的风，就像普通百姓一样，因为力小而卑微；因为太多而无名；因为习惯了它们的侍奉而轻视。

风就要来了，在闷热的弦绷断的时候。

秋 叶

想到秋，首先想到的是家乡村头秋风中纷纷飘落的树叶。一阵沁骨的凉风吹过，树摇曳起来，飕飕飕……正默思的牛回了头，正觅食的鸡们昂起头支棱起翅膀诧异。池塘的水皱了，路上的尘灰低低滚动。树叶在窸窣的细语中告别枝丫，一片两片，一阵阵，悠然飘舞，风劲催时便成队成群飘落，露出突兀的枝丫，给明年的新叶腾出位置。

厦门的秋不同。那是无声无息的，是慢凉和温的。作为四季常绿城市，各样树叶日常蓬蓬勃勃，坚守岗位。它们不像我家乡的树叶们那样张扬，哗啦啦成批成批，甚至整树地刮落，现出肃杀的光秃。厦门浓绿葱茏之中，叶子的接力静悄悄进行，它们一片儿一片儿，在新叶上岗之后，才悠然飘落。没有迹象，毫不声张。

我们能在一些隐秘的草丛、灌木林的角落、老屋瓦顶的木樨林中看到落叶的影子；在静水流深的小溪、城中山野池塘的草岸、绿意葳蕤的园林深处静僻小径上可以看到落叶的影子；在学童的书页里、顽童的手中、清洁工简单的灰撮中可以看到落叶的影子。只有在人们有意关注和深情的搜寻中，厦门的落叶才会显出它质朴、厚道的真容。

听到树叶在地上滑动、翻转、滚动或跳跃的声音吗？阳光充盈的草地上，一片，两片，沙……沙沙……细切、柔慢，仿佛在向高高在上的蓝天、向傲然挺立的新树、向驻足观望的人，展示依然完美的叶色，清晰透亮的叶脉，做最后的欢畅和告别。

家乡的树叶在秋风中呼啦啦仿佛一夜摇落，干脆、利落、超然、洒脱。正如我的上半生，似乎总在追求一种轰轰烈烈，即使失败也要整得众人目瞪口呆。厦门的落叶三三两两，或单独悄然离树，淡定、从容、宽怀、豁达。也正如现在的我，不求关注，不事张扬，该来的都来了、都会来，不该来的，来了也没关系。

秋　声

秋风起，秋声至。做虎啸，做狼嚎。瀚海风涛渐洪，铺天盖地，撼天彻地，汹涌澎湃，回环太息。

秋风携着浓云雄霸天地，带着寒意穿堂入室。不经意间，山上的梧桐叶黄了、枯了，枫叶红了、落了。山川峡谷、湖边河畔，草木深沉起来，颜色丰富起来。

庄稼黄得轰轰烈烈，果子熟到胀满诱惑，农人的犁啊，耙啊，车啊，牛啊，猪啊，狗啊，鸡啊，鸭啊，嘎嘎嘎嘎，都憋不住兴奋，起收秋声，作丰足吟。

门关严了，窗关小了。关门很简单，吧嗒一声，与外界顷刻隔绝，风只能在门外撞墙挤门，无奈怒吼，作困兽嚎。然关窗是个技术活。太大，秋风沁骨，难挡其寒，寒风呼啸绕梁，所燃檀香烟缕纷乱，顿失静美，亦难留暗香；太小，满室无风，过沉过闷，兼有罅隙风哨凄厉刺耳，搅扰静居雅兴。唯在上风窗开一掌宽风口，而室内下风窗开一二指宽缝隙，风些微泻入，自然溢出，窃窃有声，徐徐绕堂，檀香烟缕不散，摇摆旋转，别有一番灵动活泼逸趣。

当此深秋之时，穿汉服、烹老茶、拨炉火、擦铁壶、撮香灰，配书、配坚果、配音乐，偶于炉前沉思，或于窗前观远山近水秋色，自得深秋意趣，时光遂作山野小溪轻快之流，惹人意识飘忽，恍然入时空隧道，穿越至汉唐盛世，有若梦游般与诸仙茶聚，连吟哦之声，亦带有前世今生是何生的困惑。

秋风入炉，惹炉中炭火炸响，激灵中，借木扶手起身，抚案、抚炉、抚壶、抚书，户内户外秋风唱和，轻重缓急，忙得不可开交，倒是我闲得如此"梦骚"。不觉耳热脸红。秋又老了。以秋声做磕牙点心，拿无聊做闲人趣味，偶为之，愉悦身心，惯之，颓废莫名。况我客寄他乡，连故乡秋声的毛都碰不到，何乐之有？

秋声，是呼我激我催我奋起之声。起！起！起！

失 霞

立冬那天傍晚，漫天乌云裂了，碎了，亮了。碧蓝的天幕上，那些云裂得毫无规则，碎得却很均匀，而亮却显得勉强。那些云片被镶上一圈淡淡的亮白，云片是那种揉皱的白纸被烟熏火燎过后的乌黑，干净而均匀。见惯厦门蓝，领略过厦门天空太多奇幻的艳丽，我只是很随意地用手机朝天空拍了几张。

街道、楼群、道旁树或树林开始有些影影绰绰的时候，城市朝西的墙上被罩上一层隆重的曙红，刹那间，红色整个儿统治了这座城市，连那些阴影中的房顶、树冠，也映上了温暖的红。西天失火了吗？整个天空失火了吗？那些碎云全被烧得火红火红的，连蓝天也透着透亮的红，这隆重到有些咄咄逼人的晚霞让我太意外了，但我正处于城市楼群的夹缝底层，无论朝哪个角度，手机只能照到很小的一片天空，且受到楼房、树林、电线、路灯杆的干扰，又无法去追云逐霞，根本照不到如此绚丽的晚景。

好吧，既然缺憾都可以成为一种美，遗憾也可以是一种美的。这异乎寻常的晚霞，我见了、领略了，虽然只是被城市水泥森林等挤压、切割过的不规则的一小片一小片。人生很多风景，原本就是一片片不可拼接的，很少有人能够有机会在一个合适的制高点上，碰到机缘巧合的时机，看到整片完整的美妙风景。

在次日的《厦门日报》上，我看到了两版关于立冬日罕见晚霞的报道，很多人在不同地方拍出的不同晚霞实在亮瞎我的双眼，勾起我无法弹压的遗憾。如果我硬要以遗憾为美，美则美矣，心却深悔。那大大小小、方方圆圆的图片似乎齐齐向我示威，逼我懊悔。为什么当时不就近爬上一座高楼一览盛景呢。也就是司空见惯的心理，打消了蠢蠢欲动的追云逐霞的念头，失却了抓云收霞的机会，结果就错过了整个城市都在为之惊叹的美景。看来，阅览生活，领略人生，实在容不得一步半步的迟疑和彷徨啊，也许就是那一瞬的懒惰，你就错过了原本属于你的辉煌。

秀水涟漪

21墩中洲大桥横跨海湾，东头挑着中洲滨海城，向西连接滨海西大道，说它像玉带未免夸张。因为桥很矮，桥面贴那湾碧水很近，乍一看，有桥浮水面的错觉。下游不远处，同安大桥在丙洲岛北侧剪断海湾，远看去，这片海湾被裁成三截，惹我抱怨这两座桥切割了海湾的美，有强奸自然的武断和暴虐。但这并不影响我为之感动。——相对于这湾宽阔、浩渺、平白如镜、直达外海的碧水，这两座桥很细小，就像碧蓝的海面轻画了两条灰白细线，无伤大雅。

记得很小的时候，常读到"我的心啊，像大海的波涛一样久久不能平静"的句子，海就在我心灵扎根。看到黄陂木兰湖、武汉东湖、杭州西湖一类大片水都会为之震动、惊叹。那些内陆平野上、山川旁的水面怎能跟海相提并论呢？

同安湾西、北、东三面临山，南向开阔、敞亮，而中洲滨海城就坐落在这片"太师椅"式风水宝地的核心，独扼浔江出海口，近似半岛。在中洲滨海城任意一幢楼的楼顶看去，丙洲岛像一艘航空母舰泊在海上，一眼望去，天海相接，渺茫无形。那粼粼碎碎的碧波，从眼底朝南漾开，漾过去，漾过去……

首次登高俯瞰同安湾是一个朵云赛羊群铺天南撒的日子。晴空碧海相映一体，海湾两岸新起的高楼和绿化成为这湾秀水的陪衬和点缀，海湾的平和宁静之美跃然眼前：海风不大，习习柔柔；海浪不高，波光潋滟，粼粼延展；海面纯蓝，零散漂着几叶捕鱼扁舟；洁白的鸥鹭三两翻飞其上，为波澜不惊的海面增添灵动之气。而那涟漪的一层层波峰，似乎正是那些鸥鹭的落脚之处。

从此，登高看海成了我的最爱。同安湾的静谧碧水，让我内心对海、海水有了新的认识：能够引人深思的，常常不是波澜壮阔、狂涛巨浪的海，而是这磅礴、洁净、冷静、深沉、细腻的海。——纯洁隐逸的动，从来美过狂傲浮躁的张狂。

倚门临窗听涛观海的日子逐步展开。在窗前目睹这湾秀水旁高楼大厦拔地而起的日子里，我默默观赏海湾丰腴的涨潮和瘦削的落潮，无比惬意。这符合我的性格：美，须用每一天看似平淡的日子去仔细体味。

咏 雨

有雨，星星点点，从丛林密叶中筛落，打在我的光头上，眼皮前，有时碰巧砸到鼻尖，有点凉。雨滴飞溅中，可闻见隐隐清甜。风是那种小心翼翼、轻轻慢慢、柔和慈顺的温凉。——明明是凉风，却糅合着阳光的热度，有熟悉的干爽味道。别以为下雨就一定阴云密布，在厦门，同一个小区、同一座公园、同一条街道……这边下雨那边出太阳是常事。不夸张地说，我们对面街谈，也许你正淋着雨，而我这边却晒着太阳滴雨不沾。

就那么几块积雨云在阳光下腾挪、飘移，仿佛分工不同各负其责，这儿筛一轮，那儿洒一阵，树冠屋顶，海面礁崖，山涧湖泊，远看去，闪着雨雾，泛着日光。我就在浓荫隐现着积雨云朵和碧蓝天空的铁路公园健步前行。似有事先约定，很多市民都在铁路公园疾走或慢跑，着运动装的，穿背心短裤的，有曲线健美妹，也有肌肉健美男，都默不作声，专心致志，轻快向前，并不理会风风雨雨的袭扰。

这是厦门夏天的常态。只有在云朵聚合连片、遮天蔽日、铺天盖地的情况下，才会顷刻间雷鸣电闪、大雨滂沱。不多久，山崖借岩成瀑，街上变路为河。被留在山中和堵在路上的人们，也不急，暴风雨中都成了看客，站住了，停住了，雷霆撼地裂天，任凭风雨磅礴过境。难怪有人把厦门称为"慢城"。——这也难怪，厦门就没有能持久的暴风雨。厦门的暴风雨类似一场交响乐的演出，从风云际会、滚雷酝酿、闪电开路起始，到雷电大作暴雨倾盆，起承转合，风雨交加，洋洋洒洒，一气呵成。一旦山涧冲洼、城中街上积流成河，积水成渊，城市排水系统不堪重负之时，大雨戛然而止，太阳裂云而出，向大地露出笑脸，潇洒谢幕。

安家厦门20年，先，是挚爱厦门的晴天丽日，喜欢青石板般透着亮蓝的天空；喜欢天上百般变幻，自由飘浮的白云；喜欢阳光透射下，红云盖顶的凤凰树映下纯正的曙红；喜欢倒映着蓝天白云的海天一色；更喜欢成群白鹭、鸽子分享空阔洁净的海上花园之上的云天。厦门的好，不仅在于气候四季如春从无冷热的强迫，更在于她百变面孔的每一个，都是那么色彩绚丽、风姿绰约：不等你厌倦，她已然将更鲜美的容颜呈现在你眼前，有时甚至让你始料未及、不知所措。后，又爱上了厦门的雨、雨天、雨季。春夏秋冬四季，除冬天不便湿身，从春到秋，我可在任何一个雨天，任何一次细雨、小雨、大雨、豪雨之中，抬头挺胸、沐风浴雨，阔步前行，最好佐以闪电和滚雷之类主旋律，好叫我踏上天地豪迈的节奏。

雷雨中徒步，湿透了，遂脱了上衣，直面豪雨。浑身上下被雨水洗濯，雨水从头到脚淋漓而下，脚下踏起飞溅的雨水，风雨雷电回旋、激荡，梳过林间草木的清风带着新鲜木槵香和玉兰香，施以透入肌肤的清爽，让我在呼吸畅快之中，有巡游于天地瀚海的快感，每一刻都使我觉得是那么珍贵而倏忽即逝。

看惯春和景明，还须爱得上淫雨霏霏。日子是个至诚的爱人，无论阴晴，只要你真心爱她，她一定加倍爱你。

细雨泛舟

雾蒙蒙天地混沌，高楼大厦全被雾霭笼罩，唯榕树绿得流油、各色鲜花艳得发亮。正是早上，空气清冷，风扑在脸上有点凉，细雨呈粉状随风没有固定方向地飘，满世界都是这样均匀的细雨滋润大地、城市，洗濯人们身心，老天的这个安排够情调，执行也够专业。这时候走在寂寥的中山公园林荫道上，目之所及、手之所触、身之所历、心之所念……都有被仔细清洗的清新感。心静得能听见跳动，脚步也沉稳、轻慢，仿佛怕惊动了这细雨的洗濯工程。在公园各僻静处晨练的人一脸淡定，似乎主动在接受这细雨的洗礼，身上脸上，湿润润冒着热气。跟我一样，他们正享受这细雨慷慨的亲近呢。

湖面，细雨惊不乱细细的波纹，仅在睡莲叶表面和荷花的肌肤上敷一层湿。湖中三两泛舟的家庭、情侣、挚友也应这细雨的节奏，不紧不慢，悠然自得，在细雨中的湖面上谈情说爱、紧固友情或者乐享天伦。因为风不大，细雨中你完全不必担心会陷入尴尬或者无聊。玩水是一说，主要是玩雨。美丽的少女不满足于细雨斜刺里飘进船舱，仰面躺在船头，任由细雨像湿润睡莲叶一样湿润她圆润的脸庞；俊朗的小伙子把大手掌伸出棚外，轻轻搅扰那纷纷飘飞的细雨；天真烂漫的小孩子则受到大人关于安全的管束，虽对蓬外细雨充满向往，跃跃欲试，但也只能有限地向雨中伸出小手而已。

女儿说，我们也划船吧！这建议正中下怀。好，划船去。这样的天、这样的细雨、这样的湖面，这样拥有温馨时光的一家人，适合划船。是那种脚踏船，船身宽大沉稳，浮在湖面轻盈摇曳，坐上去有身浮白云的轻飘。行船至湖心，我们住了桨，任由船随湖水轻摇、荡漾，湖中所有的船，仿佛受了约定，都放船湖心，柔慢飘摇。大家笑意微微，语声轻细，闲适而随性。细雨密密斜织，无声飘落，偶尔会随风飘进船舱，却没有人会避让，这时的细雨，实际上密切地参与了人们惬意的聚会。此时，整个城市，都参与了这场细雨，这场细雨也参与了整个城市。

这就是厦门仲秋的细雨，这就是细雨中的厦门。

太平岩看雨

粗看，乌云密布，没有层次；细看，云野推移，浓淡有别；近看，雨线砸地，洗树、洗竹、洗草；远看，成雾成烟，山下高楼大厦渐渐隐现，隐约，直到完全被雨雾笼罩。雨声始为淅淅沥沥，细细切切，如草木微语，继而，渐杂渐洪。凉亭顶、山坡下、雨棚顶、房顶，响声叽叽喳喳，如万鼓齐鸣，万马奔腾。此时，我们在山上木亭静坐，我在山中，山在城中。风雨过城，万物沐浴。

随风向，雨线始向东北倾斜，不久，风转西南，雨线齐刷刷向东北倾斜。细雨、小雨、大雨、豪雨，雨点打在平台积水水面的水泡越来越大，越来越密，渐渐看不见新旧水泡的前仆后继，风雨中所有水面全铺满泡泡。风助雨势，渐幽渐狂，且扑且旋，带着山野木樨香、腐叶香，尤氤氲着各种花香、草香。那些草木细叶弱枝在风雨中欢快狂舞，凸显出青松、翠柏、菩提、古榕的沉静和稳重。

小雨、中雨、大雨，相比起来，细雨更像一首歌的主旋律，平和委婉，一咏三叹。中到大雨乃至豪雨倾盆则如同强音和高潮，忽然而来，倏忽而去，有海浪来去的果断、潇洒，来得凶猛，去得悠然。雨一小，山下城市楼群在浓云雨雾的背景上显影，呈现出清洗后的明洁。

这场雨更像一场 Party。窃窃私语、交头接耳、随声附和、赞声连连，又夹会心微笑、爽朗大笑、开怀畅笑……断断续续，偶尔还会戛然而止，鸦雀无声，只有哗哗啦啦汩汩突突轻流下山、稀稀落落嘀嘀答答树叶上水珠坠打棚顶或阔叶的声音。这时，天空乌云在拥挤、漂移中分裂，破露出碧蓝的天幕，阳光利剑般，刺破并烧红云层，射向大地。别以为天晴了，还早着呢。一阵风吹过，黑云浓聚于西南，铺排向西北，漫过头顶，又一场微微巨巨的阵雨过境。厦门的雨就这么娱乐。

气温很美妙。早晨下雨之前，艳阳东升，无风，气温闷躁、湿热，似乎憋着一股劲，要发一通脾气。拜凉风劝解，几个来回的阵雨过境，空气中多了些清凉和草花馨香。此时空坐山野，出离尘俗，沐浴清风，委实畅快。

这也是天与人修炼的功夫。

飞行散记

飞机坐了数次，每次都心有余悸。尽管次次都怕，可一旦出行，首选还是飞机。因为我喜欢飞的感觉。这次去长沙，预先买好了往返机票。

把自己的生命毫无保留地交给航空公司，托一架铝壳飞机，轰然升空，跨越千山万水，在云端奔突，到达另一个地方，这一个多小时的命运无法掌控、生死未卜，其实是人生最精妙的隐喻。——充满未知，十分宿命。但多半平淡如常，该来的都会来，该到的都会到，没什么故事。在飞机上的种种奇思怪想，不过是庸人自扰，杞人忧天。在飞机上喝了三杯咖啡，还没看完一部电影，到了。

回程是晴天。飞机飘然升空。地面景物在机窗前摇曳，云丝掠过机窗，飞机很快进入平飞状态，云朵成山成海，我们一会儿穿行云山，一会儿徜徉云海。天湛蓝、透明，云白得纯洁、透亮。心就抒情地骚动。

顶着水漾蓝天，穿着梦洗的衣裳，背着霞光的利剑，奔在云海的波上……

此时此刻，我要说我爱亲人、爱朋友、爱人生……都无法完全表达我活着的勃发与爽朗。我要大声说：我爱你们，那些关于金钱名利的许多负累，在这样的情景、这样的高度，显得多么愚钝、沉重而又委琐。所以，我能够拾起许多珍贵的遗漏，又可以洒脱放弃许多原本就是多余的块垒。

波诡云谲。刚才还白山耸峙，此时却黑云翻滚。想来下面的大地上，八成阴云密布，大雨倾盆。小时候，曾在下雨天遐想：飞到云头上面去看看，那些云从哪里来，那些雷是什么样子，那些雨又从哪里来……所有一切，都被童年的豪雨冲刷得干干净净，都被人生的季风吹得无踪无影，剩下的，只是些零星记忆的碎片。如今，当我踏步云端，回首童稚狂想，一切念想，依然那么切近而新鲜。

不能翻云播雨，却可踏云独行。无力兴风作浪，淡看四时风景……

广播说，厦门地面温度26摄氏度。飞机沉入云层，降到云层下面。地面的山水、城市清晰如洗，这样浏览山川与城市，是另一番新奇的感受。

飞起来可以遐想，落下地继续前行。

两蓬树

那蓬高大伟岸的白兰屹立在山前池塘旁，有铺天盖地的博大、豪华；靠上树身，感觉自己也青枝绿叶般蓬勃。最惹眼的，是她满树嫩绿的叶子，一片片很幼小，阳光下，亮亮的透明；微风中，叶片们调皮地欢动，发出细微的轻笑。

如果不是在一蓬老绿的榕树旁边，白兰的嫩也许司空见惯。榕树的体量和威势比这蓬白兰更盛，它满树褐色的气生根须发般垂落地面，虬根高凸地裸露在地面。有了这蓬老资格榕树的陪伴，这蓬白兰就如同有了一个勤于呵护的前辈。

一边满树活泼幼叶，一边满树稳重苍绿。这一老一少的数百年水边相处浓缩了天地柔情。两蓬树遮蔽的地下撒满黄叶。只不过白兰下面透下阳光，那黄色便灿灿地悦目，而古榕下的黄叶则在荫翳中更显厚重、深沉。古榕浓绿深处，有些金黄的叶子零星隐约，眷恋枝头，不时有一片、两片，悠然飘下，轻舞飞扬，是那样从容，那样淡定。

当地村民说，这口位于山前的池塘边原有一古庙，白兰和榕树是当年的和尚种的，600多年了。逢年过节，当地百姓还会给这两蓬树飘红挂彩，燃放鞭炮，焚香化烛，是当作神明来供奉的。我不禁感慨：它们承天接地，果然是有生命、意志的神物，站在这儿淡定而泰然地看人间风起云涌，潮起潮落。不是它们在表现什么给我们看，而是我们这些人一直傻乎乎地在表演着自以为是、自作聪明、妄自菲薄或妄自尊大的千姿百态。

古树如花，一开就是600余年。在漫长的历史长河中，历代乡民与它们和谐相处，给了它们尊重、关爱，甚至还有神圣的膜拜；而它们则回馈给乡民以庄严、馨香和庇荫。为万物和谐通泰的天地，它们做到了顶天立地。渺小如人，不该逆天地而为，做损害自然和谐的傻事。

拜　日

这个早晨有点冬天的意思了：阳光敲打窗棂，手伸出温暖的被窝立即触到寒意，不知是从哪个罅隙灌进来的风有冰刀的锋利，刮到脸上冰冰凉凉，窝在被窝里是种享受，赖床不起的慵懒油然而生。

得起床活动活动。一有这个念头，浑身的骨节立即嘎巴嘎巴跃跃欲试。

公园已经相当热闹了。大多数是老年人，少有青壮年。穿什么的都有，严实的棉袄、敞开的夹克、挽着袖子的单衣，甚至有穿着短裤赤膊跑步的。沿园区道路一溜小跑，沿途都是扎堆打太极的老大哥和成群跟着教练跳健身舞的老大姐们，他们和着音乐，相当专注。最惹眼的，还是那一溜30多个蒙着罩布的鸟笼，敞着布帘，各色鹦鹉、八哥、鹩哥在里面跳跃、欢叫，而遛鸟的主人们则扎堆围坐在一张桌子周围泡茶。听其话题，都是鸟的故事。把另一个活物，禁锢在笼子里去爱它、逗它、玩它是一件很爽的事吗？也许人生中被玩的经历越多、感触越深、受害越重越会有这种冲动和欲望吧？——不管怎么说，他们在早晨从树林的枝叶间斜射下来的阳光里自在地泡茶，聊天，那笑是朴实而纯真的。

脚下开始发热，身上微汗渐蒙，外套穿不住了，我拣一处人少的空旷草地，站在当中，闭了眼，做搂抱阳光状。去思、静气、调息、入定……呵呵，阳光的火红和温暖汹涌入怀，让我感觉似乎是抱了一根从太阳上伸过来的暖柱，烘着心口，热着全身，而微风也似乎并没有室内那么冰凉，而是被太阳温暾成一种十分亲肤的细软柔和带着早晨绿树的清新，抚在脸上舒服熨帖。

生命的源泉发于自然，活力在于与自然合一。

感谢早晨，感谢阳光，感谢厦门，感谢这一园的绿色和一园追求活力的人们……

鱼鳞天的艳福

雨后傍晚，太阳西沉。漫天鱼鳞云将天空荡漾成清波万顷的瀚海。

在明丽阳光的辉映下，那洁白、飘逸的云片疏密相间，层层叠叠，一波赶一波，蓝天在云波映衬下空明洁净。几乎是瞬间，那些原本相对均匀的云片排列组合，豁然空出大片碧蓝幽深的天，集结西边的云片簇拥成轮廓清晰、重岩叠嶂、奇峰耸峙的朵云。

东南天际，一碧万顷，烧饼样的满月印戳似的，清晰、深邃地镌在纯蓝的天幕，莫非要为这属于鱼鳞云的风云际会留下可资查验的印信？

漫天鱼鳞云片丝丝片片、大大小小、浓浓淡淡、轻轻薄薄、挨挨挤挤，聚集、重叠、融合，拉丝、氤氲、隐逸、消散……

夕阳西下，道道光柱从西天云峦罅隙刺破天穹，高耸的云峰被镶一层炫目的金边。头顶的鱼鳞云片，边缘晶亮晶亮，而云片近中心吸了墨色，透着阳光，漾着水分。也许晴空一声炸雷，就能把那些雨水震落下来，在夕阳中洋洋洒洒，飞珠溅玉。

夕阳熊熊，把西天烧成火海，绚丽的天火由喷薄而起，燎燃天空，烧红了那些还未及聚集、消散的鱼鳞云。天由蔚蓝渐变湛蓝、深蓝，火红渐变曙红、酡红。这时，成群的，成双的，孤单的，各种鸟，赶着夕阳余晖，掠过头顶，远飞天际。

天空，这浩渺广袤的舞台包罗万象。日月星辰之庸常，波云变幻之诡谲，风云雷电之宏巨，百鸟悠游之从容，人间纷争之袭扰，尽在其中，各领风骚。

太阳，这万物生机之源无比慷慨。照亮地球另一面世界时，不经意地以这种灿烂辉煌的形式，作别这一面，附赠给愚痴人间以自以为是的启迪。

皇皇宇宙，悠悠万年，这一切，什么都是，也什么都不是。又哪里是空空幻幻所能概括的呢？渺小如人，懂得自己尚能与这些同在，并识得、拾得，就是莫大的艳福。

斋　祸

　　露台有鼠、有鸟。鼠是松鼠，鸟有灰八哥、黄鹊鸰、翠鸟等。发现这些邻居经常光顾，是住进新家一个多月以后。

　　新家是二手房，面积不大，七楼，顶层。前任房东在楼顶搭建了开放式半遮盖露台，有阴凉有阳光，很宜人。看上这套房，除中意露台，更中意这幢楼的坐落位置，独立于植物园万石山北麓半山腰，露台上几可够到山上树叶，属经典山居。小楼绿树簇拥、鲜花盛开、空气清新、环境静谧。最动人的，是满山密林中隐现的无数大大小小各式各样的蜂窝鸟巢，百鸟呼朋引伴，上下翻飞，叽叽喳喳，婉转啁啾。偶有松鼠在枝叶间飞来蹿去，轻灵腾跳，一派祥和。与百鸟、松鼠之类为邻，看浓绿拥山、鲜花惹阳、和风梳林、群鸟弄叶、松鼠戏枝，很适合闭目静坐。遂笃定与山与鸟与松鼠们相伴的日子，决心跟它们做好邻居。

　　在露台安放了写字桌板、茶桌，种四季常绿、四时轮流开放的花花草草，闲暇时光，我都在露台泡茶读书习字。至晚间，就着核桃、杏仁、红枣、松子、花生之类喝几口酒，泡热了脚，下楼睡觉，生活确实十分惬意。

　　最先引起我疑惑的，是核桃。一次购五六斤，每天用盘子装一二十颗上楼，我吃妻吃，不一定吃得完，就放茶桌上。很快我发现，茶桌上的核桃似乎从来就没过夜的，五六斤核桃不到一个星期就吃完了。我以为妻吃了，妻以为我吃了。直到有一天上楼亲眼看见一只松鼠抱着核桃，奓着浑身细柔的毛刺，翘着漂亮的尾巴飞速逃离露台，我才恍然大悟。到围墙检视，发现墙上散落着杏仁末、花生壳。原来松鼠偷吃了，它们甚至很可能把核桃等一个个搬到家里储藏起来。

　　随后，妻也多次看到。她还向我描绘松鼠抱着坚果怯生生紧张逃离的丑态，声称它们胆子越来越大，逐渐不怎么怕人了。我们相约不予计较，放任它们分享。

　　接着，放楼上的水果隔天也多变成苹果公司的标志模样，不知是松鼠啃的还是鸟啄的，皮、渣、黑色的鸟屎、松鼠屎等散落一桌一地。妻清扫时常要用湿毛巾反复擦洗，但她不嫌其烦，乐在其中，说，它们喜欢我家，就让它们吃吧，这点麻烦不打紧。还"松松""鸽鸽""翠翠"地呼唤它们，以图与其建立有效沟通。我虽觉可笑，却也享受她的享受。

然好景不长。我慢慢发现，坚果、水果有日子没动静了，它们似乎再不愿光顾我们的露台。是给的食物太少，还是不小心惊扰到它们？

我们保证露台上有充足的坚果、水果，并将食物分散到它们更方便享用的靠山一边的围墙上，但还是"无客问津"，它们远离了我家露台，不再理我们了。

终于获知悲剧。对门是个三口之家，一对年轻夫妻养个三四岁女孩，日常上下楼我们时常碰到，偶有招呼、沟通。有一天，女邻居说，孩子吃了松鼠肉、鸟肉身体好多了。我们愕然。妻问，怎能吃松鼠吃鸟？她说，我们龙岩乡下都这样，孩子身体弱，就用笼子诱了松鼠和鸟杀了炖吃，功效很好。并声称前一阵子阳台上松鼠啊鸟的很多，很大胆，最近忽然没有了。

呜呼！他们的引诱杀戮必然导致整栋楼对它们的恐惧。我们能怎样？又怎能重获它们的信任？说不定我们的放任在一定程度上做了邻居诱杀生灵的帮凶呢。

斑鸠谣

朋友送来一只斑鸠，说是炖了吃很补。女儿看到了，欢呼雀跃，小手爱惜地抚摩，生怕弄疼了它。看到那呆立网袋中目光无神的斑鸠，我耳边回响起儿时的斑鸠谣。

斑鸠斑鸠
快走快走
来了哥哥
打你下酒
……

这是我很小的时候，奶奶教我的一首民谣。

我家门前有棵高大的皂荚树，树上常常聚集了众多鹊子，它们在皂荚树上轻灵地蹦跳，热闹地聒噪。那时，奶奶坐在屋里吱吱纺线，而我则在她身边玩泥巴。手不空，嘴巴也不闲着。奶奶，皂荚树上的鹊子叫么事呀？叫喜鹊、洋雀、麻雀，还有斑鸠。你又没看到，你怎么知道啊？我听得到啊，喳喳叫的是喜鹊，叽叽叫的是洋雀，啾唧叫的是麻雀，咕咕叫的是斑鸠……它们家在哪儿啊？你自己去看啊？他们的家在树上，每棵大树都有它们的家，麻雀的家在屋檐下呢。它们吃什么啊？吃树上结的果子啊，田里的谷子、麦子，虫子它们也吃呢。它们吵架呢？没，那是老喜鹊在教导小喜鹊，要它们学会自己飞……奶奶一边不停地纺线，一边不厌其烦地回答我的一些稀奇古怪的问题。

有一天，来了个猎人，他端着猎枪，背着皮囊，背后还挂着被他打死的喜鹊、洋雀、斑鸠，血淋淋的。这人仿佛天生歪脖子，走路不看道，仰面朝上拧着脖子，一双鹰眼骨碌碌转着找树上的鹊子。在我家皂荚树下，他围着大树转圈久久不肯离去，树上的鹊子们也好像知道大难临头，鸦雀无声了。一声枪响，满树鹊子霍地四散惊飞。奶奶踮着小脚跑出来，呵斥正在捡猎物的猎人，谁让你打我家的鹊子的？唉！猎人尴尬地赔着笑脸叫着大婆说，实在没办法，讨点野味糊口啊，我这就走。奶奶说，我家的鹊子不回我拿你是问。猎人走了。奶奶后来交给我一个特殊任务，看到猎人来，就告诉她。还要唱：斑鸠斑鸠，快走快走，来了哥哥，打你下酒。她说要大声唱，斑鸠们听到了，就会告诉其他鹊子快快飞走。

奶奶说，鹊子中能听懂人话的很少，其中就有斑鸠。她给我讲了许多斑鸠说话救主人的故事。比如，一家住在山洼里的穷人受斑鸠提醒及时躲过了山洪。

人类拥有这样富有灵性的朋友，却不知珍惜，一直固执地要将它戕害了，油炸了拿来下酒，实在是残忍。据妻子讲，朋友买来的斑鸠是一对，那一个，已然成了朋友的下酒菜，而孤独流落我家的这只现在也命悬一线，生杀大权就掌握在我们手中。我正要开口说"放了它"，正给斑鸠喂米的女儿抢先开口了：把它放到山上去吧，让它回家。我心一动，是啊，让它回家。

我们一家好好款待这只孤独的斑鸠。一个晴日，我们提着斑鸠到山上放生。女儿将斑鸠从网袋中放出来，那被囚禁太久的斑鸠站在草地上，呆头呆脑地东瞧瞧，西看看，好像在寻找着什么，又好像不忍离去。我让女儿唱我教她的童谣，"斑鸠斑鸠，快走快走，来了哥哥，打你下酒"。女儿稚嫩的童声在山上回荡，斑鸠却依然呆立草丛，既不逃走，也不飞翔。我们撒下一些米在它周围，离开了。

第二天下班回家，女儿问我，斑鸠为什么不会飞？我说，可能是舍不得离开吧。它还没飞走吗？女儿说，刚到山上去看了，还在那儿，一点儿也没动，伸手就可以抓住。妻说，只怕是家养的吧，这根本就是不飞的斑鸠。我想有可能。如今，人类科学技术发展了，任什么好吃很补的活物，都可以克隆了拿来家养。只怕是克隆之物取代世上的生灵时，我们人类自己也将逐渐被克隆之物取而代之。

站在山坡上，看着那只不会飞的斑鸠，注视着它笨拙觅食的憨态，我茫然。女儿高唱童谣，劝其离开。它当然无法离开，它的命运本来就不是到大自然中去飞翔，而根本就是一种供人下酒的食物。斑鸠谣在这种东西面前实在是对牛弹琴。

冷香记

对"冷香"，我很陌生。虽早已通读《红楼梦》，然对薛氏所服之"冷香丸"早忘记了。但是有鼻息善嗅尝，忆起某个美艳佳词还是有机会的。

早晨，照例走进"铁路公园"，一阵风扑来，把我面庞凉得无比惊诧：那风混合着雨水香、木樨香、花香，还有一种来自林木深处的幽幽暗香，使我不禁大张鼻翼，长吸、深吸，顿时，满脑被清洗过滤过一样，异常轻松、清新，尚着单衫的我浑身于清凉中轻快莫名。幽香、冷香、暗香之类"香"艳辞藻呼啦啦纷至沓来，尤冷香奇峰突起，森然于意念中放射出令人惊艳的冷光。

这是贯通厦门岛南北的铁路线南段，被开发成铁路公园的这段是火车站往南全部。整条铁路林木丰茂，类似绿色隧道。可嘉者，有夹道浓茂绿、繁盛花，有一尘不染的木栈道，还有那一直向北延伸到无穷远的老铁道。雨后，鲜草簇拥的铁道被脚步磨蚀得油光锃亮，泛着淡湿和冷光。枕木干一条，湿一条，岁月侵蚀所致裂缝、坑槽可见湿漉漉水迹。那些螺丝、螺钉、螺帽各司其职，无不勾忆起我对儿时沿铁路陪火车疯跑的故事。

人很多。男男女女，老老少少，来来往往，或快或慢。奇怪的是，都不言语，仿佛到了这条铁路线上，就有噤声之令。大家在专注于走吗？非也。仔细观察不难发现，他们都专注于呼吸，在贪婪吸氧，或品读花香草香木樨香，——品味冷香。

要感谢所有人对这公园的爱惜，人流纷杂，却一尘不染，连衰草都难觅其踪。更要感谢那绿色隧道中阵阵袭来的凉风。正是这毫无杂质的清风，将百草百花和铁石之香氤氲、酝酿，馈赠于知香、爱香、惜香以至于贪香之人。有了这似乎积年已久的宝香，任何感叹，都显苍白，任何言语，都是多余。你只管迷离了双眼、飘忽了意识、通畅了呼吸，轻快着脚步，向前，向前……

此冷非彼冷。那是一种没有重量却触手可及，没有颜色却恍然可视的有质感而又十分亲肤的融合着各样馨香的冷。无烧酒之烈，却令人有微熏之感。斯世何年？其人何福？因缘若此，此生无憾。御风顺境，像冷香那样做人。是为记。

漫步太阳雨

厦门夏天的雨，豪放时可以倾盆，伴炸雷、滚雷，动天彻地轰轰烈烈，雄浑豪迈；婉约时可以如丝如线，如雾如粉，静谧轻柔，沁人心脾、悦人情绪，有挑人诗兴的韵致。而最为动人的，还是伴随朵朵乌云巡游碧蓝天空的太阳雨为最美。阳光拉着探照灯一样巨大的光柱从云缝裂出，照亮大地上一隅城市楼群或碧野山水，雨就从那游走的乌云上洒播下来。那时，偶尔抚过人脸的阳光一点儿也不热，柔柔曼曼如同花之新瓣少女纤手。

厦门的太阳雨是突如其来的、断续的、行走的，甚至是跳跃的，如同活泼的顽童玩笑、逗趣在你面前，雀跃、嬉闹在你周遭。打起伞，雨走了，就在你前面不远；收起伞，雨来了，就在你身后；一仰头，细雨扑面洒在脸上；一低头，阳光从头顶滑过周遭的人物……一切是那样清新那样充满质感富有诗意。

最值得关注的，还是厦门干净的路上那一汪汪一片片浅浅的积水。那些大小不一、形态各异的浅坑积水统统模拟自然界散落于山川、平原、千里沃野的湖泊气派，用清澈的水，把碧蓝的天、墨黑或者洁白的朵云倒映到地底下，让走过这些小水洼水坑的人们领略天地一体的宏大气派，生出行走于天地间乘风踏云的豪迈。

呵呵！鲜活的天地鲜活的太阳雨。走在厦门夏天的太阳雨中，真是一种福气。

两条鱼

　　女儿坚持要养活物，以释放充满她身心的爱心。只好由她。养狗受到限制，养猫比较腻烦，就养两条金鱼吧，干净又悦目。

　　去园林花木市场，到挤满金鱼箱的水生物商店，店主按照女儿的意愿在一大群金鱼中，挑选了两条红色金鱼。她不说公母，而说，一条男的，一条女的。只是她乱点鸳鸯谱，不知这对临时凑合的男女能否相亲相爱、平安过活、白头偕老。

　　得到这对活泼的鱼儿，女儿爱不释手，把它们喂养在一个菠萝状玻璃鱼缸里，在里面摆上贝壳、沙砾，还有海草，煞是清新好看。两条鱼离开群鱼，成双成对来到这个独立的陌生所在，在一阵剧烈的东冲西突茫然不知所措之后，似乎互不买账，它们在鱼缸尾随追逐，来往穿梭非常烦躁。眼见寻找鱼缸出口无望，便开始背对背用嘴巴猛烈冲击缸壁，试图破口而出。这当然徒劳。

　　卖鱼人说：每天喂三次，每条鱼一次只能喂一粒鱼食，喂多了它们就没力气游了，而且还有可能被撑死；水三天一换，必须是放过夜的自来水，以挥发里面的氯气。女儿如法炮制，每天小心伺候，生怕稍有差池。

　　一连数天，两条鱼在鱼缸互不搭理，各玩各的，从不并头并肩亲昵嬉戏。它们两尾轻摇，偶有碰撞，会相互迎头冲击，不依不饶，持续不睦。到吃食时，两条鱼剧烈拼抢，毫不相让，令女儿每次喂食都很为难。渐渐地，那头稍大的金鱼，也不知是男是女，似乎开始接受现实了，拼抢片刻，见获食无望，就游到一边，把嘴巴撮向水面，企图让女儿直接将食物投到它口中，好多次，女儿就是以这种方式让它获得食物的。而那条小的，仿佛早已窥破那条蠢鱼与女儿的默契，总是能在女儿手指尖的鱼食落水时，灵巧而迅速地在第一时间抢先吞下食物，然后得意地在鱼缸圈游，并贪得无厌地回头觊觎新的机会。常常那条大的一粒没吃上，那条小的已然吞下三四粒了。女儿无奈，怨大的笨，怨小的贪，哈哈笑着，以打游击的方式，定要喂一粒食物给那笨鱼。

　　不争食时，两条鱼在鱼缸摇头摆尾，缓缓游弋，依然很难聚首。它们脱离了广袤的水域，在被控制的空间活着，失却了作为鱼的属性。它们活着，只是因为它们以类似花朵的形体和十分艳丽的色彩博得人们的欢心。一旦它们的生命失去了，就一文不值了。对于人来说，换掉几对金鱼是件不足挂齿的事。人们的种种行为、做派，不知是否也有看客。

两条鱼似乎渐渐熟识了，也许无法选择的现实让它们终于放弃了争斗而无奈选择和平共处。它们已经不再相互攻击了，变得相安无事，偶尔碰头还会交头接耳似窃窃私语；获得食物时也不再争抢。尤值得一说的是，它们习惯了被观赏的命运，习惯了这一处狭小的空间，懂得慢慢去浪费去消磨尚还存续的生命。女儿在喂鱼时常发出"真乖真漂亮"的赞誉。

两条鱼长势不错，肥了不少。它们显然没有刚来时活泼，并且逐渐从容持重悠闲起来。女儿说，这个菠萝缸太小了，得换个大的。我深以为然。

冬 声

风从窗户缝隙挤进来，吹出尖厉悠扬的哨音，放肆的高唱十分嚣张，呼啸时若千军万马过境，尖厉时如做作歌女的"海豚音"，舒缓的时候，冷风轻揉窗棂，发出乡下少妇给幼儿端尿的口哨，温情细弱婉约、若催眠……

冬天确实来了，来得鲁莽。——昨天还温暖如春，舒适宜人，今天一早，从暖和的棉被里探出头来，立即就被温暖拉回被中。伸出双臂，在冷空气中适应一阵，从被中坐起，稍带点寒凉考验的意思，不久就习惯了。温馨的卧室因冷风的侵蚀确有几分寒意，也有几分室外山野冷雨的清新。——厦门冬天本来就不太冷，深冬的冷顶多添些拘束，可谓清冷。北方大雪皑皑的时候，厦门也就隐几天太阳，下几日细雨，有故乡料峭春寒中春雨的韵致。

这被海洋性气候照顾的地方，人们仿佛被娇惯了，厦门人似乎特别怕冷。瞧瞧看，街上打伞在雨中漫步的人穿着臃肿的羽绒服，围着夸张的毛围巾，更有皮衣、大衣裹在身上的，仿佛在箱子里待了一年的过冬御寒设备这会儿大检阅了。而我不过加了件坎肩，套件外套。

窗外天色阴晦，五老峰隐入雾霭，城市的水泥森林里所有的空间都充盈着雾瘴，灰蒙蒙的。往日，山上时有群鸟和鸣，它们的聒噪时常吵醒我的酣梦，让人有离天很近与山很亲的快感，今天没了，只有冬的风声。

网上，有乡亲发 2010 年第一场雪的图片。故乡平原雪景很亲切很解馋。那是我幼时每年都能体验到的情景。稀疏的雪花随风飘散，地上的雪薄薄的，纯正的亮白点染村庄田畴，河流在雪寒中越来越瘦，绿色恰似鲜艳在一张白纸上，山坡田埂上的枯枝败草刚好被素雪覆盖，四野的景色有水墨画的素淡、雅致，给人纯洁、冷浸的静谧……有张图片使我有顿入雪景的错愕：一个老汉，挑一担绿油油的菜，菜叶冰结，上面洒着点雪，他用草要捆绑着厚厚的棉袄，连他呼吸的雾气都隐约可见，恍惚中竟似乎听到他温暖的呼吸声和踏雪的脆响……

门窗抵抗着外面的寒，发出努力的声音。冬天携着冷风、寒雨顺理成章地来了。

淡品沙茶

冬意渐浓，寒风无孔不入，衣襟衣领处的肌肤均不时感受到风刀的凌厉。这样清冷的早晨，到中山路1980小吃店吃热腾腾的沙茶面，当是最佳选择。因此，妻一提议，我和女儿立即响应。

这家位于中山路东段的店门面很小，沿食档前的窄巷走进去，点了面食，付了款，自己用小盘端着，走进去，里面"别有洞天"，餐厅摆满火车座，座无虚席，还有好些人端着盘子穿行其中找座。我很奇怪，外面沙县小吃、妙香扁食之类特色早点档多的是，何以非得到这儿凑热闹？连个座也没有。没办法，人家好的就是这一口：正宗厦门小吃，味正量足。

妻排队点食，我们挤进去抢占有利地形。还好，正好有一家三口打着饱嗝离桌，我们立即去收拾盘碗，招呼店员清理桌子。店员七八人，清一色中年妇女，大多集中在门店食档柜台里流水作业，只有一两个收拾餐桌，很清爽、热情、麻利的样子，让人很放心。——正宗特色美食应该出自这个年龄段的妇女之手。

吃的主题似乎与青春无关而只与经验有关。中山路另一头的一条支路上有个阿婆粥铺，老阿婆80多岁，银发飘飘，清朗和善，笑容可掬，每天早晨在老伴的协助下，卖完百多碗粥就收摊，想吃阿婆粥，得赶早排队。人说，您都儿孙满堂了，该乐享天年，何必辛苦？阿婆笑而不答。旁人说，能关早关了，每天不开门就有人排队，阿婆不愿让大家失望。这就是品牌，不服不行。

面来了，浓郁的沙茶酱香热热地悠入鼻息，坐下来挑几根面入口，那面很有韧性，颇有劲道，带着沙茶酱熏人的芝麻味。厦门人特别好这一口，我也慢慢习惯了。喝着沙茶汤，浑身暖洋洋。看着对面吃得津津有味的母女俩，我忽然想起十几年前那个暴风雨的凌晨，我们回到武昌站饥寒交迫的情景。那时孩子尚在襁褓之中，不知是为饥饿还是为颠沛而高声号哭。如今她已是懂事少女了。不禁感慨万千。人生蹉跎，岁月如梭。上天一定会眷顾善良、执着而懂得珍惜生活的人。今天的安宁、幸福，是昨天我们不抛弃不放弃而认真生活的结果。

闲烹茶

烹老普洱，以铁壶、铜釜、柴炭为之，慢、香、浓，空气中弥漫点轻薄白烟，氤氲着柴炭淡淡的烟火气，以青花瓷杯半杯冲盛，茶汤滚烫、清冽，小口啜饮，醇香袭人，甜而不腻，有轻涩、微苦，入喉和顺、滑润。

这之前，到商场采买了老普洱、绿茶、铁观音、菊花、龙眼、红枣、冰糖、板栗等坚果之类，用密封罐分盛，摆在茶桌上，瓶瓶罐罐，琳琅清爽。再置茶釜、架铁壶，就有了安静、充实的氛围。

再好的茶具、再好的茶，没有好水，是烹不出好的茶汤的，所以，最重要的，是到山上取泉水。植物园山不高，却林密泉丰。看到很多市民离开盘山公路，沿着上山石阶钻进密林，爬上山顶，到一个山坳悬崖下以塑料桶接泉水，我亦步亦趋，如法炮制，打回山泉水。这个过程相对于购买那些可以任意匹配的茶料来说，过于延宕，相当劳累，沿途汗流浃背，还要不断回答熟人的探寻，似乎做了什么出格之事，要应对种种疑虑和质疑。

忙的时候，无心烹茶，也断无法烹出其中营养，品出个中滋味。只有真正"闲暇"了，了无牵挂了——身心真正闲暇，才可启动烹茶流程。开启音乐，从容坐下，慢慢生火、取水，以铁沙球笼老普洱烹之，这时，连等待都那么惬意，情绪在音乐的流动下，会随着茶香的逐渐弥漫而渐入佳境。

没有繁复而市井的逛街购物，没有辛苦执着的爬山取水，尤其烦恼多、纠结多、拿不起、放不下，缺少那分坦荡宁静的心境，这个过程就显得太麻烦太多余了。

曲折，宽窄，平坦或者坎坷，这就是生活的真实表象。我们很容易为过去而追悔，为眼前而纠结，为未来而惶恐，却很难珍视当下。正如这铜釜铁壶烹茶，一连串断断续续的烹茶准备工作行进到烹的过程，需要的只是一种心态：从容、细致、淡定、执着、认真而精致地享受过程，淡看一切结果。

盆里一棵草

那个花盆在阳台上已闲置有些年头了，而那棵草就长在那花盆里。

那棵草属意外之物。种从何来，何时生根、何时发芽，我不得而知。在我没有关注到它之前，它在这有限、拘束而又贫瘠的空间里茁壮着。四季更替，晴晴雨雨，叶青叶黄，三两片枯叶在不知不觉中自然脱落盆里，根须越来越粗壮，并逐渐凸出花盆土面，有独占花盆的傲气。

正是它独占花盆的气势引起了我的注意。我恻隐而生爱怜和感动：一个小盆，几捧沙土，断续残风，几丝阳光，点滴雨水……它尚能如此茁壮，实在令人肃然起敬。它的美，不在它的来历、外形和生长环境，甚至也不在于它给这阳台增添的那一点点可怜的绿，而在于它自信到固执、蓬勃于阳台一隅的顽强。

它应该活得更好。于是，给它施了几粒闲置很久的花肥，浇足水，还清洗了花盆，整理了盆里的土，并把它垫起提升到更方便接受阳光雨露的高度。

这棵草，受到特殊关照，有了肥，得了充足的阳光雨露，果然大放异彩。那枝叶碧绿俊俏，泛出绿油油的光，草芯的嫩叶层层伸展，在微风中微微颤动，十分可人，令人感动。

此后，偶尔光顾阳台，我会给这棵草浇水，松土。妻说，你不养花养一棵草，有什么意思呢？她所说的"意思"，涉及价值、作用等功利性内容，我与这棵草，显然不是这些内容所能概括的。我说，我喜欢。

有那么一段时间，事情一多，心思不闲，我居然很久没有光顾阳台，当然更没有特意去关照那棵草。某日心血来潮，到阳台去打探，草已全然枯萎焦黄了。怎么焦黄了呢？它站这么高，最近又偶有阴雨，即使不浇水，它也应该完全可以继续茁壮呀。妻说，死好久了，草属半阴植物，你把它放那么高，被晒死了。我不禁叹息：这草，种族平凡、体质弱小、生命微末，原是经不得在高处长久曝晒的。是过高的地位、过多的阳光、过于丰沛的雨水溺死它了。

讶然而哑然。我把它拿下来，放它回原处，随它去了。

过虎溪岩

荫翳几日，到中午，太阳从迷蒙的云雾中露脸，慷慨泼下倾盆的温暖。看着、沐浴着，连心都暖。这样亲切的冬日，待在冷沁的屋里是不相宜的，做人，对自己要好一点。

住五老峰下 5 年了，与之相关的南普陀、植物园、白鹿洞、文曾路等处我俩早已路旧景熟。记得刚到厦门时，获知掌故所言"厦门八景"大都与植物园、五老峰有关，遂数次从南普陀登山，专寻僻静小路，爬上山顶，翻山越岭，依次踏过所有山峰，体验海岛岩山密林幽深之妙，品味那少有人气的山野静谧之味，很是畅怀。2000 年元旦，我们曾凌晨 3 点起床，从植物园进山攀岩，翻山越岭，到文曾路，上东坪山，跨过多条山峡，沿盘山公路到半山腰，又寻僻静之路，避开军事禁区，直上与云顶岩遥遥相对的鼓峰（五峰）看新世纪第一个日出。

白鹿洞在玉屏山南侧虎溪岩，我俩曾多次翻越。每次，我们见殿必进，见佛必拜。——窃以为，拜佛说到底是拜自己，是拜内心那个善良、宁静、空灵、至远的自己。在殿宇轩昂、熏香缭绕、庄严肃穆的气氛中，面对慈祥诚厚的高大佛像，如果一辈子坦荡为怀，良善处事，不曾做凶恶、奸诈、贪吝、苟且之事，我们就足以对自己好好膜拜，那膜拜，与带有赎罪般忏悔之心的欺骗性膜拜是不同的。——只有一如既往阳光、坦荡的善才可赢得陪伴终生的内心宁静和周身通畅。

走进白鹿洞寺山门，拾级而上，一蓬高大的菩提树矗立山崖，笔直而挺拔地直入云天，树干要两人才能合抱。那树叶很有特点，一簇簇如大朵盛开的绿花结在枝头顶端，组成一蓬巨大的伞盖。抚着菩提树转上山岩，庙宇就在眼前。

拜过佛，入六合洞，观"亦小洞天"和清王步蟾诗摩崖石刻，走近由巨石天然叠加而成的石室，石庭扩大，蓝天一孔，不由感慨大自然的鬼斧神工。上圆通殿，拜观音。转道，入白鹿洞，到处雕佛刻字，陈设香案。历代文人、官吏为求不朽，留下许多字迹，有些已经风化模糊难以辨认了。可见跟时间较劲，与历史缠绵，不过是笑话一场。健康而自由坦荡地活着，才是最伟大最恬静最富裕的事。

在阳光下钻进洞穴，出洞穴融入阳光，寒温两重天，煞是宜人，你可以把阳光和洞穴当作不同的天堂，以安宁的心绪移步登山，虽只是单衫加外套，还敞着，浑身那种轻松、温和舒畅之感自呼吸发端，到双腿落实，好不自在。

最令人叹为观止的还是白鹿洞。一块巨大的岩石搁在两座山崖上，遮蔽成近两百平方米的石室，地面有两个平台，高处内空两米多，低处一米多，被人为隔成两殿，左殿供奉卧佛，右殿佛龛上供奉着佛祖和众多罗汉。平常，左殿以铁栅栏为门，一直上锁，每次上山都无法进到卧佛殿，今天缘分到了，铁栅门敞开着，我第一次走进卧佛殿参拜，心愿祥和空寂。

白鹿洞旁，山崖呈高峻石壁，凿石壁为窟，内矗高大立佛，其旁有花岗石茶座平台，有苍松翠柏和古榕。拜罢立佛，依石桌就座，其时，太阳西斜，平台上只有阳光，没有一丝风。极目北眺，厦门新城尽在眼底。外套穿不住了，脱而置于石桌，背靠山崖，于阳光下轻诵《药师琉璃光如来本愿功德经》《大悲咒》《般若波罗蜜多心经》……久之，竟恍然如闻天外之音，不觉超然。尔时侧目西望，太阳正置于对面山顶凉亭尖顶，渐隐于亭后，那凉亭毫光四射，令人惊异——时光的流逝，原来还可以这样辉煌。

此时，庙里的木铎响了，山下，一个和尚，一边敲着，一边从大雄宝殿山墙边走过……

猪食槽之觞

　　它被从山野崖头分离出来，敲打开凿，成为石槽，进入农家，被作为猪食槽。农家改用塑料器物喂猪之后，它被扔在墙角垃圾中。

　　应我请求，定敏兄打听到这只石槽，将它从乡村角落垃圾堆翻出，买赠予我。我如获至宝，请它坐小车、乘飞机，飞越千里，来到厦门。

　　石槽有灵，会否迷惘？石匠凿它出来是 80 多年前的事。饲猪的年头，猪娃从肉肉嫩嫩、圆圆滚滚，长到贪官一样肥头大耳，一直用它进食。脑满肠肥之际，猪的食性也像贪官一样日刁，不知吃什么好。于是，杀猪的日子渐近，石槽很快将迎来新的小猪。——石槽历尽肉猪生死，屡遭遗弃，屈掩垃圾堆，始终不变初形，不改本色。

　　石槽蒙旧尘，泛灰白。放满水，养几条锦鲤，放几朵浮萍，应该很惬意。

　　到各处人造池沼梭巡、寻觅，没有找到浮萍。在厦门最有历史的中山公园，我寻遍水榭池沼，搜尽积水成渊之处，只见枯叶飘零，就是没有浮萍。

　　乡村呢？花一个星期天，我驱车数百里，从高速转国道、下县道，上乡村公路，深入、深入……希望逢着僻静乡村，找到原始池沼。然但能通路之处，路两边满是被机械戳乱而荒芜的土地，到处是围着院墙的工地，随处可见废弃的半拉子工程。那些水坑、水塘、水库，积水不是臭不可闻，就是干净得可以看见水底，连一点水生活物都看不见，哪有浮萍的影子？

　　只好求助于水族馆。没错，人心杀灭的许多自然之物，不特别用心饲养，大抵只有绝种的命运。像野生于山间清溪的锦鲤，用来形容浮泛之交的浮萍，原本是自然界司空见惯的凡物，如今变成了稀罕物，成为商品，要作为宠物购买。

　　这石槽，山是它的母亲。山野、河流乃至天空是它流浪的路径，而石匠、运输客、物主、历代猪主人和猪，未来必有的水、锦鲤、浮萍与我等，都不过是过客。

　　结果是：一切都过往了，它还在。

路上一只虫

正匆匆走呢，忽见路上一只虫。它脚步忙碌、疾速，有癫狂迹象，可怎赶得上相对于它如此庞大的我呢？

当然，我全无胜过虫子的骄傲。在它的世界里，它一定是自信而强大的，也许像我们无法确认外星人一样，它也无法意识到或者确认我们人类的存在，所以，正如我辈，即使危险已在头顶，也照样麻木混沌，在那儿悲叹命运。

它的命运因其身处复杂的路上和被我发现，顷刻诡异多变。即使我没发现它，它的前途也有两种可能，要么被行人的脚步踏得粉身碎骨，一生就此结束，死都不知是怎么死的，而行人也一样浑然不觉，不知道自己在忙碌的奔波中竟不知不觉做了凶手；要么侥幸躲过，继续前行，只有时空了然于心。

也许，每天、每时、每刻，我们都在做着这样的凶手；都在冒着同样的风险。而我们浑然不觉。

这是只黑背甲壳虫，体量仅绿豆那么大，形态比网上公布的那种咬人一口可以夺人性命的蜱虫漂亮多了。意识中，一个恶念闪现，就像儿时发现这类虫子一样：踩死它、摁死它，还是放过它或抓它去玩弄……

看，我有多无聊多凶恶？为什么要踩死它摁死它玩弄它呢？就凭我比它身体硕大力量远超它吗？这似乎是唯一理由。人类其实每天都上演着这种残酷的游戏，人们习惯于玩这种游戏，并乐此不疲。他们把这叫作权力、优势、优越感，但这对于一只虫子来说，实在是千古奇冤。

我不能踩死它。尽管假、恶、丑、黑成天喧嚣周遭，我自信自己在人群中还保有基本的慈悲和人性。遂放过它，让它继续快乐爬行，我以自己大度的慈悲，在一只虫面前难以掩饰内心的得意甚至轻狂。

虫依然在路上爬行，它感受不到它的命运在同一个世界的另一种动物内心掀起了波澜，也感受不到自己正冒着生命危险，跟人类日常的状态一模一样。

我不踩死它，它就安全了吗？大路上人流如织、熙来攘往，脚步纷乱，没有人会关注到一只虫子的死活。它现在依然乐呵呵狗跳狗跳地朝着自己的目标狂奔，全拜了我无聊的关注所赐。

我离开它，它随时可能毁灭。一个生命在无常中，居然与另一个完全不同的生命建立起如此绝对的依存关系，自然的安排、无常的勾连是如此毫无定规。这只虫，它一方面要在自己的物种圈子里承受丛林规则，苟延残喘地活着；另一方面，还要在懵懂中面对多种未知物种成千上万种可能的虐杀，它的命运这样悲观，如果它没有足够的糊涂，如何能活得下去？

在行人狐疑、古怪的目光中，我把这只虫抓起来，放进路边绿化带，这样，它至少在相当长的一段时间里，只须面对草丛中相对少得多的风险，但愿它四海为家，少有性命之忧。

回过头，看看周遭往来的人群，我不是一样处在这丛林一样的世界吗？

小粟米（上）

办公桌上来了只虫子，粟米那么大。第一次发现它，是在屏幕上。那么小，照平常习惯，抽张纸巾按上去，就解决了。我没这么做。虫子也有权利在这个空间活动，只是它最好不要打扰我。于是，我用指头去赶它。它很敏感，指头还远没靠近它，它就感觉到了，爬行速度飞快且呈直线，很快就从屏幕上消失了。

每天这只虫子都出现在我的桌面上。偶尔隐隐现现，从暗处爬出，在桌面徘徊，爬过显示器基座，到桌面驻足观望，然后爬过移动硬盘、MP4、两部手机，绕过茶杯，跨过空旷的桌面，直达鼠标，颇有逐一检阅的意味。它天天这样出没，没有方向，没有定规。

我叫它小粟米。

小粟米在桌面自由驰骋，我渐渐养成了与它共处的习惯。每天坐下来，先是看小粟米在不在桌面上，以防放硬盘、手机杂物时压到它，更要防止握鼠标时不小心捻死它，要小心看看鼠标周身是否有它在。尤其是擦桌子，有些污点就像小粟米那么大，我得一个个用手指去试试是不是它，避免擦下去伤它性命。很巧，每次都没有发现它，总是我坐下来忙乎很久后，它才从角落爬出来，脚步轻快而急速地横穿桌面，然后纵横上下左右，不亦乐乎。我想，在这样广阔的桌面上自由驰骋，小粟米该十分快乐。

因我一丝善念，与我们同处一个时空的另一个微末生命不仅能继续享受生命，还有了活着的安全、自由和欢娱。这一善念施惠于小粟米，也回馈我内心。小粟米一点也不妨碍我，倒是我在疲乏时可以端坐桌前寻找小粟米的踪迹，观赏它在桌面畅游、徘徊和毫无定规的驻足观望。

我能否与它交流呢？

某天，看到它出现在桌面上，我把手掌远远放小粟米必须经过的桌面上，看它是否会爬上我的手掌。结果我失望了。还没有靠近我的手，小粟米远远就掉转方向朝一边走了。它是如何判断出我的手掌与手机之类不同的呢？热气，气味？

或者生命的某种其他微小到我们感受不到而小粟米却能强烈感受到的信息？我困惑。小粟米绝不会爬到我的手上，手指都不行。离手指一寸多远之外，它就转方向了。如果我的手指迎着朝它运动，它远远地还会后退、后退，然后改变方向。遇到手机或者移动硬盘，它会大方地爬上去，爬过去，而一旦发现我的手或手指，就会到边边角角去躲藏一会儿，稍后视动静继续运动。

它吃什么呢？我不知道。这么久的和睦相处，它的精神头那么健旺，我相信它一定不会缺少食物。它的生活应该是所求甚微、极少计较、极易满足。至于它不懈运动的目的，这怎么是我们人能够理解的呢？

直到有一天，我看到小粟米身后跟着另一只粟米，它们时而并列、时而前后、时而交叉、时而分头又聚首，我就知道，要不了多久，我的桌面上就会出现三个四个五个十个甚至更多的小粟米。如果这儿成就了一个小粟米的大家族，那我还能如此悠闲地看着它们在我的桌面上自由穿梭爬行自行其是吗？如果我现在就拈死这二位，这样的事情也许就永远不会发生。但小粟米和它的伙伴是这样快乐，我实在不忍加害于它们。

我于是困惑。我的懒惰把我从困惑的泥淖中捞出来：世界是时空在安排，我何必为未知的困扰去行现实的恶毒呢？

小粟米（下）

回故乡一趟，八天工夫。

再坐到办公桌上，面对电脑屏幕想点"正事"，两只黑里泛红的虫子从桌子底下翻到桌面，不慌不忙，大模大样，它俩不仅身个大过米粒，头前两根触须也长了不少，在前面嚣张地晃着扫着，这就是小粟米和它的伙伴吗？这不是一对蟑螂吗？

一切关于小粟米曾经美好的情调和众生平等的心态顷刻失衡——瞧这肮脏可恶的玩意儿，什么小粟米，什么小粟米的伙伴？这俩该死的家伙居然把我的办公桌当作它觅食调情传宗接代为所欲为的舞台，去死吧！我随手拿起一本书就要拍下去，担心脏了书；放下书，搜寻其他方便拍蟑螂的物件，竟没有一样合适。

俩蟑螂还在桌面走走停停，触须碰碰这儿触触那儿，有时相互交接、触碰一下，似乎在商量着什么，看来，它们不仅早已熟悉并习惯了在我桌面上的幸福生活，而且已然安家落户即将繁衍子孙了。我的桌面必将成为一新的蟑螂家族的前大院或者后花园。

这真是件既荒唐又讽刺的事。

我的善良受到了讽刺，而我的慈悲正接受挑战。蟑螂不死，我恶心难平；处死蟑螂，我的伪善昭然若揭。

做人，何以总是如此矛盾、尴尬？

其实没那么复杂。伸出手指，快速追击，即使它们以迅雷不及掩耳之势的速度逃窜，也难逃在手指下成为肉泥的命运。手指到处，蟑螂毙命，洗净手指，一切归于平静。

可我伸出的手指，在半空从坚挺到委顿。这个世界如此不公。丛林规则毫无道义、毫无人性、充满欺骗、充满血腥。我对弱小的蟑螂尚且都文绉绉酸溜溜地下不去手，又怎能逃避在这个世界上如蟑螂般的命运呢？

死不足惜。是活东西，都得死。只是死的形式在这个纷繁芜杂、越来越诡异的社会充满宿命。每一个活着的东西，活在危机四伏的世界里，活得很偶然，很不容易，正如桌面那对也许很恩爱的蟑螂，它们按照自己的意愿和习惯生活着，招谁惹谁了？可灭顶之灾正如达摩克利斯之剑悬在头顶，我一念之差，它们就得付出生命的代价。

最终，我的习惯让我放过了这对蟑螂。我知道我很软弱，也知道，要不了多久，我这张桌甚至是我的空间将充满蟑螂。

我的行为对这俩蟑螂是负责的，但对同事，对社会是极不负责任的。于是万分迷惘。

过客记

正月初三，登鼓浪屿。

在厦门，跑步，宜环岛路，而走路，却有多选：环岛路外，白鹭洲环湖步道，绿色充盈，碧波荡漾，空气清新，可；铁路公园，往返8千米，若绿色隧道，沿途步移景换，清新自然，可；五缘湾步道，木栈道环湾，绿树夹道，虹桥卧波，海天景壮，可；五老峰顶，林间步道，穿林过岩间，居高临下，赏岛内各样美景，亦可。尚有万石植物园、园博苑、天竺山、北辰山等可供健步。

然尤宜健步者，首选鼓浪屿。或一人独行，或两人偕行，或阖家乐行，或成群结伴同行，穿行鼓浪屿，南洋风、欧风别墅森然排列，成群成片，构街成巷，兼时花溢院，古榕蔽天，无论履平坦故道，拾古老石阶，各有奇趣。而或援坡攀崖，街巷宽宽窄窄，曲曲弯弯，路越峰峦，花墙夹道，起伏跌宕，无律回环，崖生古榕，虬根抱岩，蔚为壮观。蓦然逢弯，或登顶四顾，各式老墅，绿色掩映，俨然身侧眼前，令人喟叹时空无常，世事纷繁，厚重庄严，自在其中。

登岛沿环岛步道放足北上，由龙头路上坡，入街寻巷，春风扬波海上，回旋岛中，为万木添绿，百花增艳。目之所及，绿肥红瘦，皆浓情似火，娇艳欲滴。

人曰，鼓浪屿，为漫步胜地，尤宜情侣彳亍，尔侬我侬。仔细品味，如细嚼慢咽，别有雅趣，此固有自在酿情境界，于我，却不相宜。我喜于鼓浪屿狭长而蜿蜒之街巷疾步速行，若疾行中观影，历品优美隽永之海洋建筑文化大片，万千市井风情，尽收眼底，虽贪婪，却惬意于心。如此，我于岛内山中，盘桓数小时、数十千米，观千百墅，赏各色花，拜无数榕，拍万千照，驻留此时此刻，秒秒皆为享受。

偶遇两犬，一大一小，依偎街心，淡定侧卧，静观往来行人，游人过其侧而绕道，行脚擦其身而无感，满满此街宿主气概，令人动容。正如岛上花草树木，任你观赏，任你品嗅，其自迎风沐阳，浓艳如常，了无贪欢之媚，求赏之谄，如鼓浪屿，正所谓"宠辱不惊，去留无意"。

我于鼓浪屿，屡为过客，却似老友，冥冥之中，前世之约。是为记。

记忆的青苗

也许是冬天的缘故吧，故乡的河比我记忆中瘦了许多，河水清澈见底，映着灰蓝的天，还冻着边，细碎的冰凌闪着晶莹的光，瑟瑟缩缩的样子，两岸衰草沉稳地等待着春天，而田野上的麦苗则炫耀着热热闹闹的绿。

这是一张照片，是儿子应我委托，回故乡过春节时照的。也许他深知老父心愿，有意选取了石桥南边这节伴我长大的河道，那熟悉的河水，正浇灌了我内心对故乡思念的枯竭，使我心中轰然长出嫩绿的青苗。恍惚间，我眼前呈现出了儿时的肥河、青草和微笑的水牛……

故乡地处江汉平原与大别山脉延伸带交界处，这条春秋时叫寒溪的古河道从北部绵延的群山中汩汩突突蜿蜒而来，直下江汉。河瘦是瘦点，却堪称玉液琼浆，两岸田野的庄稼被她哺育得根深苗壮，沿途历代百姓历来视为甘泉。

最热闹的季节当然是春夏。河水漫上河沿，河道肥美汹涌，河水呼呼啦啦左冲右突击岩拍岸而来，夹岸簇拥河道的是麦的金黄、稻的浓绿和岸草的青翠……

最壮观的是涨水的时候，那时河水漫上两岸梯田，浩浩荡荡向南涌流，村人要到对岸打理农活须脱了衣裤，双手举着衣服踩水过河，牛、狗们也会跟着泅水的人们扑水过去。我家那时喂养着生产队的一头水牛。它一身黝黑，大家叫它黑皮。黑皮的犄角从一点点骨头包长成弯弯的月牙，又随着身体的壮大长粗长长，渐渐在头顶儿近对接成一个圆框。我那时十来岁，每天只上半天学，下午就去放黑皮。黑皮泅水很老练，它一到河边，鼻子略嗅嗅奔腾的河水，有时顺便喝几口，便屈曲前腿，身子匍匐下水，我随即趴在它宽宽的脊背上，一起漂游过河。

河水退去后，两岸野草覆满过水后的泥浆，但不几天就返绿。黑皮脚劲好，每天一上村后大路，只要我一抖牛绳，它就会撒开蹄子，朝小河狂奔而去，让我体验骏马奔驰的快感。在河滩上，我们习惯把牛绳搭在牛背上，让它们在河滩上自由放牧。一般的牛不敢随便靠近秧田，怕打，但黑皮很鬼，它总是磨蹭着往岸上的秧田靠近。在田边，看上去它是在一本正经地吃草，其实，一瞅我们没注意，它就偷咬一大口嫩绿的秧苗，在那低着头美美地偷吃。我起初没有识破它的诡计，还以为它很正经地在吃田边肥嫩的野草呢，后来发现它放牧过的田边秧苗被啃成一个个秧桩子，就把它赶到河滩上，死死地揪着它的大耳朵，摇得它的头像拨浪鼓。而它居然会一面摇着头，一面微张着嘴发出"哞哞"低脆的哮叫，不像呻吟，更像是赢家得意而自满的晒笑。自此，只要黑皮鬼鬼祟祟朝秧田边磨蹭，我就跑去用枝条将它赶到河滩上。后来，只要它有靠近秧田的企图，我只需在河水中站起来，大叫"黑皮！"它就会激灵一下猛地跳离秧田。

我们天天在河滩上放牧，滩上的草长得再快也没有牛们啃得快，啃起来当然会越来越缺乏快感，秧苗对它们的诱惑实在太大了。黑皮后来故意在放牧中离我们渐行渐远，然后它会铤而走险，忽然蹿上河岸，一脚踏进秧田，公然大口大口暴吃秧苗，等我发现后气喘吁吁冲到它身边时，秧苗已经被它啃掉了一大片。虽然它每回变着花招偷吃秧苗免不了要挨一顿鞭子，但黑皮腐败的花招使我防不胜防，惹得队长扣掉了我家不少工分。

冬天草木枯黄，生产队将牛分配到各家各户去照料，并配给相应的草料，黑皮被分到我家。故乡冬天干燥、清冷。父亲照例将我家放杂物的夹房腾出来，用破棉絮将檐下透风的缝隙塞好。母亲给黑皮的背上搭上两条麻袋，用布条固定在它的肚腹上，还给它的犄角绑上棉絮。母亲说，人从脚下冷，牛从角上冷。队里分的稻草全堆放在夹房里，黑皮想吃随时可以吃。黑皮很有德行，从不在屋里拉撒，有了屎尿，它总会在夹房发出粗重的喘息和嘶叫，并踢踏地面，提醒父亲带它出去方便。每天母亲将淘米水烧热，兑成温水给黑皮喝。生产队有时也会分些豆饼给牛增加营养。有些家庭舍不得给牛吃，将豆饼晒成酱佐餐。父母说克扣牲口的食物会遭报应，从来都是用锤子砸碎了，分成小份喂给黑皮吃。

大雪天，一家人围着炭炉子烤火，或煮着豆腐白菜吃饭。怕黑皮挨冻，父母又给黑皮背上增加一床旧棉絮，喂给它豆饼时，也特别呵护一些，用手一把把喂到它的嘴里。冬天最难得的是艳阳高照的晴日，社员们忙着往麦田送家园肥，队里的牛们一般都会被系在村前晒太阳、吃草，或打盹。黑皮不同，它静不下来。

有一回，父亲把它系到门前晒太阳，它浮躁地嘶鸣着绕来转去。父亲让我牵着它随它的意，结果，黑皮一上大路就踏着欢快的脚步往河里跑，直到河滩上，它伸着长嘴东嗅嗅，西啃啃，磨磨蹭蹭，偶尔还会举头望望河沿上梯田里青翠的麦子，我用绳头抽它，呵呵，想吃麦子啊？见没了希望，它才躺在河滩上，眯了眼晒太阳打盹。母亲说，黑皮欠（方言：想念）青了。

一个冬天过去，黑皮走出我家迎接春天时毛光体壮、活蹦乱跳的，惹得父母的同辈人笑话他们把黑皮当儿子养。

那年生产队搞联产承包责任制，分成若干互助组，生产资料也按承包的田亩分配。黑皮被分给包括我家在内的五个人家共同喂养使用。分组的开始也是黑皮厄运的开始。五家共用一匹牛，经常是东家刚忙完，西家接着忙。忙完耕田，接着忙耙地。碰到高峰农忙季节，黑皮日夜不得空闲。它渐渐消瘦了，浑身充满鞭笞的伤痕，毛也日见参差稀疏，大大的眼睛也布满血丝，结满眼垢，长长的脸上总是挂着泪痕。1978年秋天，我考上了一所师范学校离开村子去上学，系在我家门前的黑皮看到我将要离村，头一直跟随我的行动转来掉去，眼巴巴的，眼眶盈满泪水。临走，我放下行李，走近黑皮，抚摩它的犄角和长耳朵，跟他告别。它的脸在我身上挨擦着，出着粗粗的浊气，看着它泪流满面的脸，我忽然发现，形如风车的黑皮已经老了，过早地老了。联想到我家同组的村民对黑皮乏力、懒惰的抱怨和父母爱莫能助的叹息，我心情异常沉重。

当年冬天，我寒假回家，黑皮已经死了。母亲说，黑皮是累死的、饿死的。为了钱，那几家不舍得把草给它吃，而是挑到街上去以两块钱一百斤的价钱卖了。虽然每月有五六天的时间在我家，但黑皮被饿得渐渐吃不下去了，连豆饼也不吃，成天只是流泪。它没有力气下地，免不了要反复挨打。它拖着瘦弱疲惫的身子，不得不硬挺着被套上轭头下地，直到后来躺下去连站起来都很困难。它终于没有熬过前几天的一场大雪，在一天夜里死在另一家的牛栏里。牛是生产队的，黑皮死了后，成了村里一件小小的喜事，队长安排人将它剐了皮，全村人在村前的大稻场烧起大铁锅加餐。我吼道：你们都去吃了？你们都是畜生！父亲两眼吃惊地看着我，骂我书越读越痴，他说，一头牛，值得你这样大惊小怪？

在村前大稻场上，我悲愤地看到，黑皮那张皮被展开着贴挂在生产队仓库的山墙上，稻场上，剐黑皮的场地血迹新鲜，煮黑皮骨肉的临时砖灶和大铁锅也还在那儿张着口，灶膛黑漆漆的，仿佛还在冒着余烟。

我相信，家乡河滩上青苗苗壮时，仍然是顽童和耕牛们的乐园。记忆的青苗，在故乡的春天被黑皮们吃了又长……

梦中月圆

那轮巨大的圆月从我家后园荆棘林后面爬上来。远远看去，那洁白圆润的月轮周围都是彩色的云翳，一些家雀在月前缓缓翻飞，好像是在这轮难得的圆月前默默集会。这是多么好的情景多么好的景色多么好的机会啊！我把它拍下吧。……家雀们又若隐若现了，邻居家的小妹她是谁呀，她一定要我给她照。她说，这么大的月亮多好看啊，给我照吧给我照吧！把月亮照在我的身后，哈！她也知道这月亮的好，美的你，就给你照吧！她一站在我前面，月亮就没了。天好像也黑起来。我说，你挡月亮了，你让开你让开。她让开了，可是，天真的黑了，月亮躲到黑夜后面去了。我很怪她。都是你，这么好的机会，浪费了。我坐在村后塘堰的坡子上等，目光透过树林的缝隙等着那轮圆月从云层中露出它圆润的脸庞来。起风了，我的心里升起一股莫名的惆怅。母亲从我家露着很大裂缝的后门走出来，喊我回家，说，该回家了。明天吧，明天月亮会出来的。我固执地坐在塘坡上等。爸爸赤裸着后背，瘸着腿走出来，他身上有很多蚊子在咬，可是还是给我赶开黑乌乌成群的蚊子。我说爸，我总惹你生气，我给你打蚊子吧！爸爸说我不怕，我被蚊子咬习惯了。我给他宽厚光滑的后背拍蚊子，一拍一手血。偶然往身后看一眼，哈，爸！妈！月亮又出来了，多大多圆啊！我们照相吧！可是，只一瞬，月亮就被云层覆盖了，天黑得很，黑云大棉絮一样沉重地压过来……

睁开眼，我一脸泪水。从来没有如此真切地梦到我的父亲母亲，他们离开人世已好多年了。漆黑无星的夜晚，寂静而寂寞，遥远缥缈的地方似乎有人在钉钉子，有一搭，无一搭，把一件东西连在另一件东西上有这么难吗？把一段过程刻录下来是这样如同墨夜般不可捉摸吗？从昨日入夜，我就听见那个人钉钉子，他一直在钉着，偶尔的间断似乎是在叹息中捶着后腰，或者坐在椅子上端详他的杰作，考虑着如何使这连接更加贴切，更加天衣无缝地接近真实……我怅然。

那年冬天的一个雪天，满世界亮白亮白，地上铺着齐膝盖的积雪。村里卸下浓妆脱掉华盖的楝树赤裸裸在寒风中抖索，泥巴断墙上结着晶莹透亮的凌冰，顶着雪花，父亲穿着大棉袄腰间系着草要子瘸着腿忙，撮雪、扫雪、喂牛。他不停地劳动着也不停地唠叨着。捂着被子从窗户看到雪景的我很暖和也很兴奋，大雪铺天盖地笼罩一切……父亲矮胖而系草要忙碌的形象令我生厌，他还唠叨，好像总在有意破坏我的好心情。于是，终于听到哥哥跟他吵了，他早就忍无可忍了。我听到父亲好像打了他，先是一些连贯沉闷的声音，后来，是巴掌的一声响亮，不知是打在身上还是脸上。我听到哥哥很粗地开骂了，接下来，他与父亲对打。我打开门看到的情景是，他一手夹着父亲脖子，一手一巴掌一巴掌打在父亲谢顶的光头上，很响亮很响亮……我终于爆发了，你太过分了，你你你，我冲过去，但我被他踹了一脚，他像扔下一条空布袋一样扔下父亲，父亲瘫在地上。

很久，父亲女人一样坐在堂屋的地上，用巴掌拍着地，哭，孩子一样泪流满面地哭。我也哭。我那时16岁，我安慰父亲说，我长大了一定教训他……父亲叫我滚开，他泪眼看着我说，你们没一个好东西。

那时母亲正在天门河水利工地跟男人一样挑土呢。生产队要求每家出一个硬劳力。父亲关节炎很严重，一到冬天，就疼得龇牙咧嘴，无法挑担。哥哥在大队小学当民办教师，自然不能充作劳力，而我尚小。母亲二话没说就去了。在那天寒地冻的日子，母亲穿着单衣淌着汗水参加劳动竞赛。工地的墙报还刊登过母亲敢与男劳力比拼的事迹。多年后，母亲一直记得她先后两次登墙报的经历，一次是在天门河，另一次是她49岁学插秧。母亲娘家是河畈，主产棉花，不会插秧。从天门河回来时，母亲得知哥哥打了父亲，她淡淡地对父亲说，叫你不要跟他们打结（方言：闹矛盾），你不听，非要自讨苦吃。父亲无语，良久，他用头往堂屋柱头上碰，他说自己该死。母亲抱住他，叫冤孽，泪也出来了。

19岁那年（1978年），我考取一所师范学校。也许是期待太久，接到入学通知书时我并不兴奋。父亲母亲多少有点感到这不是真的，他们让哥哥到公社问问清楚，别弄错了。想想也是，我家成分高，外婆家还是地主成分，就在去年，我高中毕业后跟随生产队的劳力上漳河水利工地时，碰到征兵的机会，有个征兵的首长在工地营部看到给工地广播站送稿子的我，问我想不想去当兵，我当然想。他给我一张表，说填好了，让大队盖个章，再到营部交给他。我喜出望外，拿着表直接去找大队彭书记，他收了表，说，想当兵，没你看的灯，贫下中农的子女都安排不了……除非你考学，考上了，我们欢送。为此我躲在被子里哭了一整夜。高中语文老师汤老师的到来使父母彻底打消了疑虑，原来我真的考上了，喜悦才真正降临到我一家人头上，久病卧床的父亲竟然下了床，瘸着腿到处请大队干部到家里来吃酒，每个干部都来了，包括彭书记，他进门时一迭声全是"欢送欢送！"算他没有食言。

离开村子，到一个叫枫梓岗的地方去读书，父母送我出村，哥哥将我送到村东小河桥就回去了。站在小河对岸山冈上，我看到哥哥的背影，父母在村头远远朝我挥手。我站着，竟没有给父母挥挥手表示回答，而是决然翻过山头，走了。

不到一个月，村里的明忠到学校找我。他说：大爹走了。这早已是意料中的事，就像一个来家太久的客人终于走了一样，我很平静地请假跟他回家。

回到家，父亲的遗体躺在床上，很平静的样子。那年他才54岁。我拉着他的手，算是一个儿子送别父亲的一种特别的方式。父亲的手冰凉而僵硬，我感觉他是睡着了。大姐、二姐哭得像泪人。我坐在父亲身旁，居然没有流一滴泪。想我考上学以前，他长年瘫倒在床，连大小便都无法自理，是我每天帮他大便和擦洗屁股，我甚至要辅助他准确地将小便尿到夜壶里。记得当时做这些事情时，我难忍腥臭，一想到自己是他的儿子，一种本能的责任感使我很想圆满地做一个孝子，毕竟我无法赚钱给他治病。面对故去的父亲，我感到自己似乎问心无愧。现在想来，我那时真是小孩子。

木匠们用几块薄木板钉棺材，亲友来了很多，但没有人哭，很安静，钉棺材的声音"嘭嘭嘭"空洞回响，占满整个空间，那声音干燥博大。将父亲入殓了。按村里的葬俗掩埋父亲。在村里人往父亲的棺材上填土时，我才切实感到父亲真的离开我了，永远离开我了，忽然悲从中来，跪在坟坑边上号啕大哭。

现在回想起来，父亲去世那几天，令我印象最深的，不是父亲的死，而是木匠们钉棺材的情景和哥哥拿头部碰撞棺材的忏悔。我很自然地联想到老大巴掌打在父亲发亮的光头上的情景。许多乡亲去扯他，我没有去扯，我心里说，让他碰。

我一直自诩孝子，以为赡养母亲，给她足够的钱用，就是行孝。自从进城以后，母亲一直跟我一起生活。前妻对母亲非常孝顺、尊重，什么都由她。儿子从出生到13岁，都是她老人家照顾，接送他上学，管他吃喝拉撒睡。随着政治上进步，我逐渐变得忙碌而大意。很少有时间陪母亲说话，更不用说陪她老人家上街。每每看到母亲望着我揪心担忧的目光，我还多少有些不耐烦。她的唠叨我大都大声地顶回去……

也许我一出生就开始了一场早已设定情节的梦，这梦的走向如此怪异，难以把握。我的月亮圆了又缺，缺了又圆。我知道我的梦终将与父母归一。

在父亲肩上

我的儿女们都忘记了他们在我肩上的日子吧！

生命的链条活生生联结着，因我的存在。父亲把他的手最后一次交给我时，他躺在床上，一句话也没说。——他中风很久，罹患癫痫、偏瘫，一向唠叨得我生厌的他已经懒得开言了。我感到他的手在使劲，他在用手说话。使劲，坚持，做个有力的人。联想到当年那些曾经在他肩上的日子，两行泪无声流出。我离开他去一所师范学校求学。再次回家时，他故了，躺在门板上，我拉着他冰凉的手，力度是因僵硬产生的。他似乎依然在告诫我，使劲，坚持，做个有力的人……

我忆起那些曾经在他肩上的日子。提前拥有高度，提前看得更远，提前走得更快……是不是一代代人一定要在前一代的肩上才会长出理想、长出希望呢？

那时，离村两里的罗店在中学操场上放电影，父亲带我去看电影。我坐在父亲的肩上，双手扶着他的光头。夜色中，朦胧的田野上秋虫低吟浅唱，远处的狗吠隐隐约约。因为有父亲，因为在父亲肩上，一向怕黑的我心情十分放松、开朗。

电影场人群黑压压的，父亲本来就不高，他得垫砖块才能看到完整的银幕，而我坐在父亲肩上，可以俯视黑压压的人群，看到毫无遮拦的银幕。电影演的是《李双双》，印象最深刻的细节是：一个男孩，在穿衣服的时候，忽然就在大家的笑声中长大了。为此，我曾在回家的路上不住问父亲，怎么那件衣服一穿就长大了呢？那是不是一件神衣？父亲一句话就打发了我：木脑袋，做戏的，哪有神衣？

由于生活压力和诸多不顺，父亲在我们成长过程中耐心越来越差。他的教育无非是斥骂、巴掌、栗暴，甚至是鞭子，树枝条。虽然他开心时很喜欢把我扛在肩上，但他留给我最温馨的记忆，只有这次看电影的经历。长大后，总是在我认为他不好的时候想起来，很能抵消对他的怨恨，直到他中风偏瘫失去自理能力，我给他擦屎端尿揩鼻涕的时候，总会记起他肩上的安稳和视线的高远。

现在想起来，臀部似乎依然有父亲肩上的余温。是的，男人的肩膀，一定要扛得起后代的希望……

鸡鸣晨露

醒了，南窗半启，晨光熹微，晨风轻泄，立于窗前南望，借着这幢楼房在县城的鹤立鸡群，我的目光跨过荒芜的楚王城，越过县城有限的繁华，直达村野，薄雾朦胧着平原上远方星星点点隐约的灯光。

鸡鸣悠远传来，声音被晨风清洗，细切清晰，应该来自县城郊区的乡下。此起彼伏，遥相呼应中，听得出那新声的疲惫，余音虽长，却后劲不足，属于一些富有经验的老鸡公所为，有点到为止的敷衍和世故。也就是这声音，不足以震落田埂枯草上的露珠，却足以提醒乡下的农人心灵深处的时令。

微微有些门响。门闩滑动，门轴吱呀呻唤、碰响，脚步踏过门槛，自行车链条转动，电动车轻声启动，初四寂静的早晨，该是走远亲的时候，不能让亲戚等着吃早饭，费了锅火。

这分明是我与父亲到新街卖草的早晨。时已是初冬，被窝里有呵护到骨髓深处的暖。村里的公鸡们合唱、对唱、独唱发声，父亲早已在堂屋窸窸窣窣活动。门闩响的时候，他喊了我。快起来，可以走了。我应了声，不情愿地在被窝里蠕动。父亲也并不急，显示出难得的，让我备感温情的耐心。这可不像他，平常，他有命令，必得立即回应，否则，劈头盖脸的怒骂劈头盖脸而来，让人睁不开眼。但自从母亲替代生病的他到天门河水利工地以来，他的脾气和耐心似乎好了很多。我当然不敢轻易触动他的底线。既然他已经释放出了破天荒的仁慈和善意，我也得知趣。下定决心猛地掀开被子，坐起来穿衣，也未见得这冬天有多么令人难以忍受的冷。

多穿点，免得着凉。父亲说。我嗯了一声，心想，挑四五十斤草上街，路上肯定会出汗，哪里会凉？内心嘀咕着穿好衣服，走出房门，见父亲已在门外整理好一大一小两担稻草，草头上整整齐齐地各缠了一个老太婆头顶发髻样的揪揪，尖尖圆圆。活动筋骨中，感受得到休息了一夜的身子骨新鲜轻松，昨天到野外砍草挖草皮的疲劳已不复存在。父亲夸奖我昨天挖的草皮多，可以替出百多斤稻草拿去卖。是啊，昨天我找到了一条草皮很厚的田埂，只一条田埂就挖了一大堆草皮，打净土灰，装了一大一小两担，要父亲来协助才得以运回家。

出发了，挑上草担，转到村后的大路，寒风吹到脸上有些削骨。父亲腿脚不便，一瘸一拐的，走得很慢，有咬牙坚持的无奈。我在前面轻快前行，想走远些好歇脚等他，但熹微初现的凌晨，天空月淡星稀，远近村庄鸡鸣应和，黑黝黝的，四野塘边坡脚到处晃荡着暗影，故不敢跑得离父亲太远。父子俩就这样亦步亦趋离开大路，超直赶近走上了杂草丛生的小路。草皮簇拥的是一线光光白白的路，很窄，我已经不止一次随父母走这条路了。最先感受到露水的是脚踝。本来早已走到发热的脚板有汗湿的意思，脚踝处却渐感冰凉。歇下草担，原来靴子已被露水打湿，棉纱袜子脚踝处已经湿透。靴子一定脏得不成样子了。于是后悔穿了靴而没有穿解放鞋。天亮后肯定又要挨骂了。没办法，只好脱了靴子、袜子，用鞋带系了挂在草担上，赤脚赶路。稻草担在脚步颠闪中有细碎的声响。这时，路边的露水就直接打到脚面脚踝上，初时星星点点冰冷刺骨，继而冰凉，接下来就是凉快了。走到接近新街的大路上，天亮了，砂石路很硌脚，避开那些大石子，却会踩到尖锐的小石子，脚底生疼，终于难以忍受，遂停下来。父亲赶上来，歇了担，站着。看着我，看着我的脚。我等着挨骂。他嘴角抽动着，说，我少说了一句，靴比你的脚还金贵啊？遂穿上湿透的袜子，套上被露水濡湿的靴子。

看得清薄雾绕村时，我们到街上了，袜子居然被我的腿脚烘干。草市上已摆满了大大小小的稻草担，有人在谈价，称草。外围和街巷里幽幽飘来炸锅浓香，油条花卷麻花都是我爱吃的，但不敢奢侈。稻草两块钱100斤，我们的草卖了两块八。父亲破例花一毛钱给我买了两根油条。

凉风扑面。平原市井村庄的雾霭逐渐清晰，鸡鸣声渐渐为楚王大道上的车流呼啸声取代，那年稻草担、村路、草皮、露水、油条的记忆仿佛就在昨天。父亲在我19岁那年病逝，他从没看到过这么高大的楼房，更别说住。复入回头觉，有楚王入梦，曰，吾贵为王，却未凌空居，铁鸟飞，尔辈知足乎。

我的麦芽糖

那老头蹲在摊子后面斜叼着烟袋，目光散淡地看着他的货物。——几包用透明食品袋包装的金黄色块状物，上面撒着我熟悉的石膏粉，那是麦芽糖。我毫不犹豫买一块，打开包装，咬一口，呵呵，那清香、那甘甜、那黏稠胶状的糖块，正是久违的麦芽糖。

麦芽糖是我家乡一种普通的农家自制食品。小时候，家乡经济不好，只有殷实人家才可以在腊月拿出粮食来熬制麦芽糖，用以与炒米、芝麻等配合做成糖果、麻糖等年关食品。家里开始准备熬糖、做糖果对我是大喜事，说明年来了。

熬糖是个技术活。在家乡，熬糖要请师傅。一近年关，各村有这手艺的人就走俏，熬一个活（两升米的量）的糖，不是付工钱，而是以一升米（约5斤）作为酬劳。当时，这不是个小酬劳，许多家庭出不起。我们村会熬糖的师傅是我的上辈，名叫正百，成分不好，地主。文革中被吊打，斗争得稀里糊涂，平常从不敢乱说乱动，谁家叫一声他都会忙不迭地应承。到年关，他经常忙完这家忙那家，有时同时帮好几家掌作熬糖。站在熬糖的锅前，他总是一边一脸卑怯地笑着点头，一边连声"是是是"。有些贫下中农家庭请他掌作后并不如约付给他酬劳。我家是上中农，跟地主富农差不多，且母亲娘家就是地主，也许同病相怜，父母对他很客气，每次请他，都提前把酬劳给他。我父亲很聪明，像柴油动力机一类机械，他只须在旁边看师傅拆装一次，就可独立拆装、修理，但对学熬糖，却不以为然。母亲颇有微词，说了他几次，没什么效果，就不说了，只好自己学。在正百大伯到家来熬糖时，她在旁边看着，暗暗学熬糖的手艺。

熬糖的工艺大致是这样的，长芽子、晒芽子、磨芽子、煮粥、拌芽子、发酵、过滤、炒糖……进入秋天，妈妈就开始泡麦子长芽子。当时尚幼小的我，把长芽子当件喜事，因为这说明要过年了。因此，我每天会很认真地看母亲给筲箕里被浸泡得发胀的小麦浇水，端出去晒太阳，并关注芽子长了多深。麦子出芽后，白嫩的芽子齐齐穿透毛巾，露出锋利的尖，从此，芽子便威风了，它们齐头并进生长，一起顶起毛巾。到一寸许，母亲会结束浇水，切碎芽子，晒干备用。到熬糖的时候，师傅会要求将芽子拿出来加水浸泡，用石磨磨成芽浆。熬一个活的糖用两口大锅煮粥，粥不能过稀或者过干，要恰到好处，这是师傅把关的第一道工序；粥煮好了，将芽浆倒进粥里，搅拌均匀，再煮，到芽子煮熟，与粥充分混合，封锅。——在盖严的锅盖上用毛巾塞实周围缝隙，再堆上厚厚谷壳，并在灶膛灰火中压些谷壳做底火，促其发酵。家里熬糖，我很兴奋，常会磨蹭着不肯去睡。母亲总是非常宽容，让我看，但父亲不许，一定要赶我去睡。看个屁呀，看着又不能吃？只好去睡。最惊喜的工序在炒糖。次日凌晨，师傅会将谷壳打扫干净，揭开锅盖，那时，看锅里的发酵程度，如果米与水分开了，糖就"来"了，如果水米不分，呵呵，那就叫"丢作"了。用布将米与水滤开，倒掉糖糟，将糖水放锅里用擀面杖搅和炒糖。在这道工序进行到将近一半时，母亲会用碗给我们兄弟一人盛一碗"糖稀子"送到床前让我们趁热喝。那种带着麦芽清香的醇厚、甘甜真是沁人心脾，喝下去全身通畅。炒糖是关键工序，炒久了，老了，糖冷却后会如同铁石一样咬不动；炒嫩了不到火候，糖无法成块，不好食用。最后一道工序是拉糖。将热糖放在泼满水的磨盘上，等其稍微冷却，师傅会将糖挽在磨手上，拉长，绕上去，再拉，如此反复，金黄色的糖在反复拉升中，会逐步变得像白玉一样白。长长的一大条，带着条纹，放在撒满熟石膏粉的簸箕里，煞是诱人。

母亲于是自己掌作熬糖。在我印象里，第一次，母亲糟蹋了两锅稀饭，当然，麦芽也没用了，一起优待了我家那头肥猪。第二年，母亲又跃跃欲试，父亲讥笑她，说，别浪费粮食了。母亲说，这回一定行。父亲拗不过，只好由她。第二次，母亲糖是熬成了，可火候没把握好，待她熄火将糖盛到脸盆冷却后，糖坚硬如铁，撬不动砍不动，更不要说吃。父亲一生气，连脸盆带糖乒乓一声扔到门外，砸在门口的苦楝树上，母亲也暗自好笑。那时二姐尚未出嫁，负责善后，她想方设法努力将糖从脸盆中敲出来，一块一块的，放在炒米坛子里。这年，我们吃上了不错的糖块，一直吃到次年春天还没吃完。第三年，母亲终于熬出了师傅级的麦芽糖，让父亲也不能不服，他说，你妈要是多读点书啊，可真是不得了。自此，村里很多家请母亲去给他们家熬糖，帮了不少人家的忙。

现在吃麦芽糖，虽甘甜依旧，但除味道以外，没别的感受了。我早已闻不到我家熬糖时锅里弥漫出的扑鼻麦芽青香。父母早已作古，两个姐姐和哥哥也早都儿孙绕膝，大家各有生计、经年得见，已经感受不到熬糖时家里的那种浓浓的亲情了。只剩下味道的东西，吃起来，想起来，容易催泪……

你总是怕我不甜

　　黑糖马琪朵，不是很甜，是咖啡中淡香隐逸的一种，也不是很烫，才辣及舌尖。坐在街面遮阳伞下，看斜阳夕照，浑身温暖，散淡啜饮，知道自己在装文艺范儿，却很享受这一刻闲适、散漫的时光。那股隐约的黑糖味道，还是令我流下了眼泪。

　　我的母亲，她用糖水把我喂大。她总是怕我不甜，总是变着法让我甜。尤其在接近春节的冬天，她甚至怕递给我糖水的那双手在寒冷的冬天过于冰凉，而总是习惯地焐热了自己的双手，把热腾腾的糖水端到我面前，叫我"趁热喝！"

　　母亲给我的甜，总是不期而至。小时候，我最喜欢吃的，是母亲煮的糖水荷包蛋。红糖煮的荷包蛋，漂在糖水里，香喷喷的。"趁热。"母亲说。荷包蛋看上去洁白圆韵，咬一口，半生不熟，流出蛋黄，时常会糊了一嘴，我并不喜欢吃，我喜欢的，只是那煮蛋的红糖水，因此，时常荷包蛋没有吃完，糖水已经喝干。母亲说，趁热吃了，半生不熟才养人。遂不得已吃了。每常稍有咳嗽，我自己都没在意，但在某个太阳西斜的午后，我背着书包，踏进家门，书包才甩到书桌上，就听到厢房厨房里传来呲的一声炸油水的声音，那是母亲在用香麻油、红糖炸油水。等我闻着醇厚香麻油和红糖的浓香，脚步刚踏进厨房，母亲已盛好香甜的香油糖水，叫："趁热喝，止咳。"我自顾喝。"甜不？再加点糖？"母亲香甜的糖水总是十分奏效，喝上两三回，咳嗽就好了。

　　母亲最拿手的，是熬制麦芽糖。

　　故乡的冬天寒冷刺骨，干燥尖厉的寒风在屋外的墙上冲撞着无孔不入，屋檐挂着晶莹的冰凌，水缸结一层厚厚的冰。我至今清晰地记得母亲用锅铲破冰的声音，清脆，响亮。熬糖的日子，我们还在梦乡，母亲就已经开始炒糖了。母亲所说的炒糖与炒无关，那其实是继续用灶火加热糖水。我见到过母亲熬制麦芽糖的情景：她一手叉腰，一手持擀面杖在糖水锅里画圈搅和，为的是避免糖沉淀到锅底被炒煳。到了提起擀面杖可以拉丝的时候，糖就差不多炒好了。这时，母亲会用两只青花瓷碗盛两碗，送到我们兄弟俩床前，叫醒我们。当我迷迷糊糊睡眼惺松地撑起身子时，油灯下，母亲端着糖碗站在床前，那股浓浓热热的麦芽糖清香已经熏得我口水直流了。

"趁热喝，慢慢喝，小心烫着。"

当我凑上嘴巴一口口啜饮时，母亲微笑着，看着我喝。她一手端着糖碗，一手给我掖背后的被子，隔着衣服，我都能感觉到她的手十分暖和。我都十几岁了，她还是那样认真地喂我热腾腾的糖水，仿佛她长了一个冬天的麦芽，忙碌整整两天，为的就是喂我糖水的这一刻……

红糖水，至今是我的最爱。在悠闲、繁华的都市，在人来人往的咖啡店铺面门前，加了咖啡的红糖水，令我回想起母亲糖水的滋味，那点苦又令我羞愧难当。想起总是怕我不甜的母亲，泪眼湿润的我再已无法坐得住，于是揭了那纸盖，咕噜噜一口喝下去……

约　哭

清明来了，忆起妈妈的哭声，她在天国泣诉她的苦情，思念她不孝的儿子。妈妈，对不起！

在家乡，成年女性的哭撼人心魄。那既不是小孩哇哇哇夸张的乱叫，也不是男人悲了没有定规的饮泣号啕，故乡女性的哭有固定曲调，高低起伏，悠扬婉转，一波三折，边哭边诉，催人泪下又委婉动听。

自从进城，就没有听到过家乡妇女悠扬、悲戚的哭。我母亲是村里哭诉的高手，小时候也偶尔在父母争吵后听到过。长大之后，尤其后来母亲随我进城，她老人家日子越来越好，诸事顺心，当然没有理由重温哭泣。

故乡女性的哭不像戏剧的悲调那么做作，也不同于当今娇憨女性没有定规的号哭。那种泪流满面、边哭边诉的调子甚至可以用来声声句句讲她的身世、诉她的苦、唱她的种种委屈，当然也可以讲她悲痛的故事……亲人离世，这固定曲调的哭便用来历数亲人的种种好处和自己的种种内疚与悲伤。悲到深切，字字滴血，句句催泪。一个善哭的女性，时常不光引得周围的女性陪着掉泪，就是周边的男人，也会深受感染，眼圈发红，忍不住眼睛湿润。

那更像一种哭唱。那些声音细腻、充满磁性的女性，哭诉起来，再坚强的硬汉也难免悲伤莫名。

故乡妇女的哭足以惊动全村。听声音，大家都知道，谁在哭，也大体知道，谁家出了什么事。有些往来密切，有些交情的，会主动前去劝慰，去拉着哭者的手，抚她的背，听她倾诉，一同落泪。大多数的哭，在讲述完她所有的委屈、悲苦、哀伤之后，会平静下来，与劝慰者轻声叙谈。

哭唱似乎是农村妇女的专利。一般年轻的姑娘是很少用这种调子哭唱的，她们有了委屈、悲伤，还是像小孩子一样呜呜号哭，有的夹杂吵闹。只有在出嫁之后，才能学到这种本领。似乎随着经历的丰富，非得有这种固定曲调的哭唱，才足以倾诉、发泄完她内心积压已久的惆怅和悲伤。

不能小看这种哭唱功能的能力。农村妇女不仅承受着生儿育女、传宗接代的终身义务，还承受着繁重的体力劳动，更要承受繁杂的家务。她们柔弱的肩膀扛起的是贫困农村最为原始而沉重的负担，岂止是任劳任怨、忍辱负重？她们远不能像男人那样，找出各种理由推诿、逃避，甚至公然以压力与暴力的形式，将一切不平强加在女人身上。那是一种把希望完全寄托在孩子身上的终身苦役，甚至是无望的苦役。大多数妇女终生没有看到她终身虔诚守望的希望。不可想象，如果没有一种方便而倾心彻骨的方式清除内心的种种难以忍受的块垒，日子还将如何继续。

于是，故乡有约哭之说。谁有委屈有痛苦有哀伤了，会先预告姐妹：我晚上回去哭，你们来劝啊。就像约会、请客吃饭一样平常。等到收工回家，做给一家大小吃了，收拾完家务，不等夜深人静，便拿了手巾，坐在房里，大放悲声，开始哭唱。有约没约，听到哭声，姐妹们会聚拢来，一齐劝慰，看似做戏，而倾诉的俱是日常积压太久太多的苦情，在泣泪滂沱的哭唱中，哀伤一泻千里，倾诉一空。

妈妈，我知道，自从我离开家乡之后，您，一直在故乡的岗上哭泣……

那年阳光

　　早晨，从楼栋门走出，走出楼房阴影，阳光斜刺里穿透凤凰木的枝叶晒在脸上，搭眼一看，透过绿叶的阳光被筛成细密的光柱，齐刷刷戳在地上，走过去，伸手可以捋起那丛斜斜的光柱林，一把把的，微微有些温热，凉风吹入口中，竟让我在品尝空气清凉、新鲜的同时，似乎能品味到阳光的甜。

　　这是我今天的阳光，亮朗、透明、微温、和煦，富有柔和的质感和甘甜的味道。

　　那年的阳光洒在故乡碧绿的河滩上。水不深，阳光照透河底拱出黑泥的石板，手指头大小的鲹鱼（小鳊鱼）成群地在水面迅疾地闪着"Z"字形路径，一个个炫耀着亮白的鳞片，漾起细密晶亮的水花。半尺长的喜头（白鲫鱼）三三两两在更深的水空悠闲漫游，或相互亲吻嬉戏。更偶有几条被我们叫作"郎玲"的麻身小鱼仔在深水中箭一般闪过，有时竟会惊得比它大无数倍的喜头失态闪避。在我心里，那时的阳光，听得出它喜悦的叹息，尝到它醇美的甜。我们那时不懂珍惜如此清洁的阳光和这样清澈的河水，牛一散到河滩上找草，我们便脱光身子，扑通扑通跳入河中，砸起一团团乌云般奔涌、扩散的浑水，我们打水仗、摸鱼虾、找蚌壳……闹得满河不得安宁。

　　那年的阳光打进一片松树林。多读了一年初中，有着地主外公的我也上了一所没有校舍的高中——倒店高中。没有统编教材，课本是老师自己编写油印的。每天上午上课，下午和泥做砖。时至深秋，已是穿夹衣的时候，在山头宽阔的空场上，女生赤脚踩泥和泥，我们男生汗流浃背地用砖模做砖，虽衬衫湿透，但全体男生忍受着湿衫贴身，无一人赤膊。下午课后，艳阳尚高，很多同学喜欢到校区东边的干渠渠堤上读书、漫步。我常跑到山头西坡的松林，舒适地躺在山坡上遐想。彼时清风传林，松涛低吟，阳光从虬曲的丫杈和摇曳的针叶间有一搭无一搭倾泻下来，泼在我身上，<u>丝丝缕缕</u>，仿佛每一缕都能搔到我内心酥痒之处，闭上眼，能看到自己的眼皮红艳艳的。鼻翼耸动，松香中能辨别出阳光干燥的甜味，那种甜味会通过鼻孔拐弯抹角，到达我体内每一个地方，照彻我全身心。

　　那年的阳光照耀在水利工地的新河堤上。参加恢复高考制度后的首次高考不中，我回乡务农。那年冬天，我随村里的社员去了漳河改道工地。工地上每天乌云密布，天压得很低，寒风持续扫荡田野，而我们照样赤膊推车、挑土挖河，并不觉得冷。在几公里长的新河道上，黑压压的民工忙碌着把土运向新河道两边约一里远的地方重新堆造河堤。我想做一个称职的农民，每天至少要挖 5 立方以上的土，才能赶上村里的壮年男人。曾经嫩弱的肩膀磨破了皮，我垫上毛巾再挑；每天忍着血奔心田的沉重劳动，我倔强地磨炼自己做男人的意志；朔风中我的嘴唇反复皲裂、流血、结痂、溃烂，血水和脓水有点咸。某天早晨，天深蓝，瘦瘦的太阳从村庄的炊烟中默默地升起，我们已经在工地上挖土多时了，看到那轮久违的太阳，我忽然感觉到天异乎寻常地清冷。中午，在土凼子吃了两大碗白米饭。工地高音喇叭开始播报好人好事的时候，我趁着休息，离开河道土凼子，远离人群，跑到新河堤上，四仰八叉躺下晒太阳，虽然满地新土坷垃，但我并不觉得不舒适，而是非常舒适。没有风，阳光棉被一样盖在身上，令我浑身每个毛孔都舒张开来，年轻的面庞清水一样映着万里无云的蓝天。那时的阳光实在是太甜太甜了。

　　那年的阳光照在我办公室外，照在我的车窗外，照在我酣睡的房间外，照在一切似乎与我不相干的地方……那些与阳光疏远的日子，恰恰曾经是我自以为过得辉煌恣肆的日子。年轻挺拔的身姿被暗夜和荫翳怂恿成虚胖、臃肿、笨拙的体态。看到炫目的阳光，我会目眩、发晕、烦躁，乃至于如芒刺加身，闪身躲避……是什么环境什么力量造就了一个害怕阳光的男人？……如此过往，也许至死都不明白个中奥秘。

　　跳出那些阻挠、拒绝、遮蔽阳光的渊薮，敞亮的世界阳光灿烂。当太阳照常升起，甜蜜无比的阳光照在我生活的厦门，照在我身上时，我发现，太阳每天都是新的，都在持续增添着回味长久的甜味。

冷乡旧曲

拿到回家过年的车票，耳畔回响起《驿动的心》的旋律，那歌词十分暗合我的心情。

"曾经以为我的家，是一张张票根，撕开后展开旅程，投入另外一个陌生……"曲调悱恻，词写得太好了，令我这多愁善感的人联想到家乡的土坯墙垣、黑瓦房、苦楝树和我那些健在或已经故去的亲人，眼泪不由往心底倒流。

习惯上，就开始打亲人们的电话。告诉他们，我要回家过年了。大姐、二姐、大哥……他们都知道那位远走他乡除了有一双儿女一个年轻妻子以外无有长物的兄弟不日就要回去过年了。他们告诉我，家乡下雪很久了，是几十年难见的大雪。路封了，火车、汽车不通了，电也受到影响，他们大都偎在被窝里取暖。——家乡冷得出奇。这些，从新闻报道中我早已知道了，但从他们嘴里说出来，我更能体会到那种冷的真切和彻骨。

"这样飘荡多少天，这样孤独多少年，终点又回到起点，到现在我才发觉……"最让我担心的是二姐。重病的她气息衰微，声音沙哑低沉，且不住喘气。这与去年的情况差太多了。病痛已将她的意志彻底击垮，身体每况愈下。她说，武汉三大医院都不收治我了，全靠药物维持，我是活一天算一天的人。我悲戚。忽然联想到那位青春、漂亮而能干的二姐。她18岁那年嫁到新街范家那天，是个很好的晴天，田野上麦苗肥壮一片碧绿，路边地米菜的白花才刚刚绽开，她与到结婚才开始接触的姐夫在路上被人簇拥着回家。而我，作为"送帐子"的小弟弟，跟在娶亲、送亲的队伍里，只觉得新奇、好玩。印象最深的，莫过于那些年到二姐家做客。他们对我十分疼爱，我不用单独睡觉，而是与二姐和姐夫同睡一床。身为铁匠的姐夫每天早晨给我买油条吃，给我打制我喜欢的弹弓、小刀之类，以至于好长一段时间，我发誓长大了要跟二姐夫学打铁。那是一些单纯、温暖的日子，有触手可及的温馨。每当想起二姐或忆起儿时时光，就会重温这些经历，如沐春风的感觉。

"哦路过的人，我早已忘记，经过的事，已随风而去……"

二姐说，你不用回来看我了，你二姐已不是去年的样子，我的样子现在很吓人。我说，二姐，人都要死的，我们都要死的，病痛不可怕，只要有办法，你就要坚持。她怪我大腊月的，说不吉利的话。我不过是告诉她一个真实的事实。对于生命，我看得很开，每个人都毫无例外地要死去，迟早的事。想想我的前辈亲人、那些与我一同长大的伙伴、与我一起成长的朋友，好些早已作古了。他们的亲人也曾非常痛苦，但痛苦后一切归于平静，生活还要继续。生命就是以这样的轨迹延续的，有什么好害怕和遗憾的呢？我们现在仍然活在这个世界上，不是特别幸运就是十分例外，应该为我们仍然活着而欢呼、庆幸、珍惜。我告诉二姐，以后不管多忙，我每年都回家过年，并且我们兄弟姐妹每年都要照一张全家福，不管谁先走了，走了就走了，这个相一定要照。她说：好啊！

当我带着一家人开始一段回家的旅程时，我早已知道，那边迎接我的，是深冬接早春的寒冷。

哦……路过的人，我早已忘记，经过的事，已随风而去，驿动的心，已渐渐平息，疲惫的我，是否有缘与你相依？"

狗朋狗友

年过了。那些习以为常的人情世故如风飘散，唯那些狗吠镌刻在我的脑海。

腊月廿五，我们回到妻的娘家刘湾，一进村就受到了几条狗的迎接。它们先是站在那儿望天吠叫，不是很凶。——它们只是在向主人表示尽责吧，或是警示我们？后来就跟在后面。有小些的，还不知道人的可怕，远远跑过来，嗅我们的裤脚，挨挨擦擦，寻找记忆和认识符号，也寻求爱抚。小女一向喜欢狗，但坚决拒绝大狗，有弱小的幼狗，她总是喜欢得不得了，有时还不嫌脏，抱起来逗耍。

住了两天，村上的狗基本上都跟我们相熟了。尤其小女，吃饭的时候，会将肉啊、鱼啊这些精良的食物端出去与它们分享。这孩子没记性，去年为她拿这些好菜喂狗，那么疼爱她的外公曾高声呵斥她，她都哭了。今年也不例外，外公说，你再拿这么好的菜喂狗，你就回厦门去。

她今年都一米六了，听着呵斥，倒笑着嘀咕：人吃得狗为什么吃不得？

是啊，人吃得狗为什么吃不得？道理成堆，我不知从哪儿说起。女儿一向乖巧，随着年龄增长，一旦我给她开讲什么道理，她会接着我的话往下说。是啊，人吃饭狗吃屎……赚钱不容易……一粒粮食一粒汗……要珍惜劳动成果……居然差不离。她都懂。没招。我只好用简单的话制止她：这样做不对。

于是，肉鱼换成了饭后桌上的骨头、准备倒掉的残羹剩饭。换来的，是好几条狗在温暖的阳光下敢于睡在我们脚旁打盹。

某天，一辆三轮车朝村子开来，全村的狗仿佛接到了命令或通知，一齐出动，远远围、追狂吠，那吠声高亢、愤怒，歇斯底里。有一条狗把声音都吠哑了。它们远远疯狂蹿跳，试图攻击三轮车，其状非常恐怖。

我困惑。每天过去那么多三轮车，它们何以唯独恼恨这辆？

岳母望了望，说，那是收狗的。

奇了怪了，他还没进村，这些狗怎么知道是他呢？

三轮车停在村头，车斗里有个铁笼子，收狗的男人跟一个狗主人正谈生意，全村因这场生意热闹非凡。所有狗围着蹿跳不敢靠近，有的狗主人凶狠地驱赶自家的狗。那狗委屈地低鸣，就是不离开。

成年狗每条150元，对于乡村农家来说，不可小觑。

大概预先有约，有个主人用绳子套着一条黄狗的脖子，拖了过来，那狗悲鸣着，四只爪子紧紧抓地被拖着擦地前行，我看到它泪流满面。众狗惊恐万状，逃离到更远的地方仇恨地蹿跳、狂吠。

女儿扑到她妈妈的怀里哭了。

那狗最终被关进了铁笼子，成为食材，它嗓音完全破了，只剩下低沉绝望的哀鸣……

三轮车开走了，全村的狗追去好远。

也许经过死亡的威胁，这些狗越发觉得善良朋友可贵，或者需要寻求安慰和保护，好几条狗回到我们门前，跟我们戏耍。死亡威胁稍离身侧，它们立即恢复了活泼、温驯的本性，作为狗，这样的生存状态与人有太大差别吗？

我们离开那个村子时，只有邻居家那条白狗围着我们嗅来嗅去，也许它在用一种特殊的方式作别我们这些短暂相处的朋友。车开离村子,远远的，我听到吠声，断续的、平和的，并且，越来越多……

生的距离

火车启动，二姐在姐夫照顾下走了。

站在车窗外，我看到二姐躺在卧铺上蒙着头哭。我也心酸。

是的，她来一次不容易，或许，这次来了，就没下次了。还有，她的兄弟流浪到这沿海海岛城市，虽有口饭吃，但即使大家非常健康，每年见一面也不容易，何况她重病缠身，一口气上不来，就很可能永远无法相见。

那天，厦门中山医院主任医师孙德军看到她时，吃了一惊。他只差没直接感叹：你还活着啊？其实，他完全可以这样感叹，我二姐不会怪罪他，只会感恩他。是他高明的医术给了她生机，让她居然生存了6年。孙主任说，不容易，真不容易。一般像你这样的病人，很难存活这么久，你真是一个奇迹。

2007年下半年，二姐重病住进武汉协和医院。该院在人们印象中基本上是癌症医院，进去了能活着出来可称为再生。我的创作启蒙老师邱君、同学李兄都是在那个地方走完人生最后一步的。她的主治大夫杨教授跟家人交代，不用治了，接回去，她喜欢吃什么，就弄给她吃。她有多少时间呢？回答是：多则半年，少则三两个月。一家人恓恓惶惶，哭作一团。二姐回云梦等死。

二姐患间质性肺炎，在她艰辛的养儿育女生涯中，她几乎做过所有男人才能承担的重活，包括打铁。她患上了这种稀有的恶病，肺叶正逐步纤维化，她呼吸艰难。天凉了气喘，天热了也气喘；走道气喘，动作剧烈一点也气喘。

生的步伐放慢，死的感觉可以触摸。对二姐来说，舒畅地呼吸几口新鲜空气，很轻松顺利地走几步路都是奢侈。

2008年春节，大家都在走亲访友，但二姐住进了县医院。我去看她时，她以泪洗面，整个人完全改形，一派濒死气象。在厦门做新闻时，我了解到厦门中山医院从全国各地高薪聘请了许多名医，其中有心肺病专家孙德军教授。遂建议二姐新年后，到厦门去看孙教授。但二姐不抱希望。她知道武汉协和医院已经是全国知名医院了，不想拖累孩子们花太多钱而又无法救她的命。更何况对她和她的家庭来说，每赚一分钱，确实异常艰难，那不只是心血和汗水，甚至有鲜血。

但我力劝她到厦门求医。她的孩子们也接受了我的建议。当年春天，二姐到厦门接受孙教授治疗。在一个多月的检查、诊断、试药过程中，孙教授确定了治疗方案，并且收到了明显的疗效。——她可以自主爬一层楼梯。

保守治疗取得实质性的疗效，由于用药对症，她的肺部纤维化得到了控制，进入维持治疗阶段。这一过程长达 6 年。她坚强的意志，顽强的生命力和孙教授高超的医术，一起将另一家著名医院宣判的"死刑"做了"改判"。

通过电话联系，在孙教授指导下，从 2012 年到 2013 年，二姐逐步减少药量，直到停药。2014 年春节期间，她再次感到无法忍受的憋闷，遂再来厦门看孙教授。

二姐 9 岁辍学参加生产队劳动，每天 3 分。为什么要让她这么小就参加劳动呢？母亲和她给出的说法并不一致。母亲说她不会读书，也不想上学，自己要求出工做事。但她不认同。家里缺少劳动力，没有工分出现超支，全家就会饿肚子。她说，父母重男轻女，为了让两个兄弟读书，她做了牺牲。母亲在世时，偶尔讨论起这个问题，母亲从不跟她争辩，默认了。母亲说，是对不起你，那么小，丁香一样弱，就出工……言未毕，已扯起衣衫擦泪。

在那年年饥荒的年代，二姐过早地承担了部分家庭责任。

1969 年，她 18 岁出嫁。那年我 10 岁。按家乡风俗，我随范家娶亲队伍"送帐子"到范家。记忆中没有唢呐、小号、锣这些迎亲必备的响器，更没有轿子。一行人把哭哭泣泣泪人一样的二姐推出家门时，我连鞭炮都没有听见一声。她婆家在新街开铁匠铺，生产菜刀、斧头、锄头、镰刀之类农具。姐夫随其父成为二代铁匠。他们家的日子并没有因为有手艺而比别的人家好多少。她先后生育两男一女三个孩子。他们由小孩变成父母，其间辛酸只有他们自己心知肚明。二姐说，花一块钱容易，赚一分钱难。那时，5 分钱一枚鸡蛋，7 毛钱一斤猪肉。

忍受，熬，虽说艰难，但有孩子成长的希望，她挺过来了。后来，孩子们成家立业，她可以享受了，却罹患重病。生命似乎到了数天读秒阶段。

二姐 60 岁了。按父亲 54 岁离世的年龄，她已经"赚"了。当她惝惶地念叨自己随时都有可能死去时，我说，每个人都处于这个状态，随时都有可能死去，只是你因为病痛比别人过得更难一些。如果你像我一样，把每天都当作是赚来的，快乐地过好每一天，哪一天死，就显得不那么吓人了。

她当然无法接受。火车开动时，看到她艰难地撑起身子，擦干眼泪跟我挥手告别，眼泪哗哗哗直往下淌，我也忍不住泪眼蒙眬。

好在火车是带她到另一个生的地方。

聚缘故乡

这次还乡，家乡气温比预料的温暖许多，行前带上的毛衣、毛裤、羽绒服都没开过包。人生很多事需要未雨绸缪，而过于琐屑不啻自添累赘。事先期待的在家乡遭遇一场雪的愿望，终被数日艳阳和零星小雨取代，遗憾中多有感恩。

亲朋故交的温度依然炽热如火。还有意外惊喜。

情结于初，或缘分在那儿，或性情相投。有缘千里来相会，无缘对面不相逢。一点不错。那些松竹梅一样的友情成为我羁旅人生的重要依托。

我20多年前曾在他们讲台上站过几年的学生的盛情自不必说。每次回乡，他们都在第一时间行师生礼，让我这个本来年龄比他们大不了多少的男人十分惭愧。当年尽老师力，是职业道德所系，所做的一切原本都是应该做的，但那些枝微末节他们却一直记挂心怀。回望这辈子的职业生涯，无所谓成功失败，最让我留恋，也最有意义的工作，其实是那八年的教书生涯。一朝做老师，终生都年轻。可我居然偏离了我最适合的职业，走了另一条崎岖坎坷的惊险弯路。

回云梦的次日早晨，与诗人赵兄相约到南门河外吃豆皮，已然享用完毕，正闲聊，忽见一熟悉面庞，我脱口叫出潘君名字，他也在同一时间认出我。20多年，沧海桑田，人事纷杂，我们都历尽坎坷，却相互在第一时间认出对方，靠什么？靠眼睛。真诚的眼睛不骗人。他的一句话深深打动了我，"虽然20多年没见，但心中一直有"。心中有眼里才有，这是对缘分对友情最经典的解读。事业无比繁忙的他用了一整天时间来陪我扯淡，他纠集同学好友，鞠君、钟君、赵兄……能来的，都来了，大家尽情喝酒神聊，从云梦到他位于武汉的工厂，连续两次尽兴推杯换盏，我居然没醉。酒好是一方面，身体好也是一方面，情真才是最重要的原因。

酒后，我们乘兴驱车去拜望了我们共同的李老师，并在他所服务的大学会所留宿。在武汉，我还有幸与去年回乡在吴君处见过一面的同学施君及30多年没见面的蔡君、潘兄弟等相聚。当年，初出道在倒店中学教书，我与蔡君等各领一班学生住在一个由猪圈改建的宿舍里，连当年蚊子、跳蚤的骚扰，都成为美好记忆。我们秉烛夜谈，彻夜难眠。青春做伴，我们年轻过，今天依然年轻。

在吴君所设酒聚中，我见到了当年的老领导张兄。退休多年，他依然健朗、风趣。以我的粗枝大叶、才疏学浅，我在云梦的成长，有赖很多前辈、领导的宽容谅解、无私栽培，其中就有他的帮助。我自走险路，他始终都想拉我一把。感恩于心，无以为报。唯走好剩下的路，方不愧他们一直以来的关心和厚爱。

一朝同窗，终生兄弟。我为人处世不周，一直得到同窗们的原谅，我也一直努力不辜负同窗们的感情。所有的批评、劝诫、建议，我都铭记于心。倘仍有错漏，我只希望对我直言，言笑怒骂，悉数收纳，切勿让我的错误伤到你的宽容。

在返回厦门途中，相约与在网上神交已久的易君在孝感见面，这是我们整整30年后第一次见面，当年在应山徐家河笔会认识时，我们都是20多岁青春年少的小伙子，再次相见，均是知天命的老男人。由于赶飞机，我们仅见面30分钟，"30年，30分钟"，说不够是不够，但于缘分而言，够了。来日方长，能在这个世界上总有这样30分钟健康欣喜的会面，真的很幸福。

缘，妙不可言。

谢谢亲人、同学、学生、朋友们，谢谢你们与我和谐相聚，让我不断告诫自己，要像个人一样在世界上游走，以对得起你们的盛情。

家乡气温比厦门低很多，干燥、清冷，回去第二天，嘴唇就开裂了，双下肢过敏奇痒，双手也逐渐变得像锉刀一样粗糙。这说明我与家乡久违了。且是一种背叛式久违。定居厦门20年，南方温湿气候使我的身体变娇气了，脆弱了。家乡的气候应该给我提醒，甚至惩戒，我心领神会。

在亲朋好友相聚的间隙，我特意重游了楚王城、人工湖、黄香大道、倒店、魏店、枫梓岗、府河，第一次游览了黄香文化园……在县城，从东到西，从南到北，我惊异于家乡小城拉开发展框架后的大气磅礴，建新不忘护旧，扩城更重民生，我虽然无权也无资格指点家乡建设，但我从内心震撼，那些大手笔的建设成就是明白人的共谋，是实干家的丰碑。这座小城于今确实可以称之为"城"，且颇有现代感，尤具文化韵味。生于斯长于斯亦曾工作成长于斯，骄傲莫名。

缘分在冥冥之中，想见的虽没有全见到，但因为有太多惊喜，让我凡俗之心无比知足。我知缘、重缘、惜缘，更不断在人生旅途中结缘。所有我认识不认识的朋友，您是我人生中全部的缘分所系，我敬重您，祝福您。

童年夏梦

女儿问，你小时候看到过银河吗？还有大熊星座、小熊星座？

看过的，看得很清楚。那时的夏天，我仰躺在竹床上，那墨蓝的天似乎不是很高，满天星汉灿烂，尽收眼底，银河光雾迷茫，贯通南北，将整个夜空分成东西两大部分……

说着说着，我的思绪回到了那些贫寒却无比温馨的日子。

我家位于村西头，村子后面就是贯通东西的大路，大路外是一溜长条的塘堰，被几条通外村的路剁成多个一字并排的塘堰，长堰、弯堰、碚矶堰。沿大路还有一条灌溉水渠，在村头拐直角弯向北通往磋子河水库。

每到夏天傍晚，村上的人便聚集到村子两头的大路上乘凉，大家把竹床跨设在灌溉渠上，有时渠道里流着水，却一点也不影响村人在竹床上纳凉，天气最热的时候，很多人家就在大路边的渠道上过夜。

于是，我有了些记忆清晰却情景迷蒙的童年夜晚。二姐和哥哥因为大我很多，不知道玩到哪里去了，我跟不上，只好跟在父母身边。常常我躺在竹床上，母亲坐在我旁边，父亲坐在竹床头的椅子上。母亲摇着芭蕉扇不住给我扇风、赶蚊子，偶尔有蚊子骚扰到她，她会啪啪啪扑打几下然后很快又恢复到给我扇风赶蚊子的状态，仿佛给我扇风赶蚊子才是她的正事。怕我着凉，她会用棉布印花的被单给我盖上肚子；担心狡猾的蚊子钻空子咬我，她偶尔还会腾出手来，在我的腿上、手臂上抚摩。

一向严厉的父亲在那些夏天也表现得万分温柔。在仰天数星的夏夜，他给我讲了很多至今记忆犹新的故事，《牛郎织女》《甘罗十二拜丞相》《凿壁偷光》之类，只要他知道的，不管讲多少次，每次他都不厌其烦，绘声绘色。某些时候，我很可能并没有把这些故事听完就睡着了，而当醒来的时候，已是躺在家里的床上了，夏布帐子外已然亮白，母亲正在忙碌。——我是在睡梦中被父母放到床上的。

你是我一生的"痛"

你的笑总那么恰到好处地柔和、温婉，多一分张狂，少一分虚假。俯仰之中，牵动我的心灵。为了你的笑，我无怨地忍耐、逢迎，甚至不畏拙劣地为你表演，生怕这笑从你脸上不期然而然地消失。——于是，我心痛。

那是值得我用一生的耐心和爱去呵护的笑。因为那是这个世界上最适合我、最附和我、最感动我、最补养我的笑，并毫无隐瞒、毫无保留地属于我。我万分珍惜，在我死之前，我不能也不敢失去这美丽而珍贵的笑。——于是，我心痛。

18 年，一朵笑花，像一朵栀子花，纯洁、平凡，普通到淹没于树丛花海毫不引人注目，却每天牵引、感动、抚慰我内心每一个角落。那笑并没有栀子花那样清香馥郁，那是一种暗香，有点温暖，隐含清凉，稍有愠怒，即刻消失，只有我可以嗅到、看清、读懂、心领神会。——于是，我心痛。

怕你孤独，怕你走夜路，怕你伤心，怕你忧愁，怕你在离开我的时间里被人哄去了这笑，偷去了这笑，谋杀了这笑……我知道我如此自私简直是杞人忧天、不可理喻，但那笑从我看到的第一眼后就镌刻在我的灵魂里，成为我生命的一部分，没有这笑我简直想象不出我的天地会多么黑暗。——于是，我心痛。

为了爱，你义无反顾地来到人间，羞涩地静开在我的生命里，给我温柔、温暖、浓情、蜜爱；因为爱，你珍藏着这美丽、美妙、美好的笑，而只含苞在我们的世界里，等待着我浇灌、滋养、抚慰和分享。我是个容易懒惰、消沉、孤单的男人，但只要你一笑，这一切都是浮云。这种依赖心，令我沉沦。——于是，我心痛。

是的，你的笑，是我的心痛；而我的心痛，是你的笑盛开的养分。追寻、栽培、珍藏、呵护、膜拜你的笑，以我一生的心痛。

父亲有节

本来不知道这个节日，儿子一个意外电话，让我惊喜之余，感受到这个节日的温暖。他说，今天是父亲节，我请你吃饭。父亲节就这样顷刻与我贴肉连皮。我以为也应该有个儿子节。

儿子大了，我老了。

记得儿子两三岁时，我带他到孝感商场买衣服。看我白白净净，不像已经为人父的男人，商场几个服务员以为我是他叔叔，夸奖说："看叔叔对你多好，给你买这么多衣服。"他稚气地扬着头像煞有介事地争辩："他不是叔叔，是我爸爸。"那感觉，就像今天他请我吃饭一样温暖亲切。养个儿子真幸福。

至今，儿子一直不认同我关于他小时候很少挨打的说法。我确实很少打他。他三四岁时，我对他约法三章：同样的错误犯四次用竹片打手。那根竹片被我系了红绳子高高挂在墙上作为警示。其实很少用。他很少有同样错误犯四次的。比较典型的错误是生气后骂奶奶。尽管奶奶在他的骂声中一直笑，一点儿也不生气，甚至有孙子会骂人的喜悦和骄傲，但我不能饶他。我说，奶奶是活着的祖先，骂不得的。然后讲一通他根本不愿听也听不进的道理，惹得他奶奶我母亲一脸不耐烦，百般袒护他。到第三次，我问他：第几次了？他挂着泪记得是第三次。第四次怎么办？他怯生生伸出小手说：打。那好，第四次算总账。结果，真有第四次，我打了他的手掌，肯定疼，他哇哇大哭，杀他一样。我后脑勺冷不丁挨了母亲一巴掌：你打你儿子，我打我儿子……

那条竹片，很长一段时间，我淡忘了。某日，忽发现竹片不翼而飞，挂竹片的地方徒然只有一钉。我问母亲，她摇头说不知道。就问儿子，他不敢说。问急了，他开了个条件：你不打我我就说。我承诺不打。他说，我拿出去丢了。那么高，你怎么拿到的？他说，将小凳子搬到床头柜上，再转到五屉柜上、从床头柜爬上五屉柜、从五屉柜站上小凳子，然后取下竹片。我惊出一身冷汗，为了教育他搞这么一根竹片，结果导致他在家像玩杂技一样搬东西、爬高，无论是被砸着还是摔下来，后果不堪设想。从此竹片故事画上句号。

平生唯一一次上报纸头版头条，也跟儿子有关。那是 2002 年高考，儿子因为随迁，户口迁入厦门，得在厦门参加高考。那些天，我一直跟在儿子后面为他服务。他的考场在厦门一中，儿子进考场之后，我提着儿子喜欢吃的清蒸虾与很多家长一起在一中门口的天桥下等待。天很热，我的光头满是汗水。站也不是，蹲也不是。结果，被《厦门日报》摄影记者姚凡先生抓个正着。——一大群家长神态各异站在校门口，唯有我，一个光头蹲在正中，面容清苦、焦灼，一副苦大仇深、重任在肩的使命相。那时我还在象屿集团谋生，当天早上，好几个同事、朋友打电话告诉我，你上《厦门日报》头版头条了。找来一看，我被自己感动了。感谢姚凡，给我记录下了人生这么一个重要瞬间。儿子看到这张报纸，说，可以珍藏起来。但我并没有珍藏。

地点选在味千，吃儿子用自己的工资买来的精美食物，味道隽永、浓厚，吃一点就饱了。呵呵，平生第一个父亲节，偷偷乐一个。

江城寻梦

21年前，64个同学在云梦实验中学三(3)班毕业，他们在毕业前的最后一课上，合唱"长亭外，古道边，芳草碧连天……"唱了一次又一次，仿佛只有这首歌最能宣泄他们心中的离愁别绪，一个个唱得情真意切，泪流满面。

我们三班在四个平行班中，最少约束，最为单纯、率性、快乐，没有早熟迹象，更无早熟烦恼。毕业时，大家约定，十年以后再相见，时间：1996年10月1日；地点：武汉黄鹤楼；见面礼物：每人一个得意的成果。以如今有些疲惫的心理来看当时的约定，虽真诚，却也幼稚，甚至矫情。

十年后，世事更迭，我做了宣传文化干部。不知是我的消沉还是粗心，那时，我浑浑噩噩，开会、应酬、喝酒、讲话，成天废话连篇，到处吹牛，被云梦乡亲呼为"李泡"(泡皮之简称，不成熟不稳重之意)。他们说，李泡穿着马裤呢风衣走在街上，连建设大道都嫌窄。我把曾经的承诺忘到九霄云外了，也没有哪位同学给我提醒。或许他们认为李老师已变成一个不好接近不必接近的人。1996年10月1日，我与一干人喝得昏天黑地。事后记起与同学们的约定，有至少三天的沉思、空落、惶恐和遗憾，觉得自己轻诺寡信，做了对不起同学们的事，担心他们认为自己"当官"了，把同学们忘了。内心更脸红的怯懦是：就算去，我拿什么成果去为人师表？当个正科级干部自然算不得什么上得台面的成果，而我曾经热爱的写作也表现平平，了无建树。

这是那时想法，以为必经天纬地才可出头露面。如今，我儿女双全，家庭和睦，心态平和，健康快乐，对社会小有助益，对他人毫无害处，这成果不小。

9月29日傍晚飞到武汉，已是晚上九点，在同学们预定的联欢晚会现场，我见到了27个同学。掌声、欢呼声和亲切的寒暄、问候让我又回到了当年的三班。21年，弹指一挥间，当年青春倜傥的我如今已是知天命的老男人，多少感慨汹涌心头，无以言表，只能用始终的微笑表达我内心的幸福和温馨。当年的少男少女如今都已是人到中年的当家人，岁月没有改变那一张张我十分熟悉的脸，只在他们真诚的笑脸上刻上了些许沧桑印记，他们成熟了，有的还有了成功的事业。他们健康、平安、快乐，并有着积极进取的人生观。他们是：蔡秋华（专程从襄阳赶来）、刘军初、杨辉、詹建军、林北坎、任华群、张玉娟、盛佑明、刘建刚、胡鹏胡庆兄弟、李孝林、厉惠红、王连华、陈新华、尹燕、金建国、代芳、江兰、蔡玉红、王培民、王翠红、刘军、李红蕾、艾海林、林旭平、曾福明……他们中，有事业发达的企业老板，有医术精良的医疗专家，有单位的技术骨干，有主政一方的地方官员。他们搁下繁忙的事务，在几个热心同学的资助、筹备下，专程赴约。他们中大多数人我能一口叫出名字，有几个却要想半天才能叫得出来，而有的我再怎么想也叫不出名字来。

　　不全是忘了，分别时间太久，我的记忆力这几年也确实有所减退。有个同学说，老师对优秀学生和极调皮的学生是永远不会忘记的，而对于比较普通平常的学生，就不那么容易记得住了。这话真有一定道理。要讲客观的话，毕业后，许多同学与我偶有接触，而有的同学毕业后一直没有见面机会，乍一见面，思维盲区还真难以一步跨越。一一见了面，对上号，我知道，这次集会，虽然筹备组的同学们做了大量工作，但时间还是太仓促了，在美国的滕亚玲、在上海的黄湘辉等因为无法联系上而未能赴约，而孔亚玲、陈静、郑小琴、刘升等因为事情实在脱不开身而无法如约。还有一个许同学，她的遭遇让我揪心，刚好在昨天，她的爱人病逝出葬……我提议，本次集会后，三班每五年集会一次，下一次集会地点定在厦门鼓浪屿，大家热烈赞同。一向深沉稳重的刘军初在跟我谈到同学聚会时，感慨地说，随着大家年龄增长，每次都可能会有人无法来或者来不了……他说，有些身边很熟悉的人，忽然某一天，走了，离开我们了；有些很久没有联系的生意上的朋友，再打电话，人就不在了，人生真是一场梦。这确实是件伤感的事。是啊，不管是亲人、朋友，有的人离开了我们的生活圈子，失去联络了；有的人因为各种原因，永远走了；而很多人，包括我们，也都将陆续在一些无法预测的日子离开，但这有什么关系呢？人生本来就是个过程，走是必然的。只要我们活着，就要珍惜生命，就要让生命鲜活、快乐。我说，21年前，我送给你们的是四个字：战胜自己。今天，我要送给你们另外四个字，健康快乐。大家深以为然。

　　9月30日，江城武汉迎来了一群既普通而又特殊的客人，我们游黄鹤楼、合影，大家谈笑风生、无比快乐，一天时光瞬间而过。离别前，我被作为合影"道具"与每个同学合影。站在他们身边，我感到自己顿时年轻了十多岁。

　　圆梦之旅，寻梦之旅。是的，这是一个梦。白驹过隙，这是一个结束，更是一个开始，我们每个人都拥有很多机会，可以拥有很多成功和快乐……

洪水入梦

阴云笼罩下，洪水浩瀚，小镇全淹在水下。屋顶、树梢断壁残垣全浸泡在水中。整个泽国只剩下这个被淹没的小镇。洪水一望无际，连山都没有一座。

我们没有船，只能踩着门板、屋柱头、檩子在街巷顶的水面漂行。紧急的时候，总能顺利跳过、跨过或踩过那些屋宇间的沟壑、漂浮在水面上的桌椅板凳、柜子门板，有时候，还能踏上聚漂的柴草泡沫。

到哪儿去？有谁在等待？不知道。总之要往前，一直往前。我，我妻。

这么吓人的水，多深、多广阔，我发怵，而她不以为然，似乎觉得，水大好玩，一副头脑简单、不知忧愁、嘻嘻哈哈的样子。跟在我后面，我怎么走，她怎么走；我去哪儿，她去哪儿。全然不管不顾到哪里去，有无落脚点，日子如何继续？

那时那地，我并不过分紧张。飘然水上，脚点水面轻盈飘逸，从未体验过在被淹没的小镇上玩水。很多人，大人、小孩，男人、女人，都像我俩一样，在屋脊、墙头伫立，或在街巷上的水面漂着，记忆中的小划子、小木船、渡盆，都没出现，大家都无须借助工具就能在水面漂行。

非常静谧。云层翻滚，水面平静。水、水下小镇、屋宇、街巷、树梢……都静静地，忽而游动，忽而定格，像一幅幅不断变幻的冷色调的画，漾着水的清澈、透着老镇的古意。

我俩坐上一面高高突出水面的墙头，望人群，望天际。人群也都朝那个方向注目，那是东方。水天相接之处，裂开绚烂的红光，云瞬间被烧红。那轮大大的红日从水平线上升起，我看到，妻脸上被镀上一层绚丽的红色，她的笑依然那么天真灿烂。

信步由思

一个月总有那么几天内心一片荒芜、干燥,连草都不长。没有绿、没有红,更没有生命悦动的快乐。那时走在外面,我只是个行尸走肉。路、街、绿树和行人,没有颜色没有生命没有活力只有暗淡无趣,身无投靠、心无着落、言无对答、亲无挂怀⋯⋯没有任何具象的意识和念想。

在京城街上,没有念想,瞎跑有什么意义呢,还不如到紫禁城护城河边的柳树下睡觉。河边女儿墙齐腿高,黑砖砌的,宽且平,旁边是高大的灰黑城墙,如果不想穿透或者逾越而进到城中,可以不把它理解为拒绝。在风舒细柳的阴凉中,躺上平坦的墙垣,把自己交给漫无边际的时间随意处置,也是不错的选择。

居然睡着了。意识中开始有情节:黑云成旋涡状浓聚头顶,旋涡正中是炫目的光亮,那光亮不断扩大并烧红天空,并泼向地面⋯⋯人们涌进房子里躲藏,我也想躲藏,可全身沉重,开不了步,被粘着、钉着一样。地面的景物却不是京城,而是我故乡的小城。我知道大限到了,躲避是徒劳的,世界的一切都将被这亮光烧成齑粉,头脑开始膨胀⋯⋯

同志!同志!你怎么睡这儿?睁开眼,警察站在旁边。这儿不让睡觉?年轻的警察笑了,不是,您在这儿睡,不安全。哦!我起身,恍惚而纠结。梦中情景在大脑留着恐怖绝望的痕迹,心如迷雾一样迷蒙又像顽石一样坚硬,周遭在我心中刻不下任何印记。

是否就这样开始老去?我的影子晃荡在城墙下,任凭目光散淡地敲打在远处的宫殿、城墙、河水上,明亮洁净的太阳光从这些地方弹回,让我心痛。这些从遥远的历史深处带着荣辱与血迹走来的物件,让我找到些许活着的感觉。

时空永恒,而我们是过客。岂止是渺小。如果把生命忽略不计,由皇城搭建的浮躁、纷乱舞台,简直不值一提。

洁风洗心

这样的天气，才配得上拿去解释空明、洁净。

正所谓"一场秋雨一场凉"，这场秋雨到来之前，北京的太阳仍火辣辣催汗，近几天阴雨连绵，寒意一天锐利一天，刺人肌肤，袭人脾胃。京城百姓仿佛一夜之间，都穿上了外套，有的还加了毛衣。毛毛细雨昨天下了一整天，高楼、绿树、长街、车龙全湿漉漉的，那些五色交杂的伞和持伞的人们不仅身上湿，就连他们的脚步、表情、话语都带着湿润的分量。

今天不一样。早起上街，街上干干白白，路边几处零星的水洼漾着天空、楼房和树冠的影子，衬托得大街也仿佛照得见车身人影。天起初还是浓浓的乌黑，到街上人多车涌时，天上的云层被阳光刺裂开来，近太阳的云层逐步发亮、耀眼，而漫天的云层被镶上了一层透亮的银边，轮廓刀修线描般圆润、清晰，与地上人们温馨的笑脸一样，带着乐呵呵穿新衣聚会的喜悦。

此时的京城景观主题除了大气、庄重、威严、繁华之外，最感人的，是干净。地上一尘不染，树叶绿得透亮，楼厦被新近"开光"，尤以那些红墙碧瓦、重檐斗拱的宫殿显得最为惹眼。四方翘起的飞檐新近洗濯一新，似乎正小心地去触摸或者牵扯天上那些逐渐洁白起来的祥云。

空气清新是能尝得到味道的，纯净、清凉、甜润。有树叶的清气、有百花的馨香，伸出手，微凉中似乎能触摸到空气轻盈的质感。

阳光裂出云层，无数光柱顶天立地、笼罩城市。把温暖泼到大街上、泼在我们身上，那光亮也是清洗过的，没有任何杂质，真正的清清、亮亮、明明、白白。

早晨的东西长安街、早晨的王府井步行街，我相信，我赶上了空气最好的一天。

圣诞快乐

过圣诞,我是头一遭。那些为他人作嫁衣裳的日子,使我一度产生了许多错觉,以为自己是个人才,生活态度和生活方式很中国,很有代表性。可女儿的一句话,这些自以为是的东西仿佛坚冰遭遇阳光,都化作走墨千里的快乐激情,温暖我全身。

只要快乐,管它是什么节日呢?

这简单的判断,确实没有我等被世俗熏染得乌七八糟的沉重。我承认,我不愿做遮挡阳光的乌云或扼杀快乐的老八股。我内心翻腾着很多不过圣诞也快乐的理由,但女儿的快乐仿佛稀释固执的清泉,那些确实早已过时甚至矫情的东西顷刻烟消云散。

我答应过她,圣诞会有的,礼物也会有的,只要你快乐。

黄昏,风催门窗尖声响亮,妻在家准备晚餐,我陪女儿到思明南"好又多"买圣诞装饰品。也许是体谅大人对花钱的敏感,她挑来拣去,都选小的,简陋的。那些圣诞挂件、圣诞球、装饰藤条、装饰灯串等大多是泡沫而无法通电发光。我问她,为什么不买大一点好一点的呢?她说:太贵了。我说,没关系,也花不了多少钱,只要你快乐,尽量买你喜欢的。她说,不用太贵,这些东西,我也很喜欢。

就由她。到选圣诞树时,她挑选了一棵40厘米高的小树,说摆在桌子上就行。我说,还是买个大的,摆在地上,把上面挂满礼物,有气氛。

没想到,她坚决反对。为什么呢?怕贵吗?

她说,买个大的,他们不送货上门,你扛个圣诞树回去,多难为情?

哦!这倒没什么,我一个大光头,在平安夜,扛个圣诞树走在大街上,潇洒啊!我说,没关系,平安夜扛圣诞树,应景。

她还是不同意,让老爸用难为情给我带来快乐,呵呵。她笑着否定了,决意挑选小的,这样她可以自己拿。这说明,孩子不完全了解我,她不知道,不要说这厦门认识我的人很少,即使扛着一棵圣诞树在大街上碰到熟人,又有什么好难为情的？我过圣诞节，我喜欢，我乐意，我开心。

我买了棵可以通电的通高 140 厘米的圣诞树，那上面挂满了礼物。抱在怀里，有点大，扛在肩上，确实很夸张，穿上圣诞老人的服装，一定被人看作是哪个公司策划的广告。

女儿说，这太夸张了。我说，就夸张点吧。再增加一串 4 米长的变色灯串，女儿那股高兴劲别提了。她提议，走避街回去。我说，你怕我到大街上去丢人现眼？她想否定，我说，好，尊重你的意见，走避街。

我们避开人头攒动的中山路步行街，拐弯抹角，走小巷回家。

在女儿装点节日气氛时，我问她，这时候是喜欢大圣诞树还是小圣诞树呢？

她笑了，到家了，当然喜欢大圣诞树。她把她的房间布置得充满了童话色彩和节日气氛。

她今夜的梦一定是彩色的。

第三辑 三两展痕

海上云根

时间：2009 年 9 月 16 日

地点：东山岛

　　东山岛有个美海滩：平缓宽广的沙滩向深海延展。东西两侧山冈探入深海，围起一个万顷海波的舞台。越靠内陆，山崖越高，并次第绵延。浩渺的大海上有一列隐现的礁石横列，屏障一样将这片海域围成天然浴场。一人多高的海浪从远海滚来，波涛强劲地裹挟着沸腾的泡沫轰然铺过来，铺过来，淹没海滩。一声叹息，浪头悄然退下，平静缩回深海，露出丰美沙滩，迎接下一波巨浪。这样雄浑而又婉约的海浪，很具有豪迈而多情的男人气。凶猛时目空一切、摧枯拉朽、横扫千军，婉约时平心静气、温柔内敛、包容万象。

　　这是什么地方？同行兄弟不知。问当地人，答：百亿星辰。好诗意的地名。艳阳下，海浪退去，海滩裸露，每粒沙浮光跃金，熠熠闪烁，何止百亿星辰？

　　换上泳衣下海。我冲下沙滩迎着浪头往深海扑腾，一排巨浪劈头打来，我狗刨式的水性被滔滔海浪打得原形毕露，还没弄明白怎么回事，就如一截木头似的被掀到海滩上。不服气，再来。侧身楔入海浪，浪峰把我顶高好几米，从浪尖滑过，随即陷入浪谷，只能看见眼前的浪头而无法看到海面或海边山岚。整个大海仿佛就我一人扑腾浪谷。一浪滚过，终于看到兄弟们在不远处与海浪切磋。

　　逐渐习惯被海浪托起、滑下的节奏，舒服多了。不用费力扑腾，只需从容漂浮，自有浪涛顶你到浪尖，又轻轻放到浪谷，摇篮一样十分惬意。人一舒坦，酸劲上涌，豪情蠢蠢欲动，不禁环顾蓝天白云，天风海涛。

台风"莫拉菲"昨天在广东登陆，一场暴雨清洗天地，天明地朗，蓝天颜色非常纯正，地上草木绿得流油。这时，我发现大海上空一片蔚蓝，万里无云，而大陆群山上空朵朵白云轮廓清晰、体态肥胖、憨态多姿，成群结队擦着群山峰尖向北涌流。而对面山坡前的海面上白雾蒸腾，悬垂的淡云酝酿、升腾，丝丝缕缕结成洁白的云柱，云朵悬垂处似吸盘一样，把大海上的薄雾吸附上升，结成云朵，一朵朵，相跟着，汇入云群……再看大海，波涛汹涌的海面上亮晶晶水星喷溅，一层一尺多高的薄雾随大海翻腾，似在为漫天白云准备丰富的素材。

对面山前接天连地的云柱分明是海上云根啊！

离开百亿星辰，出一青石牌坊大门，上书：百亿新城。——一个房地产项目名字，被我误为百亿星辰，哑然失笑。好在大海、海滩、海浪、云根给我的美妙感受仍在心中荡漾，在我记忆里，那个地方，永远叫百亿星辰……

游山玩雨

时间：2010 年 6 月 18 日
地点：同安城西北

　　阴天不宜外出。但女儿初中毕业考试才完，她想放松，就到同安玩山。

　　白云在集聚中沉闷乌黑，偶尔裂出阳光，能见度高。群山远处，辽远的云脚轮廓清晰，凉风和煦。打开车窗，风扑在脸上轻轻柔柔，有雨腥气。出同安城，朝西北山区开行。那里有我们多次光顾过的西源村仙坪脚和山上古村废墟仙坪。

　　在汀溪水库旁拐进与汀溪平行的渣油路，行愈深，村愈古。起初还偶遇行人、摩托车、小四轮，进入仙坪峡谷地带，路有行人，牛牧溪边，有狗深沉地走在路上似有什么心思。云如厚厚的棉质华盖罩在头顶，那些绿色簇拥着老村张扬着淳朴、素雅。刚才还在车上兴奋雀跃的女儿受了静默天地的感染，静默了。

　　从没有穿过西源的仙坪往山里深入过，路这么好，山里面有什么景致呢？在仙坪脚稍事停留，我们继续进山。

　　路窄了些。盘山而上，两边草木葱茏。开进山坳，车前山崖赫然挂下一线飞流，女儿脱口叫道：瀑布。她的惊喜感染了我俩，遂停车观瀑。

　　翻过一座山，才发现瀑布离我们还远，悬在对面悬崖上，而阻隔的，有山冈、山坳，还有茂密的灌木和蒺藜，一条被茅草淹没的小道应可将我们引到瀑布跟前，可四野无人，山深林密，那进山的山口活像一道门，谁知道门那边隐藏着什么虫兽？不敢造次，只好远远听着飞瀑入潭的轰鸣，背靠它定格几张小照。

　　那儿应该就是汀溪源头吧？溪水在脚下绕山静流，一座石拱桥就在旁边，清粼粼的溪水在桥下潺潺欢流，清澈见底。

　　盘山路左拐右晃，躲猫猫般在山野瞬时藏匿。山路每一截看上去都很短，都通天，风中夹杂着热乎乎的松香、花香。

　　山高林深。深山的未知给我们诱惑时，也不断加重着神秘压力。想找个人问问，却无人无车。速度慢下来，好不容易遇到一个牵牛的老乡，住车打问这条路的去向。他说，通往莲花镇和野山谷。莲花镇我去过，野山谷是新开发的景区，一直想去没去。原来，我们在同安北部山区转圈，并没走多远，遂放心前行。

瀑布！又有瀑布。女儿大叫。而车已跑出好远。于是停车，任由她飞奔而去。

这瀑布小多了，仅四五尺高，水不大，却宽，很清秀地从石岩跌下，看得到水瀑那边褐色的岩石。水落石潭，漫上大片草滩，草滩上有可步行的石块断桥，可到达漾着清冽泉水的石潭边，看飞流击潭、藤蔓小草和小花小鱼。

女儿踏进草滩就不想走了。只好陪她玩，逗水轰鱼、拈花惹草，寻一些孩提时的天真和欢娱。

雨凌空洒下，很稀疏，雨点大得震撼。我们返回车上，那雨点打在挡风玻璃上，喷溅成铜钱那么大水花，发出咚咚鼓响。北部天空黑云清晰凝重，威压群山，呈现出末日般的恐怖。暴雨要来了，遂驱车下山，赶紧跑。

峰回路转，到云浦村，几个农妇站在那儿啃甘蔗，她们对即将来临的大雨似乎毫无察觉。遂停下来问情况，她们说，离莲花镇还远，离野山很近。离开云浦，前方有街市。雨瓢泼起来，顷刻山野迷蒙，我们到云香阁饭馆躲雨、用餐。

风雨以排山倒海的气势压过来，饭馆门前的金属雨棚如千军万马过境，轰轰烈烈，远山近野全掩藏在浓浓雨中。

意外的是，饭后离开云浦走上回厦门的大路时，头顶云开雾散，裂出蔚蓝天幕，太阳光柱斜射下来，探照灯般扫向碧绿的山野。往同安的公路居然干燥如常全无雨星。——原来这场大雨只关照了莲花山一带，同安城只有看的份。

雨 中

时间：2015 年 8 月 8 日

地点：从厦门岛中山路到枋湖北路古龙居住公园

　　傍晚的天空，云片被撕得七零八落，吸入夕阳余晖，泛出水水的曙红。北天阴云密布，也许正下着暴雨，只缺几阵猛北风，将那场暴雨牵来。不知为何，我有些期待，渴望它们"来得更猛烈些"。

　　但正吹着的似乎是东风，不怎么劲，一阵一阵，从五老峰的丛林冲出，从中山路一带的大街小巷绕来，带着太阳炙烤后的燠热，也隐隐携着青草和灌木青香。出中山路，从文园路拐虎园路，人行道上蒸腾着温热气，氤氲着复杂气息。一进铁路公园，气温似乎一下低了四五度，空气洁净清凉起来。

　　健步在夕阳余晖中。到天空黑云感染城市街灯的红晕，我已经汗流浃背。一阵耸动铁道两旁林木的凉风扫过，远天滚来隆隆雷声，类似巨石磙在铺满砂砾的铁板上滚动，滚动，终于失去依托，凌空砸下，砸在铁板上，震耳欲聋。这个雷有点像发令枪，雷声甫落，风呼啸扫街，树叶零星飘落，滚动聚集，雨滂沱而下，我头顶咚咚咚承受着巨大雨点敲击。疾走中，我将手机、手串等怕水的物件全塞进包包。

　　风猛雨密，本已湿透的衣衫裹粘身上。雨水劈头盖脸，一条条一绺绺满头满脸淋下，朦朦胧胧冰冰凉凉灌进前胸后颈。衬衣失去了残存的护体作用，变成了羁绊和累赘。双腿感受到长裤湿透的重量，皮鞋灌满雨水，脚在鞋底打滑，脚步汩汩作响。

　　脱上衣，脱鞋，全系挂在包包上，连同包包甩到身后，这样跣足赤膊，冒雨前行，有直接、硬帮的洒脱。这才是流浪汉赶路。雨水浇在身上凉飕飕的，而脚板踏飞的渍水却含着太阳的余温，正是阴冷雨天特别的安慰。

　　出铁路公园进厦禾路，到莲前西路，风越来越猛，雨越下越大。路灯初燃，雨雾迷蒙。百米外树影荫翳，人影憧憧，路上顷刻成渠、成河，渍水在街上涌流，雨点密匝匝打在街河上，泛起繁花水雾，雾气平地升腾，模糊了街路。偶有汽车亮着惊恐的双眼在街河上乌龟般爬行。

雨水汗水劈头蒙面，不用擦头擦脸，只管抬头挺胸赶路。空气中弥漫着冰凉清新的雨水气，呼吸起来轻松、通畅。雨中万多步下来，刚好走到古龙居住公园大门口。奇怪的是，远天一声闷雷之后，风仍然摇曳街树，而雨却散云收兵了。

简直是一场送我回家的雷雨。

老树的轮回

时间：2004 年 12 月 20 日
地点：泉州石狮
按：彼时我在石狮一家报社做新闻

东埔是石狮一个古老渔村。

艳阳初照的冬日，我骑着摩托车在沿海大道缓行，左边，是依山临海的东埔，右边就是颠簸着无数渔船的东埔渔港。从一个岔路上山拐进东埔，一个巨大的树根赫然歪在路边，从被锯去树干留下的疤痕来看，这棵树胸径三米多，粗壮的主根均全被砍断，仿佛被砍断了行走的腿脚，虬曲的细根四散支棱，像嗷嗷待哺的小手。这么大一个东埔，这么大一个树根，它从何而来？

东埔渔村依附于遍地礁石的石山，全村绿化稀疏，没有一棵像样的大树，这样的大树，只能是外来的。

进村拜访老朋友船长老魏，几杯铁观音入口，我就那个大树根求教。他说，那个树根是造船后留下的，树做了渔船的龙骨，根没有用，就扔在那儿了。

他带我到海边一家船舶修造厂看一个叫阿占的大汉造船，并指着一艘正在建造中的渔船底部说，那是船的主梁——龙骨。龙骨，如同人的脊梁。龙骨两边的肋骨次第排列，成为渔船的骨架。那根龙骨所用的树木直径看上去也不过六七十厘米而已。阿占说，这是一条 150 匹马力的小型渔船。村口山坡上那棵树根的树木能建造多大的船只呢？阿占说，那棵树建造的渔船下水四五年了，是 700 马力的大型远洋渔船，那也是阿占有生以来建造的最大渔船。

这么说，那树根在那儿待了四五年了，怪不得看上去已经有了腐朽之态。我们一起去拜望那个树根，阿占以他职业的眼光围着树根打量，好像在揣摩着这个树根能做什么。他说，这棵树的大头 346.5 厘米，小头 33.8 厘米，去了梢长 48 米。他边说边用随手携带的钢卷尺测量树根的疤痕。老魏打量着树根，说，其实，这个树根完全可以做成一个天然的茶桌，咳，可以围坐十几个人呢。他琢磨着，越想越觉得自己的创意很绝，好像那个茶桌已经摆在他面前，而桌上的工夫茶正腾腾冒着热气。

呵呵！这儿已经发新枝了！阿占忽然叫起来，我们一起凑过去，在树根侧翼的一个枝丫凹陷处，一枝嫩绿的树枝从底下斜伸出来，颤颤巍巍挂着细圆的树叶。我浑身一热，这尽显腐朽之态的老树根居然重现生命迹象？

老魏也感叹，不得了，它又活了。

阿占说，的确稀奇。这种树生长在云贵高原，因为长得笔直，质地细密坚硬，非常沉重，我们叫它金笔树。它怎么可以在这里成活啊？阿占蹲下来，他粗糙的手不忍去碰那嫩弱的生灵，只远远用双手护着，生怕伤到那柔弱的嫩苗。

老魏说，在这种地方，它哪长得活，不等它现身，不是被小孩拔掉了，就是被狂风刮断了。阿占深以为然。我也顿生牵挂。离开树根时，我们三个人的脚步多了些来的时候没有的沉重，并频频回望那呈现再生希望的树根。阿占仿佛自语似的说，除非这里没有村子没有人，不然它绝对活不下去。他的话立即获得老魏的赞同，却吓了我一跳。这话的确真实。不要说它的苗苗很难在众目睽睽之下长大起来，就算它侥幸活了，但它被弃置在那坚硬的礁石上，何以生根？何以长大？那定是一棵毫无希望的苗苗。

人类的生一定要以自然的死做代价吗？望着大海，我无比困惑。

捡起来，放下去

时间：2005 年 5 月 20 日
地点：泉州石狮

　　我喜欢海，尤喜在海边沙滩徜徉。每当我蹒蹒独行于沙滩时，总痴迷于那些零散在沙滩上的石头。那是一种细微、纯粹、沉迷的感觉。那些石头有的全身赤裸，被海浪推上来，拉下去，翻滚跳跃，如顽童享受海浪洗濯的惬意；有的埋在沙滩里，在阳光下仅露出一点光滑透亮的头颅或肚皮，任海水在身上冲来刷去，一副随波逐流的样子，随和着、静默着、闲适着……

　　我喜欢观察海滩上的石头。走在柔软的沙滩上，海浪的咆哮、叹息，我足之所踩、目之所及、心之所系的，是那些大大小小、奇形怪状、五颜六色的石头。它们因何而生？从何而来？向何处去？小的是大的生的吗？大的是小的长成的吗？颜色相同的是姐妹兄弟吗？颜色不同的是朋友或者……敌人吗？圆滑的、怪异的、透明的、阴晦的、轻巧的、厚重的……它们也像人一样如此光怪陆离。

　　不经意间，我常会随手捡起一块我喜欢的石头，观赏、把玩，心之平静如水仿佛欲与之进行空野幽谷之促膝叙谈。而那些不被我钟情的石头呢，它们兀自继续着它们的恬静，享受着它们自由自在于风口浪尖的潇洒、旷达，是我们人的眼睛、心灵乃至各种尺度和衡器凭空给她们分出了大小、轻重、长短、厚薄、美丑……

　　我还不如送它回到它们一直以来在绵延着的那种自然而朴拙的状态呢。

　　这些石头，它们在那里，是延续；捡起来，是结束；放下去，是开始。或者说，它们在那里，是历史；捡起来，是现在；而放下去，是未来……

　　我真的没有必要去惊扰它们在海里、在沙滩温馨的酣梦。

　　对那些看似普通的石头，你永远也不要捡起它，不管它是多么美好或丑陋，那种原生状态一经人的打扰，就会打上人的烙印，甚至惹上世间时空的负累。

闽北山行

时间：2005 年 6 月 20 日

地点：宁德屏南

路

山有多大，路有多长。从福州出发到屏南，自进山后，路一直七弯八拐来回往复上山下山曲线，我们乘坐的中巴车摇头摆尾地爬上溜下，有时是在山涧里陪着一条小溪弯弯曲曲延伸，有时是挂在山坡上；有时爬上山顶，眼见没路了，中巴忽然一个急转弯，峰回路转，车头朝下，前面又出现一条蜿蜒的蛇形公路。蓦然回首，那些具有浓郁闽地民间特色的老村就坐落在万丈悬崖下的谷底，虽看不见行人，但那袅袅炊烟和那白练一样搭在山顶上的路，不由让人唏嘘自然界和人间似梦如幻的缥缈。

路穿行在群山浓绿之中，高大的乔木、低矮的灌木、挺拔的修竹、茂盛的野草、五色的鲜花，交杂着、拥挤着、热闹着，山果极多，野花暴艳，座座大山被这缤纷厚实的植被掩蔽得严丝合缝，所有山洼被填得满满当当，山涧的溪水和盘旋在山上的路格外惹眼。中巴走在这样一条被绿色簇拥的路上，有时就像穿行在一条绿色的隧道里，在享受"车窗剪画屏，满目尽春色"的同时，叫人无比惊叹这千种植物万般生命在这群山中的亲密与和谐。试想，如果这些生命之间彼此不容相互绞杀，那么，这山山水水该是一片怎样的情景啊？！

水

山有多高，水有多高。一点不错，打从进山起，水一直陪伴在路的前后左右，一直在绿色中以丰富多彩的形式延伸着它们的倩影：先是洋洋洒洒、浩荡涌流的闽江，进入深山后，就是汩汩突突的大穆溪，那线碧水在山涧的绿色中裂出一道粗细不均曲线优美的缝，缠绕在一座座大小山峰的脚下。绿色中，溪水抚着溪底的鹅卵石，一路跳跃一路欢歌，流淌着柔情，流淌着滋润生灵的慈悲情怀，也流淌着乐在崎岖山谷中前行的豪情……

自山崖上飘飞而下的小型瀑布最为纤巧、耐看。在自由降落过程中，水在空中成片成线成珠成粉成雾，哗哗哗唱着调皮而豪迈的歌；也有沿着裂山而下的沟道潺潺流下的细流，线一样亮白亮白地跃出满山绿意，欢歌而下；最为动人的是那些从山体无数孔洞中涌出的清泉，它们仿佛在山的肚子里憋得太久，有的汩汩冒出，有的滋滋喷射而出，淌成一条细小水道，清冽泻下，义无反顾地汇入溪流、汇入闽江、汇入大海。

廊桥

如果说多姿的流水是一曲曲多情而又欢快的歌，那么，那横跨溪水的一座座廊桥便是凝固的音乐了。多为木质的桥廊幽静古雅，重檐芜殿的盖顶在翠绿中宣示着淡看寒暑风霜的沉稳和笑看世道的豁达。那份轻灵和随和，从容和淡泊正是山间少量钢筋混凝土仿造的廊桥所缺乏的韵致。

在车上浏览掩映于绿色中清澈溪水上的廊桥，过眼廊桥如同过眼岁月一样引人遐思。那些世代制造廊桥和来来往往走过廊桥的人们，他们的身影和脚步在廊桥里杂糅、混合、重叠、拥挤，敲打声和脚步声交织出的是人间沧桑、爱恨情仇，还是人心如晦，奥深如井；是诉说喧嚣中的一隅幽静，是不可多得求的景致，还是诉说"通往世俗的路，是灵魂痛苦的爬行"。

在屏南，我有幸亲脚踏上棠口溪上的古廊桥——千乘桥。那是一座三拱廊桥，有着封闭式桥亭，两边留有窗户式的瞭望口。站在廊桥上，透过每一个瞭望口看出去，每一个瞭望口所呈现的都是一幅精美的山水画。

带我们上桥的老张是本地人，他跟我们讲了很多本地掌故。关于廊桥，他说，廊桥全部不用钉不用楔，俱用榫头结构而成，非常完美非常坚固。

在屏南县城，我从一则旅游宣传广告上得知，屏南还拥有一座超长的廊桥——万安桥，号称全国第一。因为时间关系，我们无缘识得。不过也好，人世间的许多东西，尤其是那些从历史深处走来的美好物件，虽然都是人的受用之物，但在进入了历史时空隧道之后，便变成了可远观而不可切近亵玩的圣物，越是少了人的打扰，越是能够保持其原生的宁静、逸美状态，让我们乃至我们的后代能够由此向历史讨教，或者与祖宗对话，从这个意义上讲，这些古廊桥沟通的不仅是山水，更是历史和未来。

邂逅一头牛

时间：2010 年 11 月 10 日
地点：龙岩永定湖坑镇

下榻永定县湖坑镇，哥几个坐不住，相约出去逛街。

街不宽，新修的，夜色昏暗，黑一段亮一段，非常寂静，亮灯的地方，多是酒店。山风吹来有点冷，有新鲜松油味，鼻孔异常通畅，明天有更好的景致在等着我们，大家心情很好。这样安宁祥和的心境，一点儿冷何足挂齿。所以，我们在街上漫步、闲聊，雅至诗歌、俗至油盐酱醋、艳至关于柚子样苹果样乳房，都是与生存质量和生存感觉相关的好东西。偶尔的笑声还会撑破街筒子，飞入山上密林。

冷不丁，一头牛黑黝黝站在街头，头冲着一家大门，动作缓慢迟钝，看到人来，它把头扭向我们，无由地点着，一下两下，绳子被拉得笔直，似有求于我们。

咋啦，耐不住寂寞？要跟我们一起去走走？

我调侃。这是一头健壮的水牛，看到我们正离开，它很焦躁，脚步在地上交替移动，踏得街面山响。

当地一位老兄说，这是一头菜牛，明天早上就要被宰掉卖肉了。我的心咯噔一下，哑然。我们明天闲得无聊要去寻找新景致，而这头牛，它的生命明天就结束了，并且，它的肉很可能明天中午就被端上了我们的餐桌。

同为生命，可遭遇却从一个极端到另一个极端，就因为它是牛；而人，则可以随便奴役它欺负它决定它命运。

大家的脚步没有停留。也许那句点明那头水牛命运的话只在我心中掀起了波澜。——我就是那种没事找事、动不动滥发慈悲的人。回望那头即将被处死的牛，我心情十分复杂。如果说你要去解救一头牛，大家一定认为你疯了。这样躺到床上，柔软被服的贴肉暖身让我感到十分珍贵，只是一直睡不着。

次日清早，我们离开酒店赶往景区。晨曦中，车开离酒店，我回望那曾经系牛的店面，牛已经不在了。想来那头牛已经死了，它已经变成了肉和杂碎上市了。

　　这个故事很俗套：人对待同样是生命的动物十分凶残，手段极其毒辣，生命在人的手中如风飘散。大街上充斥着各种动物尸首，有的还现场宰杀，即使惨叫撕心裂肺，他们也决不会手软……

　　——动物的死亡跟人的死亡有什么两样呢？不同的是：面对那具无法食用的肉体，亲人们为失去朝夕相处的亲人而痛惜、痛哭，并畏惧死亡的逼近。

　　一头牛的死亡，除了它自己的眼泪，没有牛会为它垂泪，它们长大就分离，不是奔赴苦役的枷锁，就是被绑上屠杀的案板。

　　人如此自私。把自己的生活呵护得无微不至，而对其他生命却如此冷漠。

　　中餐，满桌佳肴，不乏被人称为肉或者鱼的动物肉体。一盘烧狗肉上桌，我实在无法动筷。主人说，如果说行善不吃动物，那我们就没东西吃了。以现代生物学的观点来看，植物也是不同形态的生命，我们不是一直随便在砍随便在切随便在吃吗？佛学的观点认为，吃大的动物孽力大，吃小的动物孽力小。只不过吃植物这样包含众多弱小的生命的东西孽力小而已。

　　他无非在告诉我，人在这世界上，从来就是一个欺善怕恶的东西。我对牛的同情不过是鳄鱼的眼泪。

鸡鸣湖坑

时间：2010 年 11 月 10 日

地点：龙岩永定湖坑镇

听到久违的鸡鸣，恍惚又回到了故乡。

都醒了，我们去湖坑看土楼。

正黎明时分，天上大团大团黑云透着点亮光，仿佛被撕碎的棉纱，有水墨丹青的雅致。风带着山谷松油的野香灌进街巷，混着点炊烟的人气，有点冷。大家带上长枪短炮，兴奋地挤进旅行轿车。

不知道那个地方为什么叫湖坑。有湖一样的大坑吗？回答是一车的笑。导游是当地人，他的掌故证明了我臆断的无知。湖坑是个村名，镇所驻地，承袭 1957 年后设立的湖坑乡、湖坑人民公社，叫湖坑镇，是著名的"土楼之乡"。其治下的洪坑村更是闻名世界的土楼民俗文化村。境内有洪坑土楼群、南溪土楼群，著名的振成楼、振福楼、环极楼、衍香楼、奎聚楼、福裕楼等都在湖坑辖区。

沿着山梁上的机耕路，我们开进一条峡谷。两边山不高，一条小溪在山谷曲曲弯弯延伸，白水漫过河床中黑压压林立的石块，潺潺跃动着银晃晃的晨光，那些石块一个个如同受惊的鸭子呆立河床。老游说，这条溪叫金丰溪。我们迎着远山正氤氲着的霞光，向东开行。

车停在山洼里一个亭子旁。这是个修葺一新的观景平台，伫立溪水边的亭子与一棵古老的榕树一起，点缀在空旷的山沟里，位置太巧妙了，榕树的绿意盎然和亭子的古朴典雅与远近村庄古老的民居遥相呼应，相映成趣。我们急切钻出车子。老村一个连一个，溪南岸有个村子离我们不远，村里的鸡鸣声切近而洪亮，与远处村庄的鸡鸣遥相呼应，悠远细切。山腰上，淡淡的晨雾既是山的腰带，又像村庄的冠帽。天已大亮，溪水跃下岩坎的声音充实而响亮。周围都是稻田，稻谷已被收割，留着深而枯焦的谷茬，谷茬林隐现的是正在生长的青草。

走近溪边，可以撷取的镜头让人目不暇接。蓦然回首，金丰溪下游，一座庄严宏伟的土楼屹立在山脚下，溪水边，一座石桥横跨金丰溪，连接着土楼和对岸的村庄，刚露头的阳光给土楼镀一层辉煌的亮金色。

鸡鸣声就在这一刻忽然众多且洪大起来，有如约好的鸡鸣大合唱。这景致让我刹那间有沉入梦境的错愕。

时光流逝，镜头定格。

土楼闲话

时间：2010 年 11 月 11 日
地点：龙岩永定湖坑镇

　　闽西土楼依山取势，夯土而筑，或圆或方，一片望族气象。比之普通百姓住宅，土楼可谓鹤立鸡群，气势恢宏。土楼高的五层，低的三层，且多建于百年之前。作为住宅，纯属私人财产，按说不是外人随便进得的。然观其雄踞山沟的霸气，似无一不在刺激人们"红眼""绿眼"的艳羡、妒忌。而探其内里，得知其多有坚固的防御工事和不得已之下的秘密逃生通道。千百年来，与土楼有关的打砸抢与反打砸抢故事连篇累牍，土楼的后人莫不津津乐道，连土楼身上的弹痕枪眼，都成为其先祖闪光的见证。至于今天招来我辈好而奇之的游人，则再次见证其"招蜂引蝶"的魅力，印证其生来不甘寂寞，不是个低调的东西。

　　建屋必高于别家，后起必胜于前者，这是一般中国人的思维习惯和行事风格。在漫漫历史长河中，土楼有越建越高、越筑越大的趋势。位于永定县高头乡，建于清康熙四十八年（1709）的承启楼高 11.4 米，外圈 4 层，号称"土楼王"；位于湖坑镇洪坑村的宫殿式土楼奎聚楼建于 1834 年，高约 15 米，比著名的承启楼高出 3 米多；位于永定县高陂乡上洋村的遗经楼，建于清咸丰元年（1851），其后座主楼高 17 米，5 层，不仅多出一层，且又高出 2 米；而位于湖坑镇洪坑村建成于民国元年（1912）的振成楼，楼高 19 米，再创"新高"，号称"土楼王子"。——这应该不仅是造楼技术的进步——此中似没有太多可以进步的技术。

　　中国人充满世袭情结。当皇帝的，巴不得从此皇权永踞他家，千秋万代，江山永固，其后代即使是阿斗、匹夫，也号称"天子"，高高在上，奴役万民；暴富的，巴不得自己的财富能荫及子孙，令其家族枝繁叶茂，世代隆昌。所谓"福田心地，裕后光前""振刷精神担当宇轴，成些事业垂裕后昆"。只可惜天地有眼，日月无情。即使恢宏如紫禁城，豪富如沈万三，壮观如堪比宫殿的土楼，世袭的黄粱美梦从来就像顽童的肥皂泡。看看倒掉的馥馨楼(永定县湖雷镇下寨村)、立本楼(永定县湖坑镇南溪),我们唏嘘感叹的就不只是建筑物的破败了。

一群土楼一个姓氏。那是一个个家族的繁华,一片片人生的烟云。在每座土楼,我们都能听到一个家族和睦相处、一片和谐的故事,那些故事在反复提醒着后人,一个家族要振兴,"和谐"有多么重要。想想也是,连父子、兄弟这样骨肉至亲的关系都能分崩离析,还妄谈什么兴家立业、彪炳千古呢?这样简单的道理,今天的人时常并不真懂。财富面前父子兄弟反目成仇、分道扬镳的故事并不鲜见,乃至于血光闪闪也绝非无独有偶。最为警示人的家族和谐故事来自"万金油"之父胡文虎、胡文豹兄弟。看看这对真正一生情同手足的兄弟,我相信,很多有钱人家的兄弟应该脸红,而当你看到胡文虎的四房太太:原配郑炳凤,庶室陈金枝,后纳黄玉谢和邱秀英在一条板凳上面带可心微笑地合影时,那些在一夫一妻制度下拥有地上、地下二三四五六七八"奶"的当今达官贵人也该好好去读读胡氏家史,从中受些启迪,好叫自家门庭也能顺应潮流,一片和谐,不致东窗事发,身陷囹圄。

土楼方方圆圆,聚族山沟,沿河而筑,成街成村。土楼的主人当年要么经营烟土,要么制造药品,豪富一方,其耗费大量资财(动辄数十万两白银数十万光洋),大兴土木,果然有效防止和拒绝了土匪的袭扰,满足了安全感的要求;其炫富逞威,斗富称雄,光宗耀祖,庇荫后人的目的也均得到了不同程度的实现。不是吗?即使是在土楼垂垂老矣、一代不如一代的今天,土楼建造者的后人靠着其在山沟风光无限的气势,依然可以足不出户,衣食无忧。

这曲家族喜剧一直在连续上演,就像我们许多啃老和吃老本的故事一样,很温馨很和谐很幸福甚至很骄傲,我只是不知道什么时候能有新的故事开启新的历史,光耀一个民族新的门庭。

在中山路吃粥

时间：2012 年 5 月 7 日
地点：厦门中山路

在中山路吃粥，当然大不同。

这家粥摊摆在中山路东段南寿宫。——一所始建于清代的佛堂巷口，两三块字迹斑驳的旧时青石碑铭镶嵌在墙体上。摊主在骑楼外廊柱旁摆一张小桌，四张小凳子，每次只能接待三四个顾客。每天早晨，阳光乍泻或细雨飘飞之中路过，见小桌总是坐满人，主人的粥生意从容、随意，吻合中山路的闲适。

偶尔我也会坐上去就着花生米、榨菜、豆干之类，慢慢吃一碗白米粥。这粥铺出售皮蛋瘦肉粥、香菇鸡肉粥等特色粥品。在我看来，其经典产品还是白米粥。那粥白得清澈、纯粹，溢散着稻米清香，白米被煮到肥胖，却不脱米形，密密地挤在米汤里，吃一口，甘甜馥郁润喉。细细嚼几粒花生米，或一两条豆腐干，异了口味，更能品出那白米粥的甜。吃到一半，浑身舒暖，额沁微汗。可见，这白米粥是厦门冬春季节的圣物，早晨吃下，可储备一天的暖意和滋养。

美粥入口，彼时中山路行人寥寥。太阳从东海跃出，阳光铺满海面，斜射过来，照彻西半边街楼，洁亮洁亮。任意时间定格中山路分分秒秒，碧天、空街、古楼、轻风、绿树、繁花……还有飘然过往的男女老幼，构成生生不息的时空源流。粥香、粥甜、树绿、花繁、风轻、街静、云淡、天碧，此刻，除了远处机车呼啸、轮船嘶鸣，骑楼下，只有三两人默然而惬意地喝粥声。

中山路的确每天如此，却总无一样机缘。对我而言，品尝到粥与小菜的滋味，触摸到这清淡的时光，甜美的白米粥，得有赖健体、清心，仰仗明亮的眼睛和良好的胃口，才消受得了堪称极品的彼时彼刻。

这是剥离了负累，过滤了烦忧的时光。这似曾相识或实为至交的白米粥，于我，每天都能奢享，但每天都有新滋味……

紫云岩问寺

时间：2009 年 2 月 8 日
地点：漳州龙海

　　紫云岩，坐龙海新城。城在山侧，山在城中。海拔二百米许，山势嵯峨，呈马蹄状，满山松竹苍郁，果树成林，山花烂漫，绿草如茵。绕盘山公路逶迤而上，山腰有古刹紫云禅寺（据称始建于明代永乐年间），坐东朝西，香火繁盛。

　　问方丈，知紫云岩原名石壁岩，明时，有吕滨溪隐紫云寺攻书，寺空聚紫云，后中举，发迹，遂重修其寺，世称紫云盖顶，故名紫云岩。以吕滨溪之成，渔功名者，熙来攘往，以纳其吉，多有显赫者，御史沈源、二甲进士卢琦、进士高宽、拔贡高文升、都察院检校卢春魁……今人津津道之，引以为傲。求官求财，香火繁盛。

　　山不高，寺亦小，然山明水秀，景色绮丽，可俯瞰龙海全景。入山门，进禅院，数块石碑嵌于楼堂过道墙体中，碑铭赫然，记其废兴。清康熙、乾隆、光绪三番重建，后废于战火，今寺为 1987 年重建。重修寺庙，再塑金身，多为盛世善人之举，亦有恶人幡然悔悟而为之。想世间众生，拜佛礼佛，多追名逐利之徒，少虔诚之自度度人者。观时下寺庙，多为逐利者用也，借佛生财，殊为可笑。

　　拜罢三宝佛、观音大士，寻景于寺前山道，有峡谷，名高坑庄。一菜农施肥于菜地，泥香与粪臭氤氲，似闻故乡泥土芬芳。山边有古榕，苍翠若盖，曰"古榕伴月"，紫云岩名景也。近之，见一石碑，刻"虎厅虎房"，言此处有虎洞。洞呢？问菜农，称已为"农业学大寨"所废。菜农言其阔可容百人，古有虎居之，故称，抗战时尝为百姓避难所。吾喟然长叹。

　　漫步上行，过双方亭。刘关张结义塑像，"金鸡啄石"等立于道旁，多为人造景观，了无新意。回双方亭凭栏远眺。山风习习，群峰竞秀，远山近水，迤逦多姿。妻女游兴盎然，吾独坐双方亭，心旷神怡。有感于人间风景处处，每"到此一游"，皆可为诀别，备觉生之可贵。闭目索幽，倚栏求梦。

身飞，手脚舒展，背负青天，耳边风呼呼然，身边云丝缕可掬。大地寥廓，山川俊秀，湖海深蓝，阡陌纵横，村庄、市井皆隐约于缕缕团团轻烟薄雾中，心灵如清泉洗濯，耳目豁然聪明。忆旧读，有濒死灵魂出窍之说，似有类似感受，顿凄然以为步黄泉，甚恐。抵死挣扎，身无依托，凌空坠落，惊声尖叫，满山骇然，始知梦入南柯。

生死之事，看似阴阳阻隔，实乃眼睛睁闭之间。生命飘忽，轻如尘烟，脆若游丝，来去各有因缘，有无来世今生，旷古之谜，难以确证。故世俗百态，身外之物，上必下，富必穷，显必微，聚必散，来必去，生必死。大善大恶，或众生仰慕，流芳百世；或千夫所指，遗臭万年。起承转合，时空轮回，是非成败，徒有青史，同归了空。

日暮，于双方亭边享农家菜，惬意而还。

诗曰：

紫云岩上紫云华，
烟飞云散留古刹。
若是紫云能鬻官，
人间漫天飞乌纱。

迷路南少林

时间：2009 年 4 月 4 日

地点：泉州

妻怨我路痴。来往泉州多年，但我还是常闹出进不去，出不来的笑话。

坐别人的车进去，当然方便。不用操心，坐车上神吹海聊，身随车移，不知不觉，就到达目的地。时常会有"好快"的感慨。——被别人拖着在人生的各处风景游历，如被抚养和看护，不必考虑也不会知道自己是否随时面临危机甚至危险。跟好兄弟戴子进泉州数次，均感叹于他对泉州路线之熟，无论什么旮旯地，只要你说得出，没有他找不到。不能不服。尤其在自己单独进去几回之后，就更是佩服到"五体投地"了。为啥？第一次单独进泉州，找泉州市邮电局，转来转去，居然转不出华侨大学周边，连邮局的毛都没摸着，最后只好花银子请"摩的"代劳，省事是省事，可这个先例一开，此后再进泉州，我基本上是一进泉州市区，首先找"摩的"，怕跑冤枉路，费冤枉神。——有偷懒耍滑、不求上进之嫌。

出来也不容易。某日在花园酒店与朋友聚餐完毕，本来是要出泉州回家，不知怎的，跑到了少林寺，少林路往前，没路，回头，接着转弯抹角，却跑到了聋哑学校，全是乡间小路。转了几条小街，竟不知何路可出，无奈之中，只好叫"摩的"，跟着那摩托车走不到 100 米，峰回路转，大路原来一直就在附近，只是我一路瞎转，摸不到路头。就如同我对人生许多不甚了然的道理，真理其实一直离我不远，只是我一路胡跑瞎转，找不到正确出路，却难寻人生"摩的"。

这真是我人生的宿命。

桥 下

时间：2007 年 1 月 15 日

地点：厦门岛一中西门

　　早晨，走出租住的文园路 98 号大门，天下着小雨，黑漆漆的路上湿漉漉的。麻喷细雨打在脸上凉飕飕的。正要走，忽听咔嚓一声铁壳坠地的声音，接着就是砰的一声闷响，回头一看，一个中年女人直挺挺躺倒地上，电动摩托车后轮压在她身上，呻吟不断，起来不得，看上去她连挣扎的力气都没有。我走过去，搬开车，从背后扶起她，想帮助她站起来。她身子异常沉重，自己又使不上劲，我稍一松手，她就要重新躺下去。刚好一个骑自行车的男人路过，他和我一起来扶她。但她叫痛，觉得躺着舒服，我们只好让她仍躺在湿汲汲的路上，幸亏她披着雨衣。她忍着疼痛依稀说："……帕电位……"我知道这是闽南语"打电话"的意思，遂摸手机，发现我居然将手机落家里了。那位过路的男人帮她打了电话。

　　这当口儿，我看到她的电动车的前轮、龙头已与主体脱节，接口处是粗糙的焊接过的痕迹，看来不是第一次摔断，而车后座上载着的，是一大叠纸箱、纸皮之类。——她是拾荒的。听她说纯正厦门话，以为她不会说普通话，我随口问："下雨还出来呀！"她挣扎一下，咧着嘴说，没有办法，丈夫生病，孩子读书……

　　说实在话，这些年，厦门发展了，可以说，已经很难在厦门人中找到拾荒的。他们一般至少是有房子的，有的还不止一套，靠租金就可以过上很优裕的日子。而她，看来并无这类稳定收入，家里主梁坍塌，靠她来支撑一家开销，难是一定的。

　　离开摔倒的中年女人，我感慨很多。我母亲曾说，天堂地狱在眼前。而我辈不是时常怪自己不富有怨恨生活少快乐吗？同样是人，许多人就因为天灾人祸，没有依靠，只能像这位摔倒的中年女人一样，艰难地挣扎着力求爬起来，支撑艰难的生活，我们所追求的所谓时尚、生活质量、快乐等与他们无缘……

滚蛋记

时间：2010 年 11 月 2 日
地点：厦门集美双龙潭

艳阳高照，和风送爽。厦门博友 30 余众，会双龙潭。谈博论道之余，射箭、攀岩、骑马、滑草，各取其乐。有胆大贪玩之徒，缚"悠波球"中，任球自山顶顺坡飞滚，品"滚蛋"之乐。其时，人在球中，球飞坡上，惊声尖叫，响彻山谷。旁观之，出球之人多脸色苍白，脚步癫狂，惊魂未定。问之，无复滚二次者，皆弃票而去。

余与厦门网林掌门、厦大郑教授等各滑草三次，意欲未尽，趋跑马场，径滚蛋游戏之所，视含人之球于草坡之滚、飞、弹、跳，疾速旋转，皆望而生畏，未敢轻动。余固鲁莽，自不量力，邀郑兄启五教授同滚。教授乃高人，曾于万丈悬崖之上，单人溜索，飞越峡谷，区区滚蛋，何足道哉？遂奋而上山，与 80、90后俱等候滚蛋。

观滚蛋者，或亲朋好友，或情侣恋人，同球而滚，同生共死，肉体翻飞，灵魂搅拌，甘苦同享，冷暖自知。吾等老夫，不甘寂寞，聊发少年之狂，旁观后生多奇之怪之笑之，以半百以上滚蛋者绝少之故。

至两滚之后，缆车拖球上山，吾等脱鞋除袜，去外套，除硬物。教授事先更有山旮旯方便放松之举。二人自球洞钻入，以扣带缚双脚、腰、肩、双手于球体上，球童推球至坡顶，吾等头上脚下，重心失所，天地易位。吾闭眼赴死，任其处置。教授惊呼：何闭眼哉？余音未尽，球滚人飞，天旋山转，磕磕碰碰，教授已无言矣。观之，眼已闭矣。问之，但闻喘息之声。球至谷底，来回翻滚，须臾难停。球童问曰：老将感受若何？答曰，还行。

邂逅老相识

时间：2007 年 1 月 24 日

地点：厦门岛

这世界，说大，的确不小。在同一个城市，再见一个人，我用了十年。

下午五时许，俩美女同事出去办事，回报社路上，一直打不到"的"，后来过来一辆，正要拦，同事嫌破，就边走边等。不久来辆索纳塔。上了。司机是个女的。

我坐副位，正与她俩继续工作话题，我面前的士司机的工牌引起了我的注意：吴×虹。我一激灵，熟人啊。回头看那脸形尖瘦的中年女人，似乎比十年前老了许多，脸、嘴巴更尖。眼角尽是沧桑的怨恨和疲乏……我问，你还认识我吗？她扭一下头，算是瞟了我光头一眼，淡淡地说，不认识。

她肯定不认识。十年前，我刚来厦门时，头发还可以留成漂亮的分头，现在头上寸发不生了。

隐忍许久，我在考虑要不要点破当年我们的一面之缘。准确说，是一次交易。——我十年前初到厦门的第一天，就是坐她的的士从机场进入市区的。

印象太深刻了。那时，我们刚从天空落地，站在厦门土地上，茫然四顾，陌生的一切压得人喘不过气来，找公交车不知道公交车在哪儿，问人，问事处的那个女人朝外一指，那边。那边是哪儿？也许她一指就指向了台湾。于是走出候机厅，看到一排的士排列在那儿等客。为了怕被欺生，我特意找了个女司机，以为女的比较可靠。她很高兴地载上我们出了机场。车上，在跟我们攀谈的过程中，她很容易就知道我俩是来厦门谋生的。她很热情介绍，并说自己曾经在厦门×狮集团工作过，认识那儿的老总，可以介绍我进去工作。我这人一向头脑简单，以为遇到了热心人，还暗自得意自己善于跟人打交道呢。

车开进市区，她说顺便去载一个朋友，我没说什么。拉到一个瘦男人，到另一个地方，她把车停在一个民房门口等那个男人进去办事，很久。我也不知道她到底要把我们拖到哪儿，我也不知道我们到底要到哪儿。

到下午五点多，她终于带上那男的又出发了，现在想来大概他们是吃了饭。的士穿过隧道，我现在知道是钟鼓山隧道，转到蜂巢山路，在"大运酒店"门口停下来，说，到了。

她的表走了48元，我给了她50元，没让她找。那个酒店让我们两人开两间房，736元不打折，后来知道我们成吴女给酒店拉的客户，被她赚了。

再瞟一眼那女人，她全神贯注开着车，我说什么呢？跟她说，感谢她给我上了来厦门的第一课？好像没必要。

我默然，许久。俩美女同事有点奇怪，问，想心思啊？

我说，啊，是啊，想心思，但绝对不是歪心思……

锁　惑

时间：2007 年 10 月 18 日
地点：厦门岛

　　在回笼觉中做了个噩梦。高高的悬崖上，上，缺乏体力，难以坚持；下，万丈深渊，有死亡的恐惧。其实，有什么呢？死就死吧，总要死的。梦中想通了，只是不想就这样落入深渊，有一丝力气也要拼，就这样僵持——说实话，我不善于经营人生，连做梦都把自己置于上不上下不下的尴尬位置。

　　正绝望，急促的电话铃声叫醒我，头昏昏然。

　　"喂，你好？"

　　"好？好个屁！自行车被人家偷了，两辆都偷走了。"

　　是我妻。她那头儿气愤的口气让我很快缓过神来，呵呵，不是放在小区车棚里吗？还用原子锁锁着，那帮家伙是怎么偷走的？我叫她建议小区保安报警。

　　她急呀，两辆自行车都是新的，一辆山地车，一辆折叠车，都很漂亮。尤其我那辆富士达变速山地车，骑在环岛路上，不管踩多快，轻快自如，一点噪音也没有，这下给小偷送贺礼了。没法睡了，得去看看。

　　在厦门丢自行车，我不是第一次。住滨北石亭路时，我就有辆轻便车锁在一楼储藏室被小偷偷了。不过，那回很幸运，一大早被电话吵醒，是派出所打来的，他问我是不是丢了自行车，我说没有啊，我的自行车在储藏室。他说你过来看看，看是不是你的车。我起床下楼，看到小区大门口，一大群人围着看热闹，几个协警正将两个抱着头的年轻人按在地上，而我的轻便自行车就架在旁边。呵呵，他们是怎么把门撬了又将自行车锁废掉偷走的？一股无明火涌上心头。

　　我被叫到派出所做笔录。其间目睹那俩贼小伙被协警用屈曲的肘尖猛砸其背部，被反铐着手的俩贼小伙被砸得嗷嗷惨叫。我于心不忍，实在看不下去。他们往后还要做人，要是砸废了，岂不坏了他们一生的大事？我拦住，说，别砸了，他们还年轻。协警说，你不知道他们有多可恨。协警因知道我是媒体工作者，放了他们一马，让他们交代是如何偷车的，先后作案多少起。

从他们的交代中，我开了眼界，知道了锁对于小偷来说，基本聊胜于无，安慰主人罢了。按照警察的要求，他们现场演示：撬一把球锁，5 秒；撬一把普通自行车锁，3 秒；而撬一把挂在门上那种铁将军，不管多大，2 秒。对于那种基本是由铸铁制成的自行车摩托车锁，他们也很容易搞开。用他们的话说，只要是有缝口的锁，他们都能搞开。如今，什么锁能做到无缝啊？什么锁环搞不断啊？据说，一种手持氧割，不到 3 斤重，什么东西做的锁能保险？

对锁的第二次失去信心缘于一次我们将钥匙锁在家里，万般无奈求助派出所，他们介绍了一个据说是由小偷改邪归正的人帮助我们。那人背个帆布包（里面装的大概是过去的作案工具今天的服务工具），核实了我的身份，就问，在哪儿？我把他带到我家门前，他从包里拿出一个成直角弯成三弯的工具，插破纱网，咔嗒一下就打开了防盗门，然后，又用一根细锥子几下搞开大门。前后都不到 5 秒钟。专业水平够高。

买这两辆车时，我对锁本来是有足够认识的，在家乐福和一家专业售车行，我得到了相同的介绍。要想让小偷撬不开，就选择原子锁，除了锯断锁环，没办法撬。我信了，买了两把原子锁。那说明书上除了介绍其高科技成果、承诺由保险公司承保外，还有一则悬赏，若有人在 10 分钟内撬开了该厂的原子锁，该厂承诺赔偿或曰奖金 10 万元，够牛。这则漏洞百出的悬赏在当时多少欺骗了我。一方面，他们声称他们的锁撬不开；另一方面，又承诺 10 分钟内撬开有奖，那就是说撬开只是个时间问题嘛。

心疼的是，昨晚夜班回来时已是午夜零点，那时，车还在车棚里锁在铁栅栏上。几小时过去，竟改姓了。

科技发展这么快，唯独这锁的问题一直存在，难道高度发达的科技竟然无法妥善解决一个确保安全的小小的锁的问题？

逛　巷

时间：2008 年 11 月 6 日
地点：厦门岛

　　跟妻逛巷。是那种隐藏在城市褶皱中的小巷。那是真正属于普通市民的街巷。那里有廉价的日用品、蔬菜、每个不超过 1 元的包子、馒头一类熟食。街巷流淌着脏水，某些路段还弥漫着油炸气、垃圾的腐臭。摩肩接踵的，是来自全国各地的打工仔、打工妹、保安老头、扫地大嫂。很多人摆摊，各种菜、各种粮食、各种果实，很热闹。年轻人染各种颜色的头发、穿各种紧身衣，年老的则大多是保安制式服装、帆布工作服、后人穿旧的明显不合身的 T 恤，都很旧，粘着泥灰或者各色油漆……属于普通人的生活，这生活的后面，隐藏着他们延伸到老家祖屋各个角落的辛酸，也洋溢着他们为城市辛苦付出后获得微薄待遇的寒酸喜悦。

　　穿行深巷人群中，我想起老家一个叫罗店的小街。那浓浓的油炸味一直盘踞在我心灵深处。走遍天涯海角，这气息一飘过我的鼻翼，罗店熙熙攘攘的人流就浮现在我脑海，清晰而生动。那是我小学、初中阶段的记忆。我那时很懵懂，只知道那些气味所联系的美味，一个鸡蛋可以换一根油条，一斤破布片可以吃一碗肉丝面，而一斤鳝鱼不吃的话，卖了可以买一本厚书或几本小人书……那时候，怎么会想到在若干年之后这记忆能延伸到遥远的海岛城中村的一条小街？

　　确实没什么好买，我向一个老大姐买了一袋 5 斤多据她讲是自家地里长的红薯，整袋买 8 毛，挑选每斤 1 元。买了。回到家洗红薯蒸了吃。兜底倒到水盆里，发现可以称为红薯的，不过七八个，底下大多数是红枣样大小的"红薯儿"。妻说我"上当了"，而我在那一刻却戚戚然想到那个执意叫我兄弟的胖老妇人，尤其是她寒苦的笑。我说，这些小的，洗干净了生吃，一个一口，也不错啊。

　　看着盆里的红薯，街巷拥挤的影像，从罗店到城巷，连成了一条丘壑般逼仄漫长而又幽深的小河……

住在深圳的"妈妈"

时间：2009 年 4 月 12 日

地点：深圳

她的学生都叫她"妈妈"。

她也习惯地称所有的学生："我的孩子们！"

妈妈是新加坡爱国华侨，85 岁了，但是她激情依旧，她的淡泊名利和率真到固执的性格赋予了她老人家健康的心态和透明的人生。

一个令人不能不敬佩的妈妈，所以，随弟兄们一起到深圳去拜望她老人家时，我说，妈妈，您不多我一个孩子，就让我也叫您妈妈吧！

妈妈欣然应允。

很巧，我妈妈也是出生于 1924 年，如果她老人家健在，也是 85 岁。但我妈妈已经作古整整 11 年。在深圳妈妈的家里，每每叫到"妈妈"，我的眼眶就潮潮的。

深圳妈妈离开了那所她亲自参与创办的大学，离开她的理想与激情所托的那数百亩校园和数百万平方米校舍，住在深圳罗湖区蔡屋围新十坊一处狭小的寓所，接受着她疼爱的小儿子的一片殷殷孝心，享受着天伦之乐。忆起她在那所大学校长任上的风风雨雨，尤其是在那片贫瘠的土地上创业的历史，妈妈侃侃而谈，一切恍如昨天。向一时想不通的村民晓以大义，动员他们支持学校建设；以自己在学界的影响力大力聘请外教，在全国民办大学中首开"双语教学"先河，培养了一批批外语过硬、实践能力强的学生；大力倡导"学会做人，守信笃行；学会做事，创业有成"的校训，教育学生注重"德"的修为，做学问先从做人做起；要求国内外教师在教育学生过程中尊重学生的尊严，对其不足之处要个别沟通、和颜悦色循循善诱的教育原则使这所大学在一开始就从教育根本上扫除政治沉疴，与世界接轨；在美国轰炸我南斯拉夫大使馆时，她飘着苍苍白发，带着上万学生上街游行。

　　妈妈这一生，心地总是那么善良，面对任何问题，她总是先替别人打算，即使牺牲自己的根本利益；性格总是那么率真，她无法隐瞒自己的观点，把一颗爱国华侨的赤诚之心昭示于中国学人；精力总那么充沛，住在没有电梯的 8 楼，她为了健康坚持每天步行爬上爬下，锻炼身体；激情总那么洋溢，她至今笑声还是那么爽朗、演讲还是那样丝丝入扣、手势还是那样刚劲有力……

　　除了生命，没有什么东西是我们自己的。以微小之躯，能为祖国教育事业尽绵薄之力，这就够了。这就是妈妈。这也是妈妈一生无怨无悔的情怀。

　　妈妈 16 岁跟随陈嘉庚等爱国华侨为中国的抗日募捐，她上街卖花、到各地做演讲、动员民众支持中国抗日；她 17 岁遭遇了新加坡国破家亡，辗转逃难到重庆沙坪坝；抗战胜利后，她回国上女中，上师范学院，从此与教育结下不解之缘；经历不幸婚姻、被误解被欺骗被欺压被冷酷地对待……妈妈身上几乎浓缩了所有从旧时代走到新时代的知识女性的全部悲剧故事，她这部书注定是振聋发聩的知识女性独立抗争的号角，是女性解放的旗帜，是生命价值最典型最深刻的阐释……

　　敬重妈妈，我得到的最大收获是，做人做事，只做不说！

伍石探幽

时间：2009 年 5 月 4 日
地点：南平建瓯

  高速公路大约 50 公里一个服务区。奔驰 4 小时到达建瓯丰乐服务区，已近中午一点。该吃饭了，就顺进去。这个服务区场地超大，房子一律仿明清建筑风格，有琉璃瓦勾勒的漂亮飞檐，属于典型的厦门集美大学穿洋装戴草帽那种，正想笑，瞥见它的左前方高速公路对面有一老村仁立高岗、古木参天、土墙黑瓦、残垣断壁，恍如一个风烛残年的老人，寒酸而低眉地蹲在那儿，默默地，没有一点生气，与服务区这个豪华贵气的邻居很不协调也很不相称。

  这个地方一定有名堂。妻子肯定地说。女儿立即响应，我们去看看？我也充满好奇，只是不知道从哪里可以翻过高速公路。

  吃饭的时候，问服务员。她说，这个地方叫"五十"。我问，是数字"五十"吗？她肯定地说是。那么从哪里可以过去高速公路到达那个村庄？她说，服务区两边都有涵洞相连，可以过去的。吃完饭，立即去拜访"五十"。

  太阳有点火辣。我们穿过涵洞，看到一条弯曲的正在整修的机耕路消失在服务区所占据的山体那边。路左，是一条山谷，谷底一条小溪流清粼粼汨汨流淌。对面山上树木繁茂、花草蓊郁，满地开满紫色的小花。越走进山谷，我越是感到，"五十"坐落在群山的褶皱中，本来静谧安详，高速公路斜刺里大剌剌猖狂地从她身边穿过，又站下这样两个古不古今不今的服务区，是很不礼貌地打搅了她。

  峰回路转，首先映入眼帘的，是矗立在服务区后山坡上的一棵参天古木，枝繁叶茂，像一把巨大的伞盖，斜斜地遮挡着山脚下的机耕路，那数人才可合抱的虬曲树干佝偻着身子，如老迈之人，掩映在树那边的，正是破败的"五十"。就树和村子，问一个背着小孩的少妇。她说，这是一棵香樟树，好几百岁了，村子名叫伍石村，伍子胥的伍，石头的石。

十多年前，我曾以一个梦为依据，写过一篇《老村》的散文。残阳西下，土山横亘，山上古木成林，枝丫参天，却全无枝叶，穿过枯木林，老村赫然眼前，有曾经游历、似曾相识之感。我恍惚。奇了怪了！是这儿吗？刹那间，无语。

进村了。正前方是一幢已然全部倾颓的土墙黑瓦房，连曾经火热过的土灶都完整地待在墙角，黑乎乎的，熏黑大半墙体。右侧，是一座门楼高大的正在废弃的古厝，正门楼青石牌上篆刻着"伍氏宗祠"字样。走近看，前面的大房子屋盖有随时坍塌的迹象。穿过去，后面是一个场院，院墙很高，我们在服务区看到的残壁，就是它的后墙。院里搭满竹棚，看上去，这儿更像一个大院子。

从破败的山墙豁口进村。一条狭窄而悠长的小巷震撼了我。巷子两侧全是古厝，左有斗拱遮蔽，右有几户高大门楼耸立，上面有新绿木槿、燕子筑巢，三五只燕子翻飞在巷内屋顶，忙碌地喂养巢中嗷嗷待哺的乳燕，凉风习习扑面，带着一股陈腐的木香。我们在巷子里只能看到一线碧蓝的天空。

沿着深巷走进去，脚下的路明显不是"原装"的，是水泥路，与两边的屋墙很不相称。这个巷子实际上只有四套大厝，三户门楼高大，进得大门，里面都有全木做的八角厅，厅顶都浮雕着古朴的龙凤花纹。过八角厅才进得厅堂，入得正屋。高大的中堂上是天地君亲师位，左右两侧后门上方是神龛，当地人说是供奉祖先的。出后门，后面别有天地，后堂略小，也有与堂屋背靠背的中堂和神龛。后堂外是天井，天井那边是一堵高及屋顶的风火墙，两个小门通向外面，走出去，原来后面是厨房和餐厅，不过，现在随着主人子孙繁衍，餐厅全改为厨房了，餐厅挪到了后堂上。

三座大厝，形制规模基本相同，只有一家夹在当中，门楼低矮很多，显得寒酸，主人姓翁。我们找到了伍家的一位主人，叫伍登旺，73岁，刚刚喝了小酒，脸膛红红的，笑容满面，能操半通不通的普通话。在村头偶遇的老陈很热心，他自愿充当翻译，我才凑合到一个富贵家族的发家故事。

伍登旺祖父的父亲，他的曾祖父，名叫伍福，人称伍福子，跟一广东人在广东做茶叶生意，那人是个大老板。生意做了三年，他们赚了很多钱。后移师上海，生意越做越大，这时广东人病倒了，他跟他的同伴交代了后事：我死后你把我埋掉，三年后，请让我妻子孩子将我的骨头带回老家安葬。他把所有的财产，全部馈赠给了伍福。伍福处理完同伴的后事，衣锦还乡，开始筹建大厝。他遍寻名匠，按照苏州富人大厝的形制和规格，建造了三座大厝。伍福有四子，本来是要建四幢的，但是，已经捷足先登的翁姓村人无论如何不愿搬迁，给多少钱都不行。只能建三座，伍福一座，老大身为长子，独占一座。其余三兄弟分享另外一座。关于那块属于翁家的宅基地，伍石村坊间的说法是：老伍福告诉翁家人，地有多大，我就用铺满这片地的银圆买。但翁家人不动心。他们认定了这个地方"风水"好。看来他们家的"风水"的确不错，如今，翁家有两兄弟一个是院士，一个是《光明日报》的编委。很是了得。伍石的坊间还有两个说法：说一是老伍乘人之危，贪了不义之财，一夜暴富；二说是老伍摊子铺得太大，花钱如流水，终于耗尽家财，风光不再，以至于伍氏宗祠成为一个半拉子工程。云云。这些关于别人祖先的鬼话虽然带有一些人生兴衰的哲理，却不好瞎说啊。

走出巷子，右转，栈道环绕，有三重寨门，出到村后，一堆老男人或站或蹲或席地而坐，抽烟说笑。见我举个相机东照西照，问我从哪儿来，我如实相告。一位老人感叹，又来了。看来已经有人光顾过。老陈说，也是厦门的，曾来拍过电视，还说要出片子、出书，后来上电视了，把我们村拍得很美，他说好要送我们片子和书的，到现在，几年了，没一点音讯。我不知道是厦门哪家媒体的，既然承诺人家，怎么食言呢？让人家空空期待数年，留下信用缺失的口实。

再进寨门，通过一条丁字形巷子，转到村前，陶渊明所谓"屋舍俨然"大概就是这个样子。不同的是，其间夹杂了一些三层两层的水泥楼房，与古村的风貌很不协调。村头有四个老妇人靠墙坐着闲聊。年纪最大的89岁，最小的73岁，她们豁着牙，全能说普通话，一个个笑嘻嘻的，有当年少女的活泼。如果说这个村子是一处正在消失的老村风景，那么村头的长寿老人，则是另一番动人的风景。

离开伍石，听到有人叫老陈书记，一打问，原来老陈很小就随其父母来到了伍石，现担任村支部书记。我该欣赏我们的运气，还应该感谢书记的细心，让我们很方便就切入了伍石的主要风物。

拜三清山

时间：2009 年 5 月 6 日
地点：三清山

早晨启程去拜山。

三清山东北部金沙镇有登山索道。才 7 点钟，索道站已游人如织，大家买好票，排队上索道。沿着索道往上看，看不到顶，李白所谓"噫吁兮，危乎高哉"大概就是这个感觉。循环运转的索道客舱一个个来到人们面前，自动打开舱门，每舱可载 8 人。看看上面，再看看这客舱，女儿脸都白了，不敢上。确实，我内心也有点悬。关于索道断了客舱坠落万丈深渊的联想真的很吓人。但这是现代科技，不会那么容易出这么低级的问题。导游说，这是从奥地利进口的，只需 8 分钟就能把你们送到山上。东海岸的索道要 40 分钟呢。我又长知识了，奥地利盛产音乐，原来还生产世界闻名的索道。

随索道客舱上山的感觉确实惊悚。上面是望掉帽子的险峻山峰，下面就是万丈峡谷。三清山植被茂密，峰峦峻秀，淡淡云雾在一柱柱高峰间环绕，轻薄有似乳白色绸带，那山峰仿佛亭亭玉立的害羞少女，袅娜遮掩，克尽含蓄的媚态。

在半山腰下了索道，走出索道站，眼前一条水泥栈道悬在半山腰，人们鱼贯登上栈道，开始纵览三清大川盛景。首先得欣赏栈道策划者的胆量和想象力。在悬崖绝壁上凿孔搭架浇筑栈道，其施工难度可想而知。导游说，这条栈道在半山腰环绕整个三清山数十个景点，全长 6580 米，它将带着游人从 1200 多米高空爬到 1600 多米高空，从西海岸上到栈道所及的最高点，我们得爬 1150 级台阶。

我的腿肚子有点发软。1150 级台阶爬高 400 多米是个什么概念？是徒步爬120 多层高楼的概念。在栈道上走了大约 1000 米，朝上的台阶耸立在眼前，开始登峰了。这时女儿显示出了她身轻如燕脚步矫健的优势，噔噔噔小跑上山，一会儿就在我们头顶向我们招手。我告诉她，别得意，登高是个漫长而艰苦的过程，需要从容、稳健，你最好积蓄精力，慢慢登顶。她有点儿不屑。

登山台阶以"之"形叠次上山，游人拥挤着往上爬。向往高处原是人的本性，爬高是人固有的欲望。虽然大多数人达到高峰后都有"不过如此"的贱人之想，但当那高度遥遥可及时，他们还是贪婪而急切。登高途中，他们较量的是实力。

导游很敬业，沿途向我们介绍三清山主要景观：

三清山有九大景区：南清园—万寿园—西海岸—三洞口—石鼓岭—玉京峰—西华台—玉灵观—三清宫。有十大绝景：司春女神、巨蟒出山、猴王献宝（一说观宝）、玉女开怀、老道拜月、观音赏曲、葛洪献丹、神龙戏松、三龙出海、蒲牢鸣天。这些景点的名字不过是人们对那些俊秀奇峰形状的牵强附会，其实均限制了人们的想象力和那些奇妙山峰的神韵。就说"巨蟒出山"，如果从局部看那柱傲然挺翘的山峰，确实像一条昂首怒立的眼镜蛇，但把它与后面的几座山峰连起来看，其实更像一头昂首的骆驼。对于导游特别提示的其他诸如司春女神、猴王献宝、玉女开怀、老道拜月、观音送子之类，除那尊观音确实惟妙惟肖之外，其余均须望穿双眼想破脑仁也无法对上号。

我更欣赏在栈道上环视千山竞秀、万壑纵横的景象。因为栈道是围绕着三清山主峰玉京峰等高峻山峰旋转的，我们看其四围群山就有一览众山小的感觉。玉京峰海拔1819.9米，我们最高可以达到1600多米的高空。拜老天所赐，今天的能见度超好，天上云彩不浓不淡，刚好作为群峰奔腾的陪衬。虽然还没有登顶，但对其周边群山来说，已是居高临下了。随着脚步的移动，我们不断可以看到山峰们以不同的形态聚合、簇拥或者拥抱。连绵到望不到尽头的烟波浩渺所在，你会深感以"海岸"（西海岸、东海岸——即阳光海岸）来称呼三清山的确切。——瀚海波涛滚滚，汹涌澎湃，一眼望不到尽头。

到达顶峰，我们得时下时上地前行。给我的感觉是，下的少而上的多的台阶越来越多。到中午，我喝下去多少水、流下去多少汗已经无法计算了。两条腿开始酸软乏力，得且行且歇，喘口气才可继续。到三清观时，双腿竟有麻木感，像木桩一样笃踏在山坡上，膝盖处酸痛难忍。而几个孩子似乎没事一样依然活泼追逐、笑闹。新鲜的生命与垂暮的生命的区别，在征服大山的过程中得到了充分的体现。我的学生说，如果小腿肚子痛，当属正常情况，如果是关节痛，那就是骨质疏松的问题了，说明年龄不饶人。他说得很对，我小腿肚子似乎一点也不疼，就膝关节仿佛被抽走了所有支撑。转完三清观，我坐在山坡上看他们兴趣盎然地对对联，拍照。休息片刻，双腿逐渐找回些感觉。

离开三清观，我们要继续爬山。目标是东海岸，绕过几座山峰，我感觉到东海岸的景色比西海岸逊色多了，群山还是群山，但山峰少了些雄奇峻峭。导游说，三清山的山势可用八个字概括：东险西奇，北秀南绝。似乎不尽准确，因为东部的所谓险除了跟其他方向高悬于山顶的栈道一样有险可称之外，景色无任何"险"处可观。当官的或者写文字的人都喜欢凑字，八个十个，说起来朗朗上口，容易体现水平。至于准不准，谁管呢?

要下山了。我们才知道导游今天的安排非常科学，如果没有她的导引，下午我们返回时，要爬回1600米高处再下山去乘索道。现在叫我继续爬，我肯定只能找滑竿遮着脸当一回土财主了。回望主峰，我们依然要仰视得见，由于栈道如玉带似的只在半山腰环绕，我们这辈子别想登上山顶，只能望望而已。是啊，任何身处高位的东西，显贵或神灵，总是神秘而高不可攀的，这样才能显示其孤傲、崇高。我们还是不要企图去打扰这样高度的东西，给自己留点想象空间吧!

路 上

时间：2008 年 10 月 1 日

地点：路上

习惯了火车咔嚓咔嚓的声音，在有节奏的小幅度摇晃中睡着了。说一梦千里有点夸张，一梦几百里是有的。想一想，我们把自己的身家性命交给火车，并猪似的安然入梦，这胆量、豁达、糊涂不是智慧是什么？也许睡觉也是躲避风险的妙招呢，要不然，怎会有那么多人不管白天黑夜都特喜欢在飞机火车轮船上睡觉？

在一个古怪梦里，似乎我开着车到了一处无法前行的悬崖，倒车的时候我想，怎么会开到这儿？做梦吧？就醒了，真的是梦。车厢异常静谧。爬起来，看看表，才凌晨五点多。再看窗外，蒙蒙灯光下的站台长长的，没几个人，有个少女在那儿来回走动，似乎在忍受这段不得已的旅程。一声哨子响，车哐地抖动了一下，站台上立即只剩下一个拿旗子的人。车体滑动，我终于看见站牌：惠州。

车走到野外，这条长龙应该是行进在一条山间峡谷里。近前的山黑黢黢的，轮廓异常清晰，极像一个个裸体巨人躺在大地上，趴着、仰着，头颅、脊背、屁股、乳房、孕妇的肚子，甚至挺拔坚硬的男根……东边的天空闪现出鱼肚白，天就要亮了。

此行关于伦理的理由是看儿子，访亲戚，拜朋友，关键是陪妻子孩子到处走走。而关于我性格上的理由是，我特不喜欢在一个地方待得太久，需要变换处所解决一些经由陈旧、庸常带来的郁闷和惆怅。换地方、看风景、见新鲜事。流浪惯了。

认识了一个广州小伙子小曾，大学刚毕业，才工作两个月，很苦闷，觉得现实离他在大学的预想要复杂得多，而大人一直在告诫他不要过于单纯，社会太复杂小心吃亏上当……这次出来旅行，就是想一个人理理思路。我说别想那么多，如果你认为自己是对的，就按自己的生活方式、行事方式做下去，拥有自己的性格是很幸福的事，只要你够努力够正直，别太在意别人怎么看。小伙子非常健谈，他很需要倾诉，也非常需要听众。我们很投机，互换了手机号码。

用旅行的方式解决自己思想上的麻烦，这是聪明人的选择，比一个人闷在狭小的屋子折磨自己要好得多。大自然是很好的老师，会通过特有的方式，让你感受到自己的渺小、卑微，从而放弃一些固执的胡思乱想。我也有这种借旅行解郁闷的爱好。在一些纠结点，我会找个理由走出原来的生活到一个陌生的地方独处几天，再返回生活常态时，就像重新出生一样。人生纷繁、芜杂，哪能万事如意，说到底，是要懂得适时放下、放弃，身心才会轻松。

小曾说，到东莞了。哦，这就是东莞？这时，天已大亮。沿途都是在农田上新起的厂房、高楼，荒芜的土地告诉我们这里的农民已经没有耕耘的兴趣了。他们的房屋依然简陋、姓农，但他们被迫改变了固有的生活方式。有一群楼的墙壁上挂着"六元厂房出租"的广告，可见，需要项目招徕投资仍然是当地政府发展经济的主要措施。有项目就有空间，于己于政绩都好。

我儿子就生活在这个叫东莞的地方，可是我的终点在广州。看着这个布局零散的城市，不知道儿子此刻在哪一隅安睡，这小子喜欢熬夜做事，又不喜欢锻炼，一定又胖了不少。我差不多有一年没有看到他了。也许真的老了吧，最近时常会担心他、牵挂他，也没什么固定具体内容，总之是那种缺少什么、需要什么的感觉。偶尔独处，心空落落的。他不到厦门来拜访我，只有老头子亲自去拜访他，这臭小子。

过屏南

时间：2012 年 10 月 4 日

地点：宁德市屏南县

从宁德北下高速，在省道上钻了好几个隧道进入屏南，如进入了世外桃源。一路七都、八都的，似暗示我们正走进一个偌大的都城。气温越来越凉爽，空气越来越新鲜。遂关了空调，大开车窗，不紧不慢，轻快滑行。

这条路就像凭空飘下的一条玉带，落在群山上，缠绕着一座座碧绿充盈、泉水四溅的山坡、山崖，落进一条条山沟。下到谷底，玉带沿着一条清澈见底、波光滟潋、欢快跳流的小溪向深山延伸。转过山崖，常有飞泉自绝壁飞岩凌空飘落；一不留神，一座廊桥已然晃过车窗，退到车后。妻女不住感叹这山川河谷泉水廊桥之秀美、洁净。每处飞泉、每段小溪、每座廊桥目不暇接。

进入屏南县城，有点小插曲。虽然领导们搞了很多节日气氛，由于工程车太多，灰尘让屏南县这条主干道变成了"光灰大道"，街道上人流、车流无秩序乱窜，也不够干净，我们放弃了留宿屏南县城的打算，直奔白水洋。

绕开县城，离开灰尘，离开喧器。越近景区，路越干净，空气也越清新。路过双溪，见土墙黑瓦的民居聚集，知道那是一座有历史的古城，一直心向往之，打算明天来游。在一道山头急转弯，下一条长坡，白水洋的大名赫然入目。

此时，天高云淡，阳光明艳。高山四合，峡谷中，景区车辆、人流尚不太多，都很从容。将车停下，仰望峡谷上碧蓝的天空，金乌西坠，山那边天空的云朵被烧得通红。山风吹来，空气中有木樨、野花和炊烟混合的气息。凉意渐深，伸出手来，竟有掬幽谷深潭之水的清凉，沁入腠理。

太阳落山了，而天空依然明亮，彤云渐变成酡红、深红，夜的影子在山谷游荡、弥漫，满山的碧绿渐深为墨绿。此时，单衣不御寒，得穿上外套。

山涧傍晚，靠近山脚泉眼闭眼，听泉，呼吸新鲜空气。委实快哉。遂就地投宿。

古镇门风

时间：2012 年 10 月 5 日

地点：宁德市屏南县双溪镇

　　徜徉双溪古镇深街小巷，最惹眼的，不是人造的仿古城门、仿古街，也不仅是一座座行将倒塌的古旧民宅，而是那些千姿百态、千差万别的门。

　　城门、院门、正门、堂门、侧门、房门……高高低低、宽宽窄窄；古古今今，新新旧旧；大理石的，青砖的，实木的；坚固的，腐朽的，歪斜的。种种色色，各式各样，叹为观止。

　　毫无疑问，在地球上，作为供人出入的物件，门，不仅一打开，就有历史，就有故事，就有精彩，而且始终是豪华与简陋的分界，富裕与贫穷的标志，身份与地位的象征，还可能是国运、城运、家运的写照。

　　探访任何一栋民宅，不用问，从门的形制、规格，不仅大抵可以想见其祖上和今人在此古镇的财富、地位乃至个人喜好，还可以洞悉历史变迁所留下的时代印痕、历史沉疴。

　　就形制来说，有无门楼是一个区别。虽然有门楼和没门楼确实显示出两种主人完全不同的生活，但别以为有门楼就一定是高门大户。门楼亦有多种。

　　重檐歇山门楼，杉木穿枋，红漆漆就，黑瓦盖成，高大、气派，彰显主人财富、风度、威仪。此种房子多为青砖黑瓦，大理石门框，浮雕石墩，嵌高大实木门。站在此类门前，即使大门洞开，闲人也未敢轻入。

　　单檐门楼，门上部两边简易穿枋挑梁伸出，两根檩子横过，十数根椽子顺下，盖上黑布瓦，坚固牢靠，虽不能与重檐歇山门楼媲美，至少也是殷实之家的标志，看上去，也还气派。

　　棚式门楼，直接用芦席或者稻草等其他材料遮蔽，不求美观，但求实用，能遮阳避雨护门而已，此类门楼的主人尚能想到做个门楼遮蔽，可见虽难于富裕，也算生活可过，稍有闲心。

古镇最多的，是无门楼的门。这类房子，多为三合土筑造，在双溪古镇十亭八九。站在双溪古镇后山上，入眼的，大多是这类土黄色墙壁炭黑色屋瓦的房子，它们构成双溪古镇的主要景观。

驻足这些无门楼的门前，岁月风霜磨蚀的痕迹和主人生活的艰辛清晰可见。门内，因陋就简，勉强栖身；门外，墙体倾斜，以数根树木支撑，正如主人的日子。更有断壁残垣，墙不及顶，门框窗框变形的房子，闭门上锁，以门前摆设来看，应依然有人居住，只是主人的日子，一如房子般风雨飘摇，十分潦倒。

另有一些关门闭户被列为危房的老房子，或一半倒塌，一半柱檩勉强支撑，房顶屋瓦呈筛子状透亮；或断壁残垣，门框歪斜，门板腐蚀，有一推就倒之势，勉强可以看出当年并不雄伟的样子；或房倒墙在，地皮上长满野草，墙角堆满柱头檩子屋瓦之类，隐现主人再起新房的梦想……这些房子的主人，不是稍有发迹便到镇外建造新房了，就是出外流浪了，或者干脆早就作古了丢下这无主的残迹。

不管什么门，门两边均零散、斑驳、破碎着一些标语、告示、对联、横批等。几座石牌坊门两边尚有没被完全凿掉的联句残迹。朱雀、玄武、耕读、仁义和万岁、斗争之类，依稀可见。

从古镇的门品味人间辛酸，窥见历史脚印。时空、时代在蹂躏百姓的同时，也蹂躏着每个家庭、每座城，甚至国。

爬溪听泉

时间：2012年10月6日

地点：宁德市屏南县鸳鸯溪

鸳鸯溪，是两条溪吗？

道听途说中，游鸳鸯溪似乎就是爬山。

据卖拐、水、帽子者说，爬鸳鸯溪，无此三宝不行。我纳闷儿。溪是游或漂的，怎成了爬？

下午2时许，一家人随游人进了景区。

少年不知愁滋味，女儿雀跃在前，我俩紧随其后。

踏石板路，穿林荫道，有牌指向：凌云栈道。少顷，悬崖上砌筑的栈道就在眼前，走上栈道，万丈悬崖就在身侧。那种凌空观赏山川峡谷的感受，我们在江西三清山曾领略过，不算新奇。心里惦记着鸳鸯溪，遂抓紧前行。

老实说，这种人为的居高漫步赏景的惊险体验我并不"感冒"。踏着人造栈道和石阶穿林过崖，越泉钻洞，盘山绕行中，偶有上坡，而整体是一路向下。我想，终点应是鸳鸯溪吧。不禁腹诽当地政府整事。看溪就看溪，像白水洋一样让游人直奔主题多好，偏把入口建在山上，让游人费时费力熬山路，延宕之际，岂不冲淡主题？也无怪人们干脆将游鸳鸯溪称为爬山。

栈道在半山腰路分两支，一支继续走栈道，一支沿下山石阶直达谷底。我们选择直奔主题。急坡下去，在一壁悬崖腰部回头向上，修竹、杉木夹道，野草杂花幽香。一路踏行中，我疑惑，这座山是个大水瓮吗？那清冽的泉水到处有口就冒，有洞就喷。山坡上，林壑间，细小水源随处可见，一不小心就会遭遇一股泉、一鸿潭、一道泉流。转过一座山头，渐闻洪大水声，透过密林，可见一条瘦瘦的瀑布从对面山顶崖头挂下，倾情飞落的水流在风中飘舞成一条洁白无瑕的白练。

雷鸣般跌水击潭的轰鸣声渐行渐近。仔细听来，风啸密林中，洪巨而撼人心魄的声音激荡着激情，呼唤着活力，与万山丛中许多飞瀑流泉的汩汩潺潺、淅淅沥沥、叮叮淙淙和鸣。如果说那些细泉嫩流之声是低吟浅唱，这高冲深潭的瀑鸣就是大山的放声浩歌。

石牌曰：百丈漈水帘洞。据称落差157米、宽20米。虽只见水帘未见洞，但站在这如烟如雾、清凉水分子弥漫的瀑布前，呼吸顺畅，身心清爽。闭了眼，听瀑鸣闻水香，那一刻凝神冥想，肉体轻飘，神思空灵。

驻足已久，时已至下午4时许。在百丈漈水帘洞前，上还是下，我们起了争执。当地人说，要下到谷底，返回景区出口至少要两个多小时，傍晚6点多山里就全黑了。山道上，游人大多返程上山。就此徒步上山，1小时到景区入口，乘140米通天电梯直上山顶，30分钟即可。妻建议立刻返程。

这不是我的性格，我还没看到鸳鸯溪呢。女儿性格随我，她立即赞同。不再犹豫，我们沿泉而下。途中，一层层又见大小三四个瀑布，或出岩洞，或钻石桥，或飞岩奔冲。充实了我许多镜头。只可惜洼深林密，光线欠佳，无法摄其全貌，甚憾。

下山自是容易。到达山下服务站，已听不到百丈漈雄浑的瀑高音了。伴随淙淙泉流逐级而下，谷底溪水冲击、泛流之声渐隆，到达鸳鸯溪谷底，山谷林间渐暗，已然少有游人。我们父女在隆隆溪水轰鸣中踏着突出溪水的岩石，爬上河床中央高高的冲击岩，观峡谷底上下游奔腾的溪水。

上游，从一道高耸而狭窄的峡谷门看过去，林密崖高，绿树杂花夹岸，那边群山见天见绿不见顶。从山上奔突而下的泉水在一汪碧潭中回旋、激荡，被憋急的溪水簇拥着、冲撞着、喘息着、喷溅着，争先恐后裂出峡谷，喷涌而下，灌进岩石，不见了。直到我们眼前深潭对边，溪水从岩石封口进出，泻进深潭，从两边绕过我们立足的石岩，在我们的背后，铺在凹凸不平的石板上，跌下五六米高的悬崖，跌成丰隆的瀑布，一如巨龙吐水，蔚为大观。这瀑布直落下一个更阔大的深潭，昂扬喧腾，回旋激荡，尔后洋洋洒洒，逶迤远去。这是喇叭瀑布，还是青蝶漈瀑布？抑或是他们借光而称的所谓小壶口瀑布？真是不虚此行。

溪水为什么会进入石岩中一时遁形呢？难道峡谷里有岩洞？

下了石岩，继续沿栈道上行，答案就在眼前。原来，千万年溪泉冲击，浮土流失，直达岩石层，又因河床落差和峡谷挤压的作用，水流冲撞，磨蚀，岩石于是成孔，成裂，成壶，成桶，渐下深层，水大则鼓突跳跃，水流遂一时隐匿。这是自然中时间、空间、水与河床底的山岩共同的杰作，是讥人渺小浅薄的铁证。

回程，沿盘山栈道从谷底拾级而上，仰头看不到山顶。哪怕是一步的疏忽或者偷懒，你就休想登顶。太阳落山，天空明亮，山洼林间夜幕隐约，我爬过虎嘴岩，已汗流浃背,疲惫不堪。先后两次躺倒在观景台的石凳上休息,才苦挨到凌云栈道。这时,女儿仍然脚步轻快,游兴正浓,生命老幼的差别正如天地云泥,令人嗟叹。谁会数凌云栈道的台阶数呢?我数了,548 级。

坐在凌云栈道尽头的石岩上,我指着山下的百丈漈瀑布和山谷底的鸳鸯溪问女儿,有何感想。她摇头,感觉我这人不靠谱,玩就是玩,搞那么沉重干什么。

但鸳鸯溪旅程,见了许多风景,吃了许多苦头,流了许多汗水,总该有些思考和感悟吧?她说,近看,确实不错;现在居高临下,瀑布不过是一处小跌水,溪流无非是一条小河沟而已。

是啊,人生正是如此,高度和距离决定明白的程度与深度。要看清楚,必须走近;而当你能处于一个相当的高度时,再雄奇的景观也不过是小水河沟而已。而做人做事的难度与奥秘就在于:你的距离是否够近,你站的高度是否够高。

见识贞节牌坊

时间：2012 年 10 月 3 日
地点：宁德市屏南县城

游屏南，牌坊不可小觑。

在原为屏南县治所的双溪古镇，走通了当地乡镇领导规划的新街，转弯，入小巷，老城就在里面。首先入眼的，是一宗牌坊。它沉稳而固执地立在一幢新建小楼山墙头的菜地里。牌坊旧迹斑驳，石刻楹联在阳光下异常清晰。

主联云：冰雪清姿坚印石，松筠劲操壮屏山。配联云：和九训子母兼父，脩髓供亲媳代儿。

不用说，这是一宗儿子奖掖母亲的贞节牌坊。

贞节牌坊这种东西，我早在书中读过，却从未见到。一直以为，某些人无视别人的青春年华，以道貌岸然的理由，建一宗貌似坚硬的石牌坊供后人观赏，牺牲的很可能是一个女人的青春和幸福，树立的是沉重而虚伪的膜拜，很不人道的。然上至孔子，下延今日，世道诡异，人心不古。要么人性恣肆，牌坊照立；要么戕害道义，贻害后世。一边男盗女娼，一边立牌坊；一边号召别人守贞洁以立牌坊，一边大肆作奸犯科。所以，牌坊这种东西，说穿了，就是那种哄骗他人为自己的物欲权欲性欲做牺牲的魔怪之物，应在推倒之列。

从形制上看，这宗牌坊应该不这么简陋，残迹显示上面应该还有一重。正拍照，纳闷儿，一挑菜男人路过，自言姓张。他说这牌坊已经是八代以前的事了，算起来应该是清末。话说户主张界平兄弟四人，屏南首富，每年有 4000 担租子，每人分 1000 担。24 岁那年秋天，张界平去府城福州参加三年一度的乡试，以谋取功名，不料，竟大病过世，留下年轻的妻子张周氏和一个遗腹子。张先生在讲述祖上的故事时，并没有避讳祖上兄弟间的奸吝。张界平死后，其他三兄弟觊觎那份租子，有挤兑、撺掇张周氏改嫁的意思。

这张周氏非等闲之辈，她娘家在棠口。棠口在当地可是赫赫有名，据称始建于南宋庆元元年（1195），历代人才荟萃，素有一村四举人之称，在屏南广有影响。张周氏掩埋了丈夫，生下遗腹子，是个儿子，遂矢志守寡，自立门户。为防止孩子遭遇不测，张周氏将孩子寄养到娘家棠口，她如何一个人支撑这豪富之家，故事没有细节。

往下的故事就扑朔迷离了。双溪人其说不一，除张先生所讲，我还向几位80岁以上的老人打听，均语焉不详。归纳起来，一说：张周氏守寡数十年，赡养张界平母亲，终于守到儿子成家立业，病故后，儿子为她立此贞节牌坊；另一说：张周氏为其幼子讨了童养媳，结果幼子未成年而早夭，童养媳有媳妇之名而无媳妇之实，长大后依然为张周氏养老送终，邑人为奖掖一门两代贞洁寡妇，立此牌坊。

张先生说，这个牌坊上面本来还有一重，文革期间破四旧，砸了，还有一块碑隐在菜地深处。他带我走进菜地，果见一二尺见方的大理石板靠在墙上。两人一起发力，翻转过来，只见上面有碑铭曰"屏南县故庠生张文标之妻太学生学海母周氏建立"字样。

这样看来，张界平，字文标，生子学海，继承父业后为母亲张周氏立此牌坊。张先生到底是张家后人，所言大抵靠谱，而所谓遗腹子早夭、童养媳守寡之说，不过是一些人臆断。

有无故事细节呢？搜尽网络，关于屏南人文风物掌故，古宅、古桥、古亭、古道、古庙，几乎无不涉及，唯独对此牌坊，没有任何正式书面说法。

平素看惯了、听惯了婊子立牌坊的故事，在这宗屏南首富之家的寡妇牌坊面前，我肃然起敬。她无须为稻粱谋，却需要倔强地坚守。但愿她在世时不至于牺牲全部人伦之乐。我同时更敬重旧时那些在贞节牌坊的笼罩、威压下，以柔弱肩膀坚强扛起家庭重担的穷苦寡妇，也许她们远比那些豪门贵妇贞洁得多，但她们立不起贞节牌坊这种豪华摆设，更没有人想到要为她们留下贞节牌坊。

阅 山

时间：2010 年 10 月 10 日
地点：宁德石牛山

　　山的情怀深沉、冷峻、凝重，不只有狂放和恣肆，还带着生命智慧的开示和顿悟。山深怀内秀、坦然面世，容纳万物，万代施恩，不事张扬……

　　我爱山。可谓"有爱无类"。高矮、大小、嵯峨、逶迤，千种姿态，万般秀色，即使是万山丛中的一个毫不起眼的山包，我也"爱不释眼"，感念其自时空深处走来的艰辛，颇有几分"饥不择食"的盲目和贪婪。盖因人生空蒙无序，命途难测，生而面山，相对无言，稳沉持重，心有灵犀。严酷的结论是：每次与山的约会或者邂逅，都有可能是此生最后一次。是此，虔诚珍惜每次看山、游山、爬山、睡山的机会。

　　德化石牛山就这样与我不期而遇。

　　2010 年十一长假，一家人准备出去逛山游村，玩到哪儿是哪儿。走出厦门岛，在莲花山逗留、在文山看溪流、在山旮旯的西源村过夜，然后沿着山间狭窄却平坦的盘山公路"信马由缰"。两天后，上了泉三高速，转福银高速，一路玩一路远离厦门。在建瓯，我们于路边服务站发现了一个古树参天、屋舍俨然的小村——伍石村，遂弃车而去。这位于山坡上背山面水的老村果然古朴、典雅。高大的民居雕梁画栋，古色古香，松风穿巷，炊烟生香，很能勾起儿时故乡的温馨情怀。——这样宁静的村子，被高速公路斜刺里从身边穿过，不是它影响了高速公路的笔直，是高速公路打扰了它的宁静。

　　有人告诉我，喜欢山，就近到德化去，那儿山多，且相对高大、峻秀，比如石牛山、戴云山、九仙山，还有石壶寺、岱仙瀑布，据说自山顶悬挂 300 多米……不由心痒，不说别的，就这些山名瀑布名，都令我神往。

　　从德化到石牛山有 40 公里山路，沿途修路，崎岖颠簸的路途丝毫不减我们追求山景的意趣。到达石牛山口,管理人员说,正维修,暂时封闭。我与石牛山擦肩而过,正是常言中的缘分未到,不禁失望而落寞,留下心勾勾的念想。

失意之下,拜访了岱仙瀑布,巨大的水从万丈悬崖之上前赴后继、源源不断、恢宏俯冲无比豪迈。

今年十一长假,我们毫不犹豫地选择了石牛山。择日不如撞日,我们有缘碰到一绝好天气。瓦蓝的天空白云缕缕,拉丝或搅团。远看去,石牛山如同贴在蔚蓝天空的一张黛色的群峰剪纸,清晰可见其绿色植被下山的褶皱和丘壑。岱仙瀑布正如一条银线,从石牛山顶的峡谷崖头飘飞而下。

上山,上山。车在荫蔽如隧道的盘山公路上一路蜿蜒而上,悬崖就在路边,到达半山腰才进得景区大门。山坡上多有鬼斧神工的奇异巨石,如牌坊、如城门、如笔架、如卧榻、如花朵、如飞凤……更多有洞穴,迂回曲折,洞中有洞。于峰侧崖头转过,继续沿依山顺壑的石阶攀缘,进"一天门""二天门""三天门""长生塔""石壶福地""洞天""大客台",均有斑驳的摩崖石刻标志。半山腰有石壶古寺,据称始建于明崇祯庚辰十三年(1640),1939年兵乱中烧毁,近几年由侨胞、本地乡民集资修复。寺前有龙池,卧石牛。

既叫石牛山,总有一峰酷肖牛吧。一直搜寻未得。那些形势崔巍的山峰,取端坐或奔驰之势,扰云接天,如果实在要附会它们像什么,就全凭想象力了,可以说,那样千奇百怪的山峰,你把它比作任何东西都有道理。可见自然酷肖万物的种种说法,不过是人们的审美臆想。

在海拔1781.64米的顶峰,头顶朵云,朔风洗尘,万山一览,这居高临下的位置对于抱有野心的人来说,确实容易产生颠覆并驾驭世界的冲动,于我,只有生的荣幸和肉体与自然融为一体的舒适。

帝都飘影

时间：2013 年 1 月 11 日

地点：西安

　　总有西安情结。20 多年前的 1989 年，曾去过一次，一直待在内城。由于是集体行动，随队飘到咸阳、临潼、秦陵、乾陵、昭陵，走马观花，领略早已成为历史的繁华遗迹，并无今天人生烟云况味，震撼中，只有一个青年拜访历朝历代死人故物的感叹。

　　重游被时空锁定的地方，可看到浅薄的今人对其做出的许多愚蠢安排，似乎多少会领略到一些新意，而那些沉溺于历史深处的故事一直是缥缈、捉摸不定、无法真实的。只有一个事实永无改变：所有繁华与凋敝，狂欢与悲戚，终将归于沉寂，回归尘土，化作云烟。

　　可我为什么一直就想着要再游西安呢？我与那儿毫无瓜葛，也无人呼我唤我。魂梦之中，偶有年轻时漫步城墙胡乱拍照的记忆，那时，我站在城头，看到垛口夹道的宽阔墙面似乎延伸到无穷远，走过去，亭回路转，朝向另一边望不到头。那是一个年轻人初见世面的震撼，而今，在我看来，那不过是一个圈，圈里围着些坚固的使人并无安全感的宫殿，以及其纵情声色的烟柳故地。

　　想去就去，我还活得新鲜，不缺这个时间。恰在此前，与一个北京的朋友通话，他说他在西安新建了一个总部，欢迎去做客。真是天凑其缘。两个多小时，从温暖如春的厦门，落地滴水成冰的西安，短时间经历全然不同的两种气候，不免产生命随境迁的感喟。我母亲曾说，人在哪儿命在哪儿。你别无选择，应该欣然接受并从中发现乐点。我在寒冷的西安不仅感受阳光亲切的暖，还看到了儿时踩过玩耍过的红砖厚的池塘坚冰，着重游览了曲江、大慈恩寺（大雁塔）、法门寺、楼观台、太白山……游走西安、咸阳、宝鸡一线，作为"中国的脊梁"的秦岭如影随形，叫我默然，引人幻梦。

正如无乱世就无百家争鸣。没有古代帝王对生死的困惑、迷茫，就没有道教、佛教在中国的兴盛，当然也就没有大慈恩寺、楼观台。那些乐享物质世界极至繁华的人，第一想逃离的，就是生命的终极禁锢。面对庞然横亘的秦岭，秦王的求仙与唐王的拜佛，方向不同，目的一样，都是企图永生。甚至即使死了，也要到达所谓极乐世界。结果大家都知道，他们建豪华庙，烧奢侈香，与百姓点上一支土香毫无不同；他们的肉体跟普通百姓也没什么两样。甚至他们在世界上存活的年头远远比不上那些历尽千辛万苦、终生勤勉劳作的贩夫村夫。

走在比北京紫禁城资格更老的皇城，无论西安、咸阳，或是宝鸡，那路、那城墙、那熏染着浓烈今人气息的宫殿、楼阁、亭台、古塔，最好的选择是：闭嘴，慢步，细看，有机会就轻轻摩挲摩挲。每条路，每块砖，每处时空转换的空间，似乎都充满积古未化的故国兴衰之气。瞧瞧那些碌碌奔波的车流人流，活着就折腾，纠结，斗争，活着就是生离死别的痛。所有活人，包括还在父母护翼下的孩子们，有几个活得超脱凡尘出离纷争而轻松自如感得到快乐呢？

飘过一处处生连到死，死延伸到生的景点，冷对我而言早已不是此次走马西北的主题。在楼观台，站在据说是老子所植银杏树前，我忽然明白，为什么那些文人墨客走到这些沉浮于历史长河之中的景点、景观时，喜欢"摅怀旧之蓄念，发思古之幽情"（班固《西都赋》），他们是在反复提醒和启发后人，你所看到的一切，都不是你的，甚至都不是真实的，它们无一例外地都因你的存在而存在。一旦你死了，这个世界与你则转瞬即逝。纠结于原本虚无的一切，毫无意义。倘能够以文字的形式，传承通幽感觉，将自己与这世界合二为一，或可启示后人，某个脱离物质纷扰世界的一刻，你真的感受到了人间极至的快乐，至少在那一刻，你真的拥有了整个世界。

西安回来，我知道我为什么必然要重游西安，那个我飘过一次的地方，当时我并没有读懂，心有遗憾。现在，飘然之后，落地有感：禅修炼意，最重要的，不过是你要知道你我生而知之的世界，其实并不存在。

荒 村

时间：2009年2月1日
地点：同安汀溪镇西源村

驱车同安，转道汀溪，觅仙坪。近汀溪水库，越公路桥，见清溪潾潾，有花香馥馥。支路左转，慢行，进山峡，入平川，蜿蜒溯溪而上。沿途溪水淙淙，清风习习，绿树蓊郁，山野碧绿，车移景换。

寻故路，入西源，路边馆店炫其新色，农家别墅改其旧貌。菜畦、温室井然田间，菜农、村妇闲叙门前。问仙坪，遥指山坡，果见新楼群缝隙间，有古村隐约于山腰。遂停车觅道，徒步上山。过楼宇，越阡陌，渐闻鸡鸣狗吠之声，亦见炊烟薄雾升腾。急切上山，仰首趋之，但见泥墙灰瓦、飞檐斗拱、庭院古朴、屋舍俨然。穿村走巷，且行且拍，新联新灯门庭焕彩，红布红条古榕呈祥。偶见一二石碾静卧园场，三两农夫踟蹰门前，四五家犬退避园门，六七孩童嬉戏村头，九十鸡鸭打盹树下，不速之客，引无数目光探询追视，客恍入隔世，脚踏空，扑草丛，始知已为异乡异客者。

村翁陈水益，年七十，声朗，体健，脸古铜，步健牛。称其村名仙坪脚，皆陈姓，仙坪在其上山腰，亦姓陈。延客至家中。妪烹水，翁泡铁观音，品咂之，纯酽、清甜、熏香，意犹醉也。问之，茶为普通茶，而水取自万寿泉。妪提瓦壶满杯飨客，饮之，滴滴甘爽，喉口回味，翕翕然畅美不已，惊为玉液琼浆。翁言之，满面得色，大有得万寿泉不复他求之傲。其言该村二百余人，皆引万寿泉直饮，已数代矣。今八十岁以上健朗者三十余，全村无异病顽疾。厦门、同安，多有专程桶装车载者。

尝探访山下仙坪，求教于仙坪脚一九旬老翁，其言据儿时所闻，仙坪人虽同为陈姓，山上山下，鸡犬之声相闻，万寿泉水相通，然耕种于山上，与仙坪脚人素不通往来，后神秘尽迁台湾，至今亦称仙坪。所遗屋基、寨墙、古木、水井犹在。两岸缓和，仙坪人曾数次携子孙登陆寻根，探访仙坪，亦不交仙坪脚人。客殊疑。

问陈翁，仙坪人何以举村外迁，翁亦不尽了然。零星打听，似关乎风水。仙坪人个个高大、健伟，不低头不能入门。然重修门楼，加高门庭，或门庭自倒，或人死室空。有地理称，仙坪风水所系，门必不敢高于人，遂举村尽去，云云。

客登仙坪，寻古木、阅寨墙、探泉眼，唏嘘不已。仙坪何以不交仙坪脚，客疑与万寿泉有关。仙坪居高临下，若挟嫌断万寿泉，则仙坪脚苦矣，怨矣。生死攸关，山上山下，必有恶斗。仙坪虽有居高之优，却乏地广之利，并有下山交通之忧，久之，唯弃而外迁，走为上焉。此客臆断也。故作《荒村》。

赵　家

时间：2009 年 10 月 9 日
地点：漳州市漳浦赵家堡

　　到了赵家堡，才知道，宋朝的赵家没落后落脚到了这里。

　　赵家历代后裔陆续"添砖加瓦"不断扩大规模，建成了赵家堡，可见权势与享乐的恒久魅力和诱惑，也透露着赵家没落王孙们力不从心的皇权情结。

　　权势和金钱从来是孪生兄弟。有权有钱，有钱有势，有势逞势，无势造势……综观皇皇几千年历史，写满的哪有普通百姓，所有提到百姓的地方，不是尸骨成山，就是血流成河，而主要章节写满权势一族的丰功伟绩，专章专节无不充满其后世子孙对权势的艳羡、追逐，无不鼓舞后人为权势而拼搏，甚至尔虞我诈。

　　流亡的赵宋王朝皇室子孙，因失势而改姓，又在明朝因为当权者的大度宽容而复姓。绵延 300 多年、历经数代的赵氏子孙何曾置复兴赵氏威仪于度外呢？在赵家堡最终建成现状以前，他们对家族的没落哀怨、伤感，全写在模仿皇族的楼宇建制上、隐藏在谜语一样隐含其皇族身份的楼名中。他们做梦都在想着维护特权享有对黎民百姓的统治。

　　但赵家失势，威仪不再，唯金钱构筑起有限的奢华得以苟延残喘。凭吊一个朝代的没落，感叹沧桑变迁，变了的，是时空，不变的，是权势之威仪巍然屹立；变了的是科技、是生活质量，不变的是穷奢极欲者无法遏制的欲望。

　　游赵家堡，体验的是没落皇族无奈而有限的奢华；感受的是当年赵家皇族后裔跟我们一样过着普通人的生活的失落。跟历代皇宫一样，堡在、宫在、楼在、碑在、字在、人名在，而那些肉体灭了。

沙　雾

时间：2010 年 4 月 10 日
地点：厦门环岛路

　　路过环岛路，我顺便到海边看海。

　　今天海边风特大，是北风，它们顺着海边沙滩吹过来，扑在脸上有安抚的质感。

　　海边大浪汹涌，而大海看上去却似乎风平浪静波澜不惊。

　　最惹眼的，是那些在风中贴着沙滩飘飞的沙雾。沙雾有浓有淡，只齐膝盖那么高，即使迎风前行，也不用担心有沙吹到眼睛里。弯腰伸手，粉状的沙活蹦乱跳地扑进掌心，金黄的沙粒不一会儿就铺满手掌。朝身前身后看去，宽阔的海滩上，沙雾如烟如缕，映衬着天上露着蓝天的黑云，天上流云，地上流沙，而那海浪，就似乎是在努力要冲上海滩去触摸那飞沙的轻雾。真是动感无限，充满生机。

　　住厦门岛数年，对环岛路，我了如指掌，但在环岛路看到海滩沙雾，是第一次。新的感受总是让人感动，我于是走到海浪阔吻的海边，踏着海浪的印迹，在平飞的沙雾中迎风前行。那些细沙打在裤脚和鞋面上，发出如春雨般淅淅的细声，腿梁能感受到那些细沙细微的充满活力的撞击。

　　海滩了无遮拦，恰如畅行无阻的大道。那些沙是奉了谁的指令，怀着什么使命，借着风的托举、推动，从北向南，大举集会，畅游、迁徙。古到今，北到南，呈现当今我所看见的海滩。

　　正如我喜欢的石头，沙是可爱的。人们总是认为，那些沙，那些石头，是死物，怎么会有生命呢？其实不然。它们是有生命的。它们的生命是随和的、万象的，是自然的一部分，跟自然是一体的。它们在海边、在山上、在大地上，在任何地方，到处都能落脚，到处都能安心。它们的动永远是因为自然的需要，它们的停，也永远是因为自然的旨意，哪有如人这般任何动静都要算计出如许众多的得失和喜怒哀乐呢？因此，人，是短命的，而它们，才是永恒的。

晃楼记

时间：2007 年 9 月 13 日
地点：泉州南安水头镇

　　在南安市水头镇，我们住进晃楼。

　　晃楼是我起的名字，是家酒店，名叫明超大酒店。我住 10 楼。才放下行李，开启电脑，发现身子似乎站不稳，有晃动的感觉，我是不是头晕啊？镇定一下，没有啊，难道地震了？纳闷儿。再仔细感受一下，只见台灯开关链条和窗帘有节律地晃动着，这楼在晃啊！问同行的同事，他说，是啊，我还怀疑我头晕呢。地震了？要不要下去躲避啊？我俩就在窗口看楼下外面的人，此时华灯初上，周边娱乐场所疯狂的音乐正火热呢，外面行人或漫步或端坐纳凉，并无异常。我走出房门，问服务员，这楼怎么晃啊？她毫无惊诧地说，是啊，一直晃，不好吗？我愕然，好什么啊？为什么会晃啊？会不会倒啊？她说，周围有些采石场 24 小时作业，他们在地下机械一开，我们的楼就晃。几年没倒，怎么会你一住进来就倒呢？

　　认识了晃楼的营销总监美女马丹。不熟的时候，她忽悠我们，这楼在申报世界吉尼斯纪录，不少欧美和东南亚客商听说这是世界上唯一晃动的酒店，会慕名前来居住、感受。我盘根究底，问，有能够证明这幢晃楼安全性的检测报告吗？此楼是否经过验收？马妹妹语焉不详。她说：这个酒店的老板相当了得，有天线，也有地线，没有摆不平的事。他的事业在厦门做得更大，某著名大型豪华娱乐城就是他开的。可顾客的安全呢？

　　牛，你们牛！进了人家门，钱交了，一切都安排下去了，不住也得住。楼上楼下，所到之处，这楼无处不晃。房门、厕所门、垃圾箱门、吊灯……凡是悬垂物件，没有不晃的。站在任何地方，你的身子会随楼自然晃动，你身上所有能够摆动的东西都会不由自主摆动。最牛的是大堂，那些挂满玻璃球链的宫灯在随楼体的晃动中，发出风铃一样的声音，沉稳的节奏似乎有些淫荡……

杭州印象

时间：2012 年 1 月 27 日

地点：杭州

　　杭州，吴侬软语之地，人好，问个路，他会介绍到毫无疑问；街宽，与其他省城大同小异。因为天一直阴晦，树木花草凋零，跟我家乡一样因冬的萧瑟而灰不溜秋。我们住在新华路 83 号，稍走几步，就可以通过庆春路直达西湖，整条路除了盐桥、马寅初旧居两个亮点，无甚炫目。马寅初旧居是我们逛街过程中偶然发现的。像在福州发现林则徐是福州人一样，在杭州，我发现马寅初是浙江嵊县（今嵊州市）人。

　　马寅初旧居自是要去拜谒。

　　史料载，马寅初 1906 年赴美国留学，先后获得耶鲁大学经济学硕士学位和哥伦比亚大学经济学博士学位。1949 至 1951 年任浙江大学校长，任期内他一直住杭州"竹屋"——即今天的马寅初纪念馆。1951 年他离开杭州赴京任北大校长。"竹屋"坐落于杭州市庆春路 210 号，建于清末民初，被杭州人称为当时上流社会专属的"花园洋房"。旧居大门是铁铸西式双开大门，进院西为单层车库，东为传达室。其主楼三层，前为草坪，梅竹扶疏，草坪东辟有石板道；主楼后、西为天井，中有凉棚，东前为储藏室、后是厨房。我带着爱女和妻子一起走进了竹居。看着那些图文，了解到这个文化到纯粹而政治上幼稚的学人，妻女自是感叹不已。我说，在这样的人、这样的灵气所在，最好的选择是：闭嘴，看。

　　初四，晴天，我们到西湖划船，徒步。

　　干净的城市，很大面积的水，很多的人，很温馨的湖边人行道，很烦人很多的电动车……这些对一个在厦门待了 15 年的人而言，都不陌生。断桥、白堤、雷峰塔……这些虽然是第一次造访，却早已不陌生。那些关于爱、关于政治的恩恩怨怨我从小就不感兴趣。这个世界总是被强权玩弄，那些底层人，即使是基本的爱的权利，也会受到强权不由分说的控制和强奸。

　　在西湖上泛舟已久，给我留下印象的是船家的话：恋爱的人千万不要上断桥，上了，不会有好结果。这个绍兴人说当地人都这么认为。我不信神仙也不信命运，但我信暗示。暗示对人的潜意识的影响力是巨大的，不能不服。尽管我们在湖上看到断桥、白堤上人流熙熙攘攘，但我们决定不去上断桥。不要断，我们要在一起度过这一生。我们也不要去登雷峰塔，那是个强权的东西，虽然早就倒了，被强权反复重修起来，也不是个什么好东西。远看去，我觉得，它在西湖边上活像一个找不到归宿的阴茎。它嫉妒世界上所有相爱的人。

　　我们也没有去拜谒那个因济公而闻名的灵隐寺，而是去了河坊街。

叹绍兴

时间：2012 年 1 月 28 日
地点：绍兴

　　没有多少地方能像绍兴一样获得老天爷这么多眷顾，把优越的自然环境和独特的人文历史集于一身。绍兴这方水土也孕育出了一代代出类拔萃的历史文化精英。绍兴虽小，却是个可以让中华民族为她骄傲的地方。慕名而往，恐怕是所有光临绍兴的游人共同的动因。

　　我把绍兴的行程安排了三天，其原因也是打心眼里景仰这个地方，不想走马观花。不巧的是一到绍兴就碰上雨天，淋雨的乌毡帽提在手里死鸡一样沉。这还不算，走在绍兴雨中，看到绍兴人绍兴市政府拼命打祖宗牌赚祖宗钱，深感绍兴人文被铜臭熏染、淹没。

　　在我看来，绍兴各个景区都像大卖场：人造的仿古风情街全卖土特产、纪念品；各景点，几乎转弯就会碰到卖土特产、纪念品摊贩；水系中的乌篷船不到 10 分钟从上一站划到下一站收费 45 元，水系绕城一周收费 800 元，用时不到两小时；东湖乌篷船收费 75 元有往无返；除了鲁迅故里免费，其他景点无一例外地每人收费 40 元，打包每人 140 元……这样把景点极端商业化，给我的感觉就是恶心。

　　最令人讨厌的，是满街到处弥漫的臭豆腐臭味。臭豆腐是绍兴独有的吗？武汉有，长沙等地也有，是什么好东西？要各个景点、到处街上、各处店铺架了炉子在那儿吆喝着炸？如果是满街绍兴黄酒香多美啊！

　　景区要修葺，景点要管理，老百姓要吃饭，收费、赚钱很正常，但你收了钱，赚到钱要给旅游者好的服务，给旅游者美好的感受，你绍兴就不能将商业化项目集中起来管理吗？卖了票不能监督服务者的服务吗？任何游客，买土特产也好，卖纪念品也好，每样一般都只会消费一次或者买一个两个，没有哪个游客神经到转弯就买相同的东西，到处重复设置摊点、店铺只会阻断景点文脉，恶心游人感受，这样简单的道理，如此有文化的绍兴和绍兴人不会不懂，而懂得又这样无序放纵，只能怀疑是权钱交易在作祟。

曾经厌烦厦门鼓浪屿的野导，收费 20 元，有的 10 元也干，为啥？无非是把你导到一些购物店买东西。这种恶心的存在被厦门市政府作为重点整治对象，现在基本销声匿迹了。绍兴的老年三轮车也不含糊。50 元一个人，绕古城一周，沿途经过和讲解 8 个景点，用时大约一小时。不是说老年人不能拿着旅游图吃这种祖宗饭，而是要管好。在咸亨酒店、三味书屋和沈园附近，到处分布着这样的老人，碰到所有游人都会去缠着推销，推都推不掉，这哪有半点儿文化的味道？

好的旅游景点会让人百游不厌，常游常新，不要让人来一次就不想来第二次甚至后悔来。试想，陆游当年游沈园如果沿途到处是臭豆腐的臭和推销的嘈杂甚至是野导的骚扰，他即使是遇到深爱的唐婉，能写出《钗头凤》这样的千古名词吗？绍兴人该在景区管理上下点功夫了。

局　中

时间：2012 年 2 月 6 日

地点：杭州、绍兴

　　这个年，我把自己交给了一段旅程。换句话说，我们未入与亲朋过年之局，而随心所欲走进了漫漫旅途之局。

　　俗套说法，人在旅途；我说，人在局中。只要活着，人就一直在旅途之上，也即一直在各样局中。起点、终点自出生确定，唯各自旅途轨迹路线不同，或重叠，或并行，或错杂，或交叉，或冲突或合流，于是局中异彩纷呈，一团乱麻。

　　此次旅行，起自厦门。因一直忙，也因意见始终难以统一，无法提前锁定目的地。我想到南宁或者桂林；女儿想到大兴安岭滑雪。二局各有所长，老婆莫衷一是。我也向往北方，尤其向往冰天雪地，但时间太短，路途遥远。飞，太昂贵，坐，足足得四天，焉能尽兴？于是，难有定局。

　　出发那天，只有动车票，终点随票而定。最方便的目的地是上海。一个大城市，高楼、街道、商铺、人流而已，有甚好看？遂选杭州。到了杭州，苏州、绍兴仅一步之遥。

　　妻说，走哪儿算哪儿。她倒是洒脱，却应了人生宿命。人生这局棋，可不就是走哪儿算哪儿？

　　老天很帮忙。整个旅途，只正月初四是晴天，其他日子均阴雨连绵。仿佛是上天特意的安排，浩渺、灵秀、空蒙、碧静的西湖正需要晴空丽日来陪衬，而其他景点正适合近赏。江南水乡过于骨感、瘦削，来点梨花带雨更妖媚，蒙上些朦胧色彩更神秘，更有绰约迷人的韵致。那湖边、溪边正萌芽的柳丝轻扬曼舞，纷繁斜织的雨丝飘飘洒洒。在烟雨笼罩下，柳丝映衬中，白墙黑瓦被湿润到有些凝重；丛林中池沼或湖上小岛幽僻隐秘；并不在意是否遮到雨点的悠闲游人随意撑着各型各色的雨伞……

古人爱竹篱茅舍，随遇而安，其实多故弄玄虚，甚至故作潇洒以掩内心失落。作为一介草民遭遇了自己想要的生活，又巧遇远超预想的境遇，我确实没有什么好装的。再者，我等俗人，命如蝼蚁，天在把持着，时势在逼迫着，那些自作聪明的人在周遭聒噪着，如果不知死活，偏要"扼住命运咽喉"，不是做作，就是自虐，抑或是做梦。

故，身处局中，应时而动，人景合一，随景而安。

由是，我们没伞，只有绍兴的乌篷船和乌毡帽。天很冷，我们没穿棉袄，却在那烟柳堤头、雾街雨巷、腐儒旧宅、权臣老屋漫步到脚底发烧，浑身燥热。

最上眼的，是绍兴东湖。有导游做局：东湖以崖壁、岩洞、石桥、湖面巧妙结合为园林，为浙江三大名湖之一，旧版《西游记》拍摄场景。冒雨乘车前往，进得园门，几条小堤将一片水面分割成几块，湖水碧蓝如镜，湖岸垂柳依依，虽然还算秀气，却不禁大失所望，这就是东湖？不会吧！

入蜿蜒回廊，踏堤，过桥，经廊道上另一边陆地，左有小山，右有村庄，正面一高大拱桥赫然眼前，横跨一条两头不见尽头的宽大水系。——那边是什么呢？遂上桥，才见那水系连通的，正是一大片被人为墙院拘束的湖面，远看去，殿宇、石桥、六角亭点缀在垂柳夹岸的修长湖面上，尤以其南面陡峭、险峻的山峦崖壁更为抢眼，是为"桂岭"。

早有导游小伙恭候多时了。他的殷勤没有把我们拉上乌篷船，我们选择步行游园。在山崖水岸踏石而过，路过一顶三角亭——寒碧亭，拾阶而上揽月亭，步移景换，高峭崖壁下之幽境因乌篷船的悠然穿行，使人恍然入梦。踏僻静竹林小道，漫步松竹间，桥、亭不时闪现，水依山势，路随山转，桥堤勾连，乌篷穿行，水面景观在山崖蜿蜒遮挡中不断更新，这确实是一处不可多得的山水俊秀所在。

每座桥、每间亭都有名，每座桥、每个廊柱、亭柱都有联。我比较喜欢的，只抄了两联。霞川桥联："剪取鉴湖一曲水，缩成瀛海三山图。"这是局；槐荫别墅联："此是山阴道上，如来西子湖头。"也是局。过霞川桥到白玉长堤，走到人为湖院尽头，有女着古装于湖边戏楼自个儿唱越剧，近观之，不过对口型行越剧科，有些聒噪，幸不扫局中余兴。

回程走白玉长堤，雨还在下，轻风抚水，山桥沉底，有水鸟自脚下岩壁惊出，扑棱棱冲向湖心，拉出一道儿时水漂似的长线，终漂在湖心探头探脑，游向霞川桥洞，这局外毫无准备的活物，给这过于从容、寂寥、沉闷的山水陡然平添无限活力，让局中人落定了不虚此行的见证。

过庐山

时间：2007 年 10 月 10 日

地点：庐山

　　打算且行且游，从汉口出发，经庐山，到武夷，回厦门……

　　这里是古江州所在，本是文人墨客躲避政治、躲避纷扰、寻找心灵归宿的地方。但这里表面宁静而暗藏玄机甚至杀机。一层层神秘、阴郁，甚至有些冷漠的面纱伴随着山涧迷雾，升腾、飞散，延伸到一切可以凭依可以附着可以施展的地方。

　　走上庐山，进山时是晴天丽日，走了不到一里路，雾自谷底探头，起身、耸立，进而像阿拉伯故事里的魔鬼一样，顷刻间变成一个威压一切的巨人，他面目狰狞、目空一切、手舞足蹈，并逐步囊括一切、侵占一切、控制一切，也压倒一切，直到遮天蔽日，给人间一个晦暗的日子。

　　一个自然天成的山峰峻伟豪放、飞瀑横空出世、池水碧波潋滟所在，因为其自然景观的出类拔萃和无比奇幻，带来一代代人乐此不疲的参与，逐步被强迫赋予一些非自然甚至非人道的故事，叫我走在山峰谷底、走在回龙路上、走在牯岭街头，面对美庐、面对仙人洞无以言说。那随处可见的、触手可及的、*丝丝挥之不去*的飞云雾幛变幻莫测，呈现出难测高深、不见真相、难明是非的迷惘与郁闷。

　　在这样空灵、灵秀、清净之地，心灵本来是很容易得到安慰和洗濯的，我们可以吸天地之灵气，感受山川之雄奇且行且思，让心灵和肉体与自然融为一体，成就一个无忧无虑、豁达通灵、轻灵快乐的生命体，但是因了花径———一个失意文官的落寞；仙人洞，一个本来是避世修炼所在却成世俗人到此一游的留影之地；美庐，一个中国近代风云变幻的缩影，那些郁闷的蛛丝马迹，不禁让人脱离陶然于自然之中的生命主题，却做沉重的关于人生、关于世态、关于阴谋与阳谋的思考。唯有三叠泉———一个旷达文人的豪迈可以让我们瞬间脱离局限于世俗的思绪，让那飞瀑流泉冲刷掉身上和心灵中沾染的一切尘埃。

于是，我们夹杂在拥挤的看风景的人流中行走时，看那些风景和那些来看风景的人，就不免生出些内容复杂的怀想。有时，我会想到一代代活得很新鲜的人，都忘不了要带着各种目的，到这里来寻找他们想要的东西，无论普通人还是达官显贵，甚至是历代皇帝，他们在这儿获得了吗？有时，在一些人烟稀少、云烟氤氲所在，我会忽然感到，那些故人何曾离开了我们，他们一直在人间像我们一样走着呢，他们也在看着我们呢，他们常常从我对面走来，跟我擦身而过……有时，我会躺在山崖上，让云雾覆盖我的躯体，让山风从我耳边吹过，让我的心去与那些过往的或者得意或者失意或者仙骨羽化的灵魂做平等而亲切的沟通……

没错。一切都过去了，庐山还在；一切都结束了，时空依然不断开始；一代代人后浪推前浪，我们来了；我们也会走的，不妨以我们微小的生命给这世界多留点阳光灿烂印记，至少，不要留下麻烦。

梦（一）

时间：不详
地点：梦中

　　阳光一直很充足，风中带着山洼田野的稻香和山涧青草的浓香。从后山密林进入，山坡上无路。光线晦暗，空气加进了清冷的重量。浸泡在班德瑞如行云流水般的音乐中，那种徜徉于碧野、畅游于纯净气息之中的惬意让整个身心异常轻灵、放松，甚至有些狂野的冲动和难以拘束的舒展。春野。灵魂和肉体都仿佛漂浮在清澈平静的水面上，音乐冲刷着心灵，洗濯着每一根愉悦的神经和每一条血脉旺盛的毛细血管。

　　脚下是绵软的山坡，年复一年叠加堆积的树叶使整个密林中的山坡仿佛铺上了厚厚的毯子，踩下去，嘎吱声从脚底导入大脑，像节拍，又像温软的和弦，声音与音乐自然天成，浑然一体。怪不得音乐家说，音乐本是大自然的杰作。此时、此地、此境，竟无意中还原了音乐的真实，让音乐袒露出了她若隐若现、轻灵缠绵、触手可及的肌肤抑或躯体，可轻抚、弹奏、浸泡、吸吮。脚步再轻一些，步履再沉稳缓慢些，别侵扰了音乐自得的宁静和空阔。

　　水在潺潺拨动，鸟在欢快啁啾，虫儿在兴奋低吟，山涧肥硕慵懒的野物在欢娱后释然憩息。没有一样出格，更无一样多余。这样充满质感的声音，在一起交汇、挨擦、碰撞、氤氲，水乳交融，和谐纯美。连呼吸也仿佛抽丝剥茧，晶莹可见。两个人两只手以一枝桂花枝相牵，无言的笑挥洒出饱满充盈的欢欣，无声顾盼的眼神晶莹透亮，汇聚成排山倒海的甜言蜜语。自然是这样血脉充盈、柔软纯净；生命这样壮硕、强劲，充满柔情。

好像起风了。这不知趣不合时宜的家伙席卷一切光明和黑暗，让寻梦人从树丫上掉下来。我满怀遗憾，甚至有些愤恨。有好梦，不醒也罢。然静思默想，这哪是梦？这不就是十年前我在家乡北边大洪山麓的经历吗？冥冥中，也许老天在让我重温那温情时光，提醒我不能忘却那曾经刻骨铭心的幸福。可是，忘却幸福、背叛幸福甚至糟蹋幸福似乎是许多悲剧的根源。当梦不再回来的时候，心就真的变了，变硬了，甚至变黑了……

梦（二）

时间：2012 年 11 月 4 日
地点：梦中

　　昨夜。我与妻走在一个烂尾楼废墟。应该是三楼，或者是二楼。砖头遍地，到处是犬牙交错的钢筋茬子，一不小心就会刮着衣服或裤子。到处是望不见底的黑洞。我们走得脚板发烧，汗流浃背。上，没有路，下，没有路。我们就在这没有出路的一隅徘徊。能看见周遭有看客。死寂。我们的目标并不是走出去。

　　我坐在墙头，或坡上。面朝大海，没什么风浪。四下没有光滑干净的地方。旁边有个无声的人坐着。我们一起等，或者看海。妻到楼下找食物，到一楼或是外面。这时海里蹿出一条巨鱼。我从未看见这么大的鱼。它一飞冲天，砸入大海。大海泛起庞大漩涡。漩涡越来越大，越来越深。大地剧烈震颤。地震了。

　　阳光从云层剑样裂出，刺在汹涌旋转的大海上。漩涡飞旋中，海平面上升。淹没海滩，淹上山坡。海啸吗？天空乌云翻腾，天地漆黑。海水漫过来，淹了楼下，不断上涨。我妻在里面，她怎么出来？我歇斯底里叫。扑入冰冷的海。她在水底窒息无法呼吸有多痛苦。她能坚持到海水退潮吗？我找。我哭。

　　她居然玩似的。汹涌的海里，她从废墟里游出来。那里面有吃的。可是我仿佛失去了她，抱着她哭。男人不该这么脆弱。这我知道。可我分明在刚才失去了她，在窒息海底的废墟里。为我去找一点儿可怜的食物。耳畔嗡嗡响。海水退落，把我们扔在废墟上。有空气。有风。我说，我们再不分开。她说，永远。

　　饥饿的时候，认识的都是一样饥饿的人。走在海边废墟上，这点现实很明了。那个饥饿的人，他吃饱以后，离我而去了。我在密布荆棘的路上继续狂奔。累了，摘一朵野花，掐一片绿叶，扯一把嫩草，哄老婆开心。我明白：即使饥饿如故，开心着也是能活下去的。

梦（三）

时间：2013 年 3 月 7 日

地点：梦中

　　大街上，人流熙攘。我最喜欢的那串佛珠脱落了，飞到了一对母女的菜筐里。我请求寻找。答，没有。我看着落进去的。答，没有。母女的表情很丰富。就是没有。

　　我所认为的珍贵，当然不仅指价格。质地确实很好，已经珠圆玉润，暗香隐逸，戴习惯了……我说，开个价，我给你钱。答，就是没有。

　　她们走了。走得很快，我怎么也赶不上。我很火，但是我不敢火。妻劝我算了。说，你喜欢的话，再买一串，不管多贵。是啊，对于这类安慰心理需求的简单饰品，凡价格可以搞定的，没什么障碍。可那串珠我戴很久了，每一颗珠子我都熟悉，色泽、纹理、气味乃至瑕疵。我跟它，它跟我，已经很熟了。这是无价的。

　　可是那对母女走了，她们走得很快，像影子一样。田野阡陌森然，河流蜿蜒清澈。过了桥，河水很深，在身后畅流。怎能这样？不就一串珠吗？你们。

　　没有回应。好东西大家都喜欢。但也得看是谁的。这似乎是一个很难为别人思考的年代。说一串珠照见一个时代，未免矫情。我居然为一串珠追到人家家里。我在这串珠中把"我"放得够大。那位母亲答应给我另外一串珠。她在筐里翻找着，取出的都不是我的珠，树脂的、塑料的、玻璃的。我不喜欢，不需要，我只需要"我那一串"，那是"我"的。可她们拒绝承认。她拒绝的坚决让我都怀疑自己错了，那串珠或许真的不在她们的筐里，菜市场有很多筐啊，也许落到别的筐里了吧？真相时常是缥缈的。

　　那位女儿逃避了，留下她母亲跟我毫无趣味地纠结。似乎有很多人围观。围观者纷纷指责我：不就一串破珠吗，值得你大老远来追？

　　满条河翻滚着脏水。我放弃了。缘分尽了，那串珠从此不属于我，它再入无常。

　　蓦然醒来，窗外晨曦初露，那串珠在我手腕上，暗香依旧。

出　海

时间：2005 年 11 月 1 日

地点：中国台湾岛西南部匹罗岛（音）海域

按：海鲜没少吃，对于海鲜的来历也仅限于知道它是渔民出海打回来的。至于渔民怎样从海里为我们捞起那清甜可口的海鲜，不跟他们出去亲身体验，还真无法想象。那天，我跟随鸿山东埔三村魏文理船长的闽狮渔 2575 号渔船出海，渔船踏浪而行的豪迈和渔民在浪谷中的船上从海中抢鱼的艰辛，让我震撼。大海对于宇宙，由于地球的渺小，所以大海也无所谓博大；而人相对于大海，那种渺小就不仅仅是地球之于宇宙了。尽管借助了渔船，尽管如今的渔船已经配备了卫星定位导航仪、电台、对讲机等现代化的设备，但当人借助渔船将生命交给大海，去与大海搏命的时候，太多的不确定因素仍然使人难以摆脱宿命的困惑。感受捕鱼，不如说是感受人类生存艰辛的生命之旅。

起锚出海

魏船长来电，今天上午 11 点出海，你要不要去？出海是我的夙愿，当然要去。魏船长说，其实，如果春天出去，风会小些，渔船在海上危险性小得多，现在十月了，海上平常都有七八级大风，风险很大。我想，如果完全没风险，我出去有什么意思？

东埔渔港停泊着众多渔船，趁魏船长还没到码头的当口儿，我向一个在码头看着满港渔船休闲的老船长邱老先生了解目前海上的情况。他说，进入十月后，海上风浪很大，一般木质渔船不敢出海，出海的是船体和马力较大的铁壳船。我问，冒着风浪出海危险吗？老船长布满沧桑的脸露出平静宽和的微笑，算是对我无知的原谅。他说，我们渔民出海是五个字：碰运气、搏命。

魏船长来了，他载我到他家去，说先要吃饱。到海上就不方便了。他的妻子做了可口的烧带鱼、咸带鱼、雪鱼汤等。尤其是饭，米好，火候好，香喷喷的，我就着美味的菜肴，吃了两碗，并"通情达理"地婉拒了魏船长喝瓶啤酒的邀请，说，到船上再喝。我知道，灯光船白天没什么事干，要到晚上才开始打开发电机打开满船灯光诱鱼。那么白天我们干什么呢？看书，我带了7本，喝茶，魏船长按我的建议带了茶叶和茶具。我想这次出海一定浪漫、惬意。

魏船长将一大麻袋绳子和几小袋米、蔬菜等装上一辆三轮车，我又顺手拿了魏船长家的一个收音机，想到海上听。小三轮将我们送到东埔渔港码头的海堤上，一艘驳船将我们运送上闽狮渔2575号渔船。渔船的发动机轰鸣着，水手们都在船上忙碌，他们轮廓清晰的脸在阳光下呈出油光光的古铜色。海堤上东埔村一些看热闹的人不时跟老魏打着招呼，大声开着玩笑。大约12点半，魏船长下令起锚。一听到起锚，所有水手放下手中的活，立即紧张起来，他们呼喊着，到船头控制锚链的，在机舱操控轮机的，锚锭吊起的那一刻，魏船长也跑到船头去帮忙。前后铁锚拔起了。"开船！"魏船长说。——我想，这一切都跟他们平常出海没什么两样，不同的是多了个我。大家看到我，报以亲切的微笑，关照我会不会晕船。我想，我这么壮，怎么会晕船呢？

在魏船长的操控下，渔船缓缓退出东埔渔港，在东埔海湾划了一条漂亮的弧线，向外海出发了。我原以为他们出海前会有个祭祀之类的仪式，没想到这么简单。我问魏船长，魏船长呵呵笑着说，我们不拜，拜了会打不到鱼。我知道在捕鱼的风俗上，东埔的渔民跟与他们邻近的号称中华第一渔村祥芝的渔民有很大不同。比如，祥芝渔民过年不过正月十五不出海，而且忌讳第一个出海，但东埔渔民不，他们初一就出海，而且就要赶早，赶第一个。

挺进深海

魏船长让我在驾驶舱待着，别乱走，他说，船上很危险，一旦掉到海里，很难找到。他指着他自己用的一个处于二层的舱位，让我在那儿休息。那是个宽约半米的狭窄铺位，有一米见方的平行活动门可以关闭，里面脚头的上面隔出两小层"阁楼"，放着电台、对讲机，话筒就挂在外面，魏船长用对讲机跟同船的弟兄联系，用电台跟岸上或者海上的兄弟渔船联系。他教我用电台听收音机。

渔船在海浪中左右摇晃，前挺后翘，人在甲板上不扶着东西根本站不稳。但魏船长和他的水手弟兄们在船上如履平地，照样忙碌。偶尔他们还会从船舷健步走上动荡的船头，紧固纤绳，清理甲板，让我为他们捏把汗。

魏船长说，这次出海，短则3天，长则5天，"不一定"，得看收成，打不到鱼，就要继续向深海进发，打到100担（约10000斤）以上的鱼，3天内就可返航。

主要是现在油价涨太多了，出海成本高，渔船经营也越来越艰难，东埔很多渔船早已处于亏本经营的状态，许多渔船不愿意出海，一些渔民整天没事干。跟魏船长出海的大都是一直跟他的老弟兄。

天气预报报道，海上风力7级，浪高1米，能见度20公里（相当于10.8海里）。渔船迎着海风、踏浪缓行。水手们集中在船尾起网机那儿清理渔网，补网，将补好的渔网整齐地卷上起网机大转轮。我吹着海风，扶着船柱站在甲板上，很从容地将水手们忙碌的身影照下来，看到海面上有些海鸥翱翔翻飞舔着浪尖，我对自己的表现很满意，有种不过如此的得意。

唯一不适的感觉是，中午似乎是吃多了，顶在胃里，好像没有要消化的意思，过去可不是这样。3点多钟的时候，魏船长告诉我，已经离石狮30多海里了。这时的风力似乎大了不少。早已看不到大陆了，也没什么岛屿。海面上，我们不时会看到在海上拖网捕鱼的渔船，上面标着闽厦渔或者闽惠渔及船号字样。这些渔船在海上就像是移动的村落，各自忙碌着，在海上年年月月继续着"讨海"的营生。一条船出事发出呼救，其他的渔船都会去救援。魏船长说，现在渔船设备越来越先进，通信越来越发达，群死群伤的大规模海难极少，主要是救援及时。不说海事部门的快船会立即赶到出事地点，邻近海域的渔船接到呼救也会在第一时间赶过去。但单个的坠海死亡事件还是时有发生，主要是救援存在困难，一般很难在第一时间找到坠海者。尤其是秋冬季节，海水水温低，落水者很难自救。这使我对渔民的讨海营生多了一层沉重。

渔船进入自主航行期，副轮机手邱国和替下魏船长，他操着舵说，晚上有"大仗"打，得让老魏休息一下。其他水手也各自找个地方或坐或卧休息。虽然有空，却没有喝酒泡茶的雅兴，一来船上的动力机车声音非常洪大，空气中弥漫着柴油没有燃尽的气味，刺激得胃部很不舒服；二来船这样动荡，根本没有办法坐下来悠闲地喝茶。看看船舱内外，船上几乎所有的东西都与绳子有关，都用绳子系着，酒杯茶杯这种东西，只有装在袋子里才安全。看来，魏船长拿那些东西上船，无非是为了给我面子。

片刻之后，我看到魏船长和他的水手们都安静了，坐着打盹的，躺下休息的，都似乎睡着了，他们安详的面容表明他们睡得很香。这些惯常出没大海的人们，在这样嘈杂的气味熏人的环境中利用睡眠修复他们疲劳的身体和神经，说明他们实际上已经与这艘渔船合为一体，是他们在驾驭着渔船，渔船也同化了他们。而我，明显无法很快适应这一切。我耳畔轰隆隆的，鼻腔一直在拒绝着油烟气，头也开始发昏。坐到外面甲板上的一把铁椅子上，看海浪起伏，浪好像也比外海越来越大了，大海显得不像刚出海时那么温柔地轻轻摇，而是似乎有些暴躁了，我们的船时常冲上浪峰又被扔下浪谷。就觉得头部有些晕眩，为了保留住魏船长家中午的深情厚谊，我赶紧抓着门框，从门框过渡到船舱，钻进去，把自己放平。

浪谷抢鱼

下午大约4点半，魏船长给我一罐花生奶，让我喝。我这时胃里只有呼之欲出的冲动，哪里还有喝的欲望。看到他和水手们爽快地享用这些东西时，我内心只有敬重和羡慕。

到底哪儿有鱼。魏船长说，"不一定"，这是他的口头禅。也许"不一定"最能体现渔船和渔民在海上的生存状态。哪里有鱼主要凭经验和感觉，这话我听许多船长朋友说过。5点半，我们的船位于台湾西南侧皮罗岛（音）附近，魏船长下令停船布网，我赶紧爬起来钻出船舱跟踪采访。这时风急浪高，我在船上仿佛婴儿学步一样颤颤巍巍借助一切可以凭借的固定物前行。走出舱门，船正好冲上浪峰，而船尾的水手们正在浪谷中向海里下网，3米多高的浪峰就在他们眼前。船头栽下去，船尾随即翘上浪峰，我把持不住，将魏船长的一片深情厚谊一股脑儿还给了大海，只差没有将胃交待出来。

暮云四合，海显出黛青色，已经看不到海上的任何岛屿和船只了，魏船长一手端着两个带把的搪瓷缸从底舱上来，问我吃不吃。他们吃晚饭了。我躺在舱房，不要说吃，就算是闻到饭香、想到吃，我就要吐。魏船长让我喝点鱼汤，说这样会好一些。我勉强喝了几口，汤非常鲜，很可口，但我实在喝不下去了。船上没有桌子。他们每个人都是一手端两个搪瓷缸吃，船体动荡，他们的身子要靠着船上的固定位置才可以稳住身子吃下饭，喝下汤。我在陆地上设想着在船上高桌低凳喝啤酒，真是扯淡。魏船长吃完饭，给我一瓶元秘D，关照我一定要喝下去。我喝了。我问魏船长，我们水手晕船吗？他说，怎么不晕？我从十几岁上船，至今还晕，只是不会吐，难受，可吐不出来，很苦。我们有两三个水手，吃了东西有时候也会吐，但有什么办法，吃了吐，吐了再吃，总之不能饿着。他劝我勉强吃点东西。

我们这艘船孤独地树叶一样在海浪的罅隙里起伏着、漂泊着。船底舱的动力机车轻轻轰鸣，5点40分，船头两台大马力发电机齐声高唱，满船数百大灯泡一起照亮，我们的船立刻如同白昼，而风浪愈来愈大，顶着白沫的黑浪汹涌澎湃。我吐过之后，胃部似乎好受多了。船上灯光全开，船帮两边也各放下去了十余盏大灯泡，将海水照得通明。抱着柱子站在甲板上，在看到魏船长正指挥船尾的水手下网的当口，我将那几口汤和那瓶元秘 D 原物奉还给了大海，整个腹部一直在收缩。船尾起网机缓缓转动，渔网脱离起网机拖向海里，他们的动作熟练快速，有白色的浮球结在网边，渔网在海上的波峰浪谷间拖出两条尾部相连的漂亮弧线，朝着船尾形成一个巨大的喇叭口。此后，水手们又通过动力协助，将竖放在渔船两侧船帮上的头带巨大浮筒的钢架展开，钢架就像两个巨大的臂膀一样支撑在海面上。水手们告诉我，后面的渔网到时候要借助它的支撑展开，这样，鱼群才可以更多地畅通无阻地进入到我们的网中。

魏船长指我看那台卫星导航仪。他把它调到探鱼挡。他说，有没有鱼，它知道。我看到显示屏上方有一条移动的粗细不均的红色标线。再到船舷上，借着强烈的灯光，我看到成群结队的鱼在渔船周围游动，远处还有大群海豚在海面波涛中起伏。魏船长说，那些海豚是来吃小鱼的，还要再等等，要到 8 点左右才收网。那些随波浪翻涌在水底的蠢鱼们，因为喜欢光的缘故，它们齐齐地来赶赴一个死亡的盛会了。

天罗地网布下了，只等鱼群赴会。水手们在甲板上来往穿梭，忙碌着准备拉网起鱼。忙碌中，他们的肉体互相经常发生碰撞，头部、肩膀甚至胸脯，但这没有影响他们忙碌着自己的主题。海浪经常撞击船帮，扑向船里，扑在水手们身上，使他们浑身湿透了，有时候眼看这船就要翻侧舀水了，但船一个倾侧，又冲上浪峰。甲板上全是海水，水手们经常要摔倒在甲板上，摔倒了，爬起来再走；重了，碰到头了，也只是本能地摸摸揉揉，就又去忙自己的事，跌跤在船上如同行走一样平常，就像他们惯常跨过甲板上轮胎、水桶和鱼篮。我没有看到一个因为摔跤而龇牙咧嘴的水手。他们的面容是那样刚毅、坚强，他们的目标非常一致：与大海搏斗，跟大海抢鱼。

船在海面上左摇右晃、前倾后翘，摇篮一样，再想象一下公园里那个模拟海上颠簸的供人玩乐的海盗船，简直是小儿科。

大约 7 点半，魏船长说，起网。所有水手集中在船尾，魏船长先关掉船上的所有灯光，然后，从船头到船尾，依次关掉船帮两侧的灯光，最后，只剩下位于船后远处渔网顶端的那一盏极其明亮的灯光，我借着微弱的光，看到海底的鱼群全部掉转头朝那盏渔网尾端的灯光冲去，拥抱光明的痴迷使它们完成了一生的成长。

漆黑的海面上，魏船长和水手们借助船上微弱的灯光启动起网机收网。到底有多少鱼，只有当网被拉起时才知道。不会少，邱国和说。渔网被缓缓拉拢来，到最后时刻，魏船长和 5 个水手"嘿嗖嗖！嘿嗖嗖！"喊起了号子，六双手一起快速将渔网往船上拉。这是收获的时刻也是喜悦的时刻。渔网的底部靠拢船尾了，借助起网机的动力，他们将三个巨大的装满各色海鱼的鱼包先后拉上船舷，第一个鱼包落到甲板上时，挡住了整个船尾通道。打开网包，白花花的鱼哗啦啦顺着船边的通道往船前流动，三包鱼下去，整个左侧的通道填满了鱼。至少20担，魏船长说。他的脸掩饰不住内心的喜悦。

顾不得收拾已经进船的鱼，水手们立即整理渔网，再次下网。灯光被重新打开，网布到海里后，水手们就忙着将刚收获的鱼装筐，放进底舱冷藏。

我躺在狭窄舱房里，海浪颠簸着我们的船将我的重心移来移去，使我就像一条鱼一样在舱板上翻滚，舱房刚好只有我一人长。当船头上升时，我的脚顶在舱板上，身子随船立起，而船头下降时，我的头就倒顶在舱板上。整个人处于一种天旋地转、翻江倒海的晕眩中。我甚至不敢睁眼看窗外的大海，感到那大海随时都在向我翻压过来。我闭眼躺着，只是恍惚感到魏船长在一次次地开灯，关灯，一次次喊着号子起网。半夜，我支撑着爬起来，一边呕吐着苦水，一边到船两边查看，呵呵，好家伙，船两边的走道上堆满了鱼，船前的甲板上，挤满了装满鲜鱼的塑料筐，水手们正在忙着装筐，下舱。这一夜，他们一共下了8次网，网网不空，共捕到了160多担的好收成。其中还有五六箱鱿鱼、两箱小鱿鱼、四五担剥皮鱼（俗名）等高品质的海货。早晨6点，水手们以各自惯常的姿势睡着了。魏船长说，你运气好，我们马上返航。我挣扎起来，握他的手祝贺他。

第四辑 零星短长

且行且思

走在路上，做个若有所思的人，是不是很累？如果不假思索，是不是又很傻？

人就这么矛盾。到哪里去？走哪条路？急速潜行晓行夜宿，还是走一步看一步？没有人能真正洞悉这一切。行有行的迷惘，思有思的陷阱。随波逐流或党同伐异都是我们每天的艰苦选择。从脚下的路，到目标，一切总是那么不确定，那么难以用明朗的思想之光去观照。所以，从普通百姓到大德哲人，他们都在感叹：活着不易。

我是个懒汉，干脆点说，就是个傻瓜。我既不追求对人生、前途这类沉重的东西洞若观火，也不愿像低等动物那样麻木地活着。年轻的时候我背着"战胜自己"的理想包袱，一度走了很远，走得很累，在一些可以称为关口或驿站的地方，我艰难取舍，拿起、放下；到"知天命"之后，却仍不知道"天命"为何物，于是只好放下沉重，拿起快乐。我努力对人真诚、宽容、友善、乐于助人，对己也平和、豁达、洒脱些，轻松地走着，快乐地活着，每时、每刻、每一天……让灵魂与肉体与这疲惫的自然去共同承受和忍耐。

所以，无目标、无步骤、无主观措施，如轻风、如游丝、如深山的笙簧，我痛了呻吟、乐了大笑、疲了休息、行踪不定……所不同的，我会用难以诉感慨于万一的苍白文字，捕捉那稍纵即逝、飘忽不定、难以捉摸的思绪，作为对自己活着的交代，也作为跟朋友做思想碰撞、融合、交流的方式。

且行且思，不如说是一个走在路上的人自言自语。

梦中呓语

妻说，你说话了。我诧异。梦中？我说话了？她点头确认。哦！我依稀记得我做梦了，梦中我没说话，我在梦中用得最多的，是眼睛、心灵，不是嘴巴。我梦到我飞了。飞过山峰、飞过瀚海、飞追白鹭、飞上白云……

妻进而问我，你不想知道你梦里说了什么吗？我真不想知道。梦话是心灵的泄密。梦呓何足挂齿？妻说，你说：我靠，我靠……我默然。这确实像我的口气。我向来喜形于色不善伪装，这是我最大的优点和缺点，我笑了。

"昨天堆积如山，明天铺陈如云。善信在荒山生长，良心驾鹤登云。于蛮荒播种绿洲，履薄冰捧出赤诚，不奢望经天纬地，唯跬步无愧于心。唱给你爱我怨我恨我的朋友，不为你改变只因我无法放弃这精彩的过程。好吧，该来的都来，该去的随你去还是不去，这是我永不慢待的山与云的人生。"

前几天在湖边漫步，动了某种心思，随手写下上述文字，借以放置我的心情。我记得当时是有乐曲的，如果我懂乐理，我一定可以奉献出一首不错的歌曲。每每彷徨之后挣扎，挣扎之后奋起，奋起之后又觉得好笑。周而复始。——谁？是什么？有什么？在哪里？为什么？……

人生，对于乐于盘根究底的所谓聪明人，无论是现实还是梦中，从来只有一地垃圾、谜团、障碍、壁垒，经历中只有疲惫。愚钝如我，即使是一丝从山崖、墙角、逼仄的缝隙吹来的微风，石头缝进出的小草，也足以令我感动。

理由很充分：我在，很好地在着。我的心情是：泣泪感恩。所以，不问"有什么""是什么""为什么"，而珍惜"当下之富""周遭之有""广受之恩"。

于是，一株草、一朵花、一棵树、一片海、一朵云，一举手、一投足、一瞥眼，乃至一口畅快的呼吸，都令我感动，况满眼全是绿草、全是鲜花、全是绿树、全是碧海、全是淡云朵云彩云，全是健全、健康、灵性。于此，儿子的消息，女儿的勤奋，不离不弃伴侣的温婉微笑，甚至伴随我的那些亲人、学生、朋友、同事、有缘结交的所有人物，都成为我无比的感动，富裕的满足。

我与父亲

年龄翻过 54 的关口，我释然。

父亲 54 岁那年过世了。那是 1978 年，我 19 岁。接到他去世的消息时，我上师范才一个多月。回到家，他躺在床上，拉着他僵硬的手，我跟他告别。没有流泪。直到乡亲们将他入土，我才知道，我从此与父亲永诀，不禁失声恸哭。

相对于父亲，我从满 54 岁那天起的每一天都是赚的，有什么放不下？每个人都生活在一个未知的日子，没有什么值得过分留念。用好赚到的时间，好好做自己喜欢做的事，好好爱一直爱着的亲人们，这才是该做的事。

父亲病中求生欲望很强。中风后，他一直希望家里筹钱给他医治。他说，我很聪明，治好病还能做很多事。没有人怀疑他的聪明，但那时靠生产队吃饭，家里一贫如洗，社会主义优越性没有大到能医治普通百姓的重大疾病，重病只能等死。生产队也不需要聪明人。他老人家就这样走了。

相比父亲所处的时代，我庆幸，并感谢。时代对我不薄。我似乎也能顺从和适应这个时代。甚至我也无须用"我很聪明"这样的话来证明自己不应过早死去的价值。感想是：我确乎不太努力，竟然没做成什么大事，似乎也没有为这世界留下点什么宝贝的理想。但我确实比父亲快乐。

父亲的悲鸣是那时大多数普通百姓的悲鸣。他在为自己的命运悲鸣，渴望他的生命价值能够得到重视和体现。但他和他的亲人都缺乏争取这个机会的机会和能力，时代也无法给他这个机会，他的快乐全寄托在儿女的成长上。他把生命价值悲苦地转移到了我们身上。他只是个接力者。

相比父亲，我幸运多了。虽然我也是一个接力者，我也本能地将希望寄托在下一代身上，但我还有能力对自己抱有希望，包括健康快乐活着、持续书写快乐、坦荡行走江湖、在自己的世界里信马由缰，并放下了种种负累。

我要好好做一个在自己看来还不错的过客。

飞行体验

飞的冲动一定是因为羡慕鸟：想离太阳更近；羡慕博大的天空，五彩的云霞；向往信天展翅无拘无束自由自在。

但飞是有条件的。对于人来说，没有翅膀，想飞必须创造或借助一定的工具。

我一直想飞。自懂事以来，每当看到高空银燕，尤其是那种拖着长长白色尾巴的银燕，我就困惑，天那么高远博大，飞机那么渺小，里面怎么装人？飞那么慢，要飞多久才能到达目的地？及至自己有了无数次飞行经历，飞的感受依然每次都新鲜刺激。

飞，超然于地面局限、摆脱羁绊；飞，探天际而小世界。当我们借助飞机从地面一飞冲天时，肉体被一种力量无根拔起，爬升、爬升……冲上乌云密布的云层，上面豁然通亮，仿佛到了另一重地面，连绵起伏的山峦，波涛汹涌的大海。天空纯净透亮蔚蓝，云海广阔浩渺，一望无际。

只有在降落的时候，才会细看机窗外的风景。大地上黄黄绿绿，色彩斑斓，山川如盆景，河流如龙蛇。越过山川、湖泊、沼泽，飞机平稳着陆。整个飞的过程，不过是人生的缩影：

我们都没有翅膀，能飞起来，不过是借助了别人的工具和力量；

权、钱两样有任何一样，你就可以飞起来；

不飞，不知道走路、坐车有多慢；

飞再高，总有落下来的时候……

这儿那儿

这儿，不一定是已知，那儿，也不一定是未知；

这儿，繁华或者寂寥，那儿，寂寥或者繁华；

这儿，有些不一样的人或忙碌或悠闲或享受或痛苦，那儿，也一样，都有生灵们活着的各样风景；

这儿，一切正在进行，那儿，一切也在进行中……

自古以来，这儿，那儿，连绵不绝，一直发生着各种令人振奋、豪迈、感叹、扼腕、悲悯、伤感的种种故事，因为爱或者恨，我们报以欢笑、眼泪或者切齿。

响一声雷、刮一阵风、下一场雨、闷一天热、寒一天冷……

或开一次怀、忙一天事、挤一路车、开一天心、痛一天苦、落一片叶、逝一个生灵……顷刻即过去，瞬间即生灭。生意味着死，开始意味着结束，而发生就进入历史。只要活着，你就能随时通过各种途径各种方法感受和体验这儿、那儿。这是活着的特权，也是活着的烦恼；这是生的优越，也是死的渊源。

堆积如垃圾山的是关于情感关于生活关于战争关于利禄成败的历史。但我们看到的，即使是那些你眼前目睹身边发生的，都是如同被别人尤其是前辈人吃下去吐出来或拉出来的东西，是很不可靠的，甚至是子虚乌有的。

这儿、那儿，因人类的聪明、智慧、光明、坦荡、阴险、狡诈而千姿百态。即使你是浮游于空气中的那些可以完全进入人们意识并可阅读、识别人类意识的特殊物质，这个世界微末的这儿，那儿，你永远也读不懂，看不透。于是"聪明"人成了高官、富豪、大腕，"愚蠢"的人成了和尚、道士、教士，剩下那些永远也不承认自己愚蠢又似乎聪明不起来的我们，便成了普通人。

这儿、那儿，每刻每时每天每月每年每世纪……重复着变化着发展着。

一个生命能持续感知这儿、那儿，表示这个生命活着；即使这个生命消亡了，这儿、那儿的一切还将一如既往继续。

我知道，关于这儿、那儿，一切的表述都是多余……

风流云住

意识到平淡而能健康活着是一种幸福，这是不是一种老去的迹象？

不是吗？读了一生文字，经历了一路人事，看惯了阴晴圆缺、风雨雷电，日月如梭、风流云住，现在变得越来越容易感动：领受一重好，接受一朵微笑，看到满园浓绿中默默而粲然的新叶，沐浴雨后明艳、柔和的阳光。那些细腻柔软的情怀如风平浪静的大海，柔波轻涌。

似乎正因贪婪地感受活着的气象，上班完全可以坐车，但我喜欢步行；下雨完全可以打伞，但我喜欢淋雨；完全可以坐在办公室应对一切，但我喜欢走出门主动与人结交、沟通，或走出大楼，到明媚的街上，到蔚蓝的海边……

记得曾读到卢梭的话："活得最有意义的人，并不是年岁活得最大的人，而是活得最有感受的人。"曾经，我把这句话当屁话。可不是吗？能够并善于感受活着的感觉，当然就会体味到人生的意义，当然能放射出智慧的灵光。废话嘛。

其实不然。问题在于，也许每个人都不缺少感受活着的意义的智慧和能力。但很多人缺乏这种自发的发自内心和心甘情愿。——欠缺自觉，尤其是本来与生俱来却因活着的遭际而渐渐淡忘的融自己于万物的思考。

当今社会物欲横流、危机四伏、竞争激烈、生存维艰，人们面临太多不顺心、不顺眼、不如意，哪有闲情逸致去感受活着的意义？又或者在许多人心目中这种意义不过是原始的权力地位、金钱美女、豪车别墅而已，他所要思考也不能不思考的，无非是与这些东西如何稳定地、以更高的层次相伴终生，甚至万代世袭……

如此，在物欲的厮杀、饕餮中，即使身心俱疲，良善尽失，全无与天地自然融合的达观、轻灵之乐，他们也无法感悟到：这一切空空幻幻的执拗，都在其逝去之后成为社会这个搅肉机捕猎后人、他人的猛兽。

更加相信亚里士多德的话：人生最终的价值，在于觉醒和思考之能力，而不只在于生存。

风流云住，最难得的，还是空幻境界下的一个"静"字。

悦　冬

不在夏天浮躁，就不至于在秋天冲动；不在春天迷失，就不至于在冬天迷惘。

很多人认为，一年四季数春天最令人留念、向往。四季如春被作为褒扬气候优良城市的通用词。比如厦门。

为什么一定要是春天人们才更爽？无非阳光和煦，气候凉热适度，有翠绿盖地，又有鲜花悦目。即使是风声雨声这种容易引人生烦的耳动，也在春天尽显温婉、曼妙、柔和、细腻，诉说的是满满的春情。

这些眼耳鼻舌身的选择，是懒散、贪婪、穷奢极欲的肉体强加给心灵的负累。热了盼凉，冷了盼暖，凉了暖了，似乎又充满对冷热极端刺激感受的期待。

人生近似一年，每个人只有一年。把人生分成四季，老年就是冬天。春的懵懂、夏的火热、秋的笃实，无论是错过了、荒过了、蹉跎了，还是赚着了，到冬天，这一切都不重要。走进冬天，要不要将春夏秋的收成或者散失做一番清理或升华，确乎十分重要，而于我，有冬天可进、可走、可过，这是最为重要的。

俗话说，冬天来了，春天还会远吗？四季更替，许多年轻人觉得够自己挥霍的资本多了去了。其实，不管处于哪个季节，只有你正经历的季节是最重要的。过去的未来的都是屁。人生没有第二春，像我这样的糊涂虫，我不需要第二春，更不奢望第二春，我的每个季节都如此美好。如果一定说春天是最好的季节，那么，我的每个季节都是春天。

走进冬天，也许会冷一点，刺骨一点，这何尝不是另一种享受？又何尝不是将人间风景的真相看得更清楚更透彻的美好季节？

不在夏天浮躁，就不至于在秋天冲动；不在春天迷失，就不至于在冬天迷惘。

我的冬天很美好。

冬天，你好！

太平岩上晒太阳

人之所能为应为者，唯以孤独之身，求与世间万物和乐相处。

坐植物园山顶木屋茶座上，处万顷碧绿中，耳畔有太平岩寺僧众的唱经声，旁边有茶座男女的闲谈、争吵、笑骂之声。目之所及，是山野绿肥红瘦，山下城市千楼万窗，此时此刻，适合想些自然与人生的问题。

天上云块飘移、聚合，阳光间或破云而下，岩石、绿林泛起湿润的灵光。这光从木屋之全景窗泻入，那点暖明朗地在寒凉清新的山风中凸显出来，抚在脸上、手上，似触手可掬，使人生闭窗阻风之意。而那风与阳光是杂糅合一的整体，正因候风之冷，才更显冬阳之暖。

山中那些鸟最懂天地造化吧，它们有一声没一声地呼朋引伴，似窃窃私语，也如闲言碎语，无甚主题，却给人以安宁、逸然的抚慰。显然，在这由人特别恩赐的一隅，它们久已远离骚扰、离乱，忘了生存纷扰，在这里安逸了。它们于森林中祥和地存在，演绎着浮生无常，幽深，悠远。

然众生难入这幽深境界。虽身处胜境，而心之所想，嘴之所吃、所言，身之所穿，手之所用，乃至身之所栖，全与这环境冲突、矛盾，充满纠结。人以与万物平等之身，行掠夺、杀戮万物之实。人类似乎不屑于与自然万物分享这祥和世界，兽皮衣、牛皮鞋、牛肉干、烤鸡腿、塑料用品……一应生存、生活用度，全来自血腥杀戮，疯狂掠夺，无度索取。而其中成败、贫富、贵贱之不均，便于无常之中钢锯一样锯裂人们的人格、品性，生出万千烦忧、纠结、纷争和离乱。清平世界，常生乱七八糟、混乱不堪之灾。

作为弱小个体，以渺小之躯、短暂一生，寸光之目，想寰球问题，当然愚不可及。以无法预知下一秒的世情境遇的智慧，去奢想预测未来，是何等荒唐愚昧。人之终身思考、追求者，莫过于理想前程、光荣梦想之类，其实亦属愚蠢之念。故人之所能为应为者，唯以孤独之身，求与世间万物和乐相处。力小之人，促一己与周遭和乐；力稍大，可促一家、一团队与周遭和乐。如具经天纬地之才，则可促一地、一国之与世界和乐。是为人生之至乐至善矣。吾息妄念久矣，迄今素食三载，饮淡水而着布衣，心渐平，体愈健，乐之淘之，遂悟得：所谓修身养性、修身齐家平天下者，唯与周遭和乐。故欲求无憾而终，不过善学、善为、善乐、善促和乐罢了。并无须参禅诵经、求神拜佛。故人之和乐，与范围大小无关，而只与一己之当下心境有关。修炼若此，可得长生。

故曰：

太平岩寺观音高，
庙大佛庄石头笑。
生而为人不自信，
徒拜佛偶过危桥。

（注：太平岩寺山门外有景点笑石。）

蓦然返童

不知何时起，我变得琐屑。

恋物。一方茶盘、几把铁壶、几个茶杯……这些茶器让我如此费心。听音乐，泡茶，茶色潋滟、茶香氤氲中，用吸足茶汤的茶巾一个个慢慢擦抹这些器物，竟然能够半天不挪窝，不吱声，就这样沉迷在茶的醇美和器物包浆泛起的冷光中。这跟小时候玩泥巴一玩大半天有区别吗？

迷山。一条蜿蜒的山路、一棵古怪的榕树、一朵娇美的野花、一棵翠嫩的弱草，或隐秘，或伟岸，或苍翠，或灵动，或娇柔细弱，我看它、照它、细品其色其香其味，时常忘了时间，与家人脱伴，惹妻女生烦，惯常所研习的"不住色声香味触法"之类佛境，对我竟无丝毫效用，倒让我极端沉溺其中，不能自拔。这跟小时候逃学到山凹中采野果、捡地渣皮、挖"丁丁萝卜"毫无二致。

乐行。尤喜雨中独走。不拘白天黑夜，在纷纷或滂沱的大雨中，在厦门平坦而洁净的自行车车道上，不打伞、不戴帽、不穿雨衣，甚至赤膊任凭风雨扑面、浇头、濯身，只管抬头挺胸，踏着雨水，在风雨中急速前行，时常赤足。尤其是人车稀少、街灯迷蒙的晚上，那风、那雨、那风雨洗濯下清新的树清香、花清香、草清香，都令我浑身畅快，受用不已。这跟小时候以摸鱼为理由在村边小河中一泡一整天也没什么区别。

听涛。独自一人，找一处海边山林，坐山崖之上，密林之中，居高面海。海涛从浩渺的外海滚滚而来，涛声多在浪头扑打在沙滩时发出，一浪一浪，博大、从容、豪迈、义无反顾。哗……哗……哗……海浪拍岸、溯岩、洗滩，涛声起处，那涛声带着重锤敲打大地的轰鸣，有着大海深处共鸣的颤音，还有海与风同律而动的太息……这样厚重、博大、深沉、曼妙的声音，我觉得，有生之年，真正地听一声少一声啊。这跟我小时候于每天黄昏在全村唯一有广播的队长家后门待着听广播有区别吗？

返童了？也许……

轻快奔跑

年纪渐大，容易失落。可为什么不能如水一般化入红尘消遁于无形呢？即使是一团汽，活跃于阳光、风尘之中也是自由、旷达的。看淡我、尊重理解他，把这颗豹子一样冲动、狐狸一样狡猾、饕餮一样贪婪的心按捺住，快乐堆满周遭。

对我而言，长得不帅，走得出去。——感谢父母。钱不多，够用。——感谢亲人朋友。地位不高，有人尊重。——感谢自己的聪明与时世造化。最关键的是：父母早已亡故，儿女渐渐长大，亲人们生活越来越好，自己也渐入平稳、优裕、适意的生活流，没什么遗憾亦没什么牵挂。无牵绊，一身轻。感觉整个人从内到外，透明敞亮，走在大街上，就算是冷风，打在脸上凉在心里却暖了周身。

由过去的猴急、浮躁、快节奏，到今天的从容不迫，温厚平和，这当中的距离说远，有天南地北之距，南辕北辙之纠结；说近，就在咫尺。而其中所包含的故事，写成书，必汗牛充栋不能毕其役。

故事如过眼云烟。阳光或荫翳下那些烙印、焦点、灰烬时常启发和提醒着懊悔或遗憾，似乎很少有值得心花怒放、自得其乐的素材。何哉？站在今天的起点，看过往的日子，不管今天是否得意，贪心无时无刻不在提醒着曾经的错漏和失误。诸如原本可以怎样怎样、因为种种客观原因结果没有怎样怎样这样公式化的浮云让所有渐入老境的人灰头土脸满心颓唐，生活的步伐多了岁月的重量，活着的过程变成了"等死"，连自尊都变得那么勉强。

我是那个永远对今天十分满意对明天充满期待的人。我把浮云看作风景。我以为这个本真世界具备丰富得令正常人天天快乐的资源。

悦晴厌雨、悦明厌晦、乐美贬丑、喜善仇恶、爱富嫌贫、追好弃劣……一切本由心出，这世界就是由无数左中右人物、事态、风景构成，何以总在纠结那些自己无法改变的一切呢？从内到外放下这一切的纠结真的有那么难吗？

世界真美好，人物本良善。我放得下，我放下了，所以我仍然在风和日丽或者喜雨霏霏的大地上像年轻时一样健康地奔跑……

谢 春

又是一个春天热热闹闹地展开。这是玛雅文明传说中世界末日年头的春天；是中国政府房地产调控制造出该市场冰河世纪的春天；是中国的改革进入十字路口，必将有人为前进或后退付出代价的年头的春天；是我对这个国家、这个社会感觉越来越好的一个春天。这个春天不同凡响。

在这样一个独一无二的春天，我忍不住要望着窗外的蓝天、白云、绿树、红花，对那些开心或不开心奔波在大街小巷的人说一声：春天你好！

这个春天的故事很丰富。

先是我所在的厦门遭遇了 50 年一遇的阴雨连绵天气，其间少有的几个晴天，我一个也没有错过：与家人泛舟中山公园、徒步环岛路、畅游鼓浪屿……

接着是我坚持不懈地喝水，吃坚果、红枣、水果带来了身体健康的确证：直上 7 楼喘气但腿不软；失眠远离了我，丢在床上立即进入梦乡；即使中午不睡，下午工作精力一样充沛；整个人站着走着坐着躺着都非常舒适……

儿子亲临厦门，并送我一部我有史以来最高级、最时尚、最漂亮、最好用的智能手机。

我的腾讯微博粉丝进入春天以来突破了 8 万……

虽然我经常在腾讯、新浪微博吐槽批评时政、发表一些被老婆认为很二、被五毛们认为很右、被微博运营者偶尔删除的言论，但我依然还能继续平安、自由吐槽，这是我赶上了好时候，赶上了不一样的春天的见证……

这个春天最令人兴奋的故事还是今年第一声春雷的震响似乎昭示着一个不错的年景……

坐在桌子旁，吃着坚果、红枣，喝着红酒，吹着窗外氤氲着五老峰百花馨香的柔风，那种活着的感觉很实在，我感觉我赚到的这一年、这个春天、这个难得的春日是那么春光明媚、醉人豪情。谢了，我的亲人；谢了，我的朋友；谢了，这个难得的春天。

活着（一）

我们的幸福很质感。

那些平常琐碎的日子在我们生活中阳光而环保。餐桌充满牛肉、鱼、青菜；平常多吃黄瓜、水果、各种坚果；水、肉、鱼、米、菜……都按照养生专家李教授的指点，经臭氧发生器消毒处理，拜环保生活所赐，我肚子消油、体重下降。

我们的业余很"田园"，很"风光"。周末不是厦门环岛路，就是同安文山、莲花山或者漳州东山岛漳浦赵家堡。赶得回来就赶，赶不回来就在外面过夜，明天敞着全部车窗从容回厦，让清风灌给我们充足的鲜氧。

女儿在作文中说，我家的生活很"天然"。

我家爱吃素。现在米吃得越来越少，菜吃得很多。每周差不多要到环岛路椰风寨附近一个农家菜园去买菜。菜农是一对夫妻，湖北老乡，黄石人。他告诉我们关于种菜打农药的全部真相。几乎所有菜都得打药，不然生虫后无法保证产量。要活人，只能让虫子死。让虫子死只能让人被动慢性服毒。他们能给我们的优惠是：卖给我们的菜，保证至少是一周以上没打过农药的。黄瓜、四季豆、油菜、苋菜、西生菜……都是成5斤一卖，直接到田里去采摘，干的，没泡过水，可以放四五天不变质，不像市场上的菜，看上去青翠欲滴，水稀稀买回来，放一天就烂。

老婆乐于研究色香味，搞几本菜谱在家研习，全是做居家蔬菜的招，讲究天然环保，营养健康，不用调味品要做到比用了调味品还好吃。一家三口，每餐不少于三菜一汤，荤素搭配，肯定有每个人爱吃的菜，比如老婆的鱼、我的黄瓜青菜、女儿的土豆，每个人饭只吃了小半碗，菜都被吃得精光，连汤也不剩。

活了大半辈子，一直闹不明白，幸福是什么？幸福就是菜园，幸福就是餐桌，幸福就是黄瓜青菜，幸福就是信车野山漫游……

活着（二）

　　在北京环球贸易中心国际影城看《唐山大地震》，银幕上 20 世纪 70 年代情景再现，让我怦然心动，忆起自己当年穿正三号蓝的确良、偷偷搽袋装紫罗兰雪花膏的青涩年华。那是自行车、塑胶帽子带、手电筒、收音机的时代；那是毛主席像章、红卫兵袖章、毛主席万岁、毛主席语录的年代……

　　手扶拖拉机开过我眼前时，我恍然坐在厦门金鹰电影院重温那迷蒙躁动的时光，意念中的影院外是厦门明发商城、中山路、环岛路和鼓浪屿；进而时空倒错，我又仿佛坐在云梦影剧院的座席上，欣赏着这一幕幕似曾相识的场景。影院外的环境已经幻化成建设路、曲阳路、府河杨柳夹岸的河堤……

　　我的家乡在云梦，客居厦门，漂流京城。我活着，心不寂寞，脚步不寂寞，鲜活的感知在此时此刻相互碰撞、杂糅，生发出许多庄严、神圣、悲凉的感伤。

　　因为命运的变化和流动，城市会产生某些阳光或隐秘的联系，构成一些酸甜苦辣、善恶美丑多姿多彩的故事，构成社会奇幻无比的风风雨雨。从云梦到厦门到北京，又从北京到厦门云梦，因为调皮的我，这三者在某些时空定格出许多幸福、快乐或者郁闷、伤感的镜头，亲人的聚散、生计的沉浮、世间的冷暖……

　　电影在顷刻间，重现 20 多万生灵的寂灭。20 多万人，在他们的生命即将被剥离肉体之前，没有一个人得到过启示，没有一个人能获知他身后包括他们亲人在内的所有人将面临的苦难，肉体的痛苦与精神的缺憾展示出生命一往无前的坚定和顽强，一切的一切，都是因为死亡；一切的一切又都是因为活着。像接力赛，死了，就交棒了，活着的人，继续跑，没有第二次接棒的机会，更没有终点。于是，死亡的真实掩盖了许多活着的人的故事，活着的人以他自己的善恶倾向、荣辱需求把阳世间的故事捏来捏去，胡乱搅和，正如这部《唐山大地震》。——对于活着的一辈辈人，真相将是扭曲的、被淹没的，甚至是不存在的。

　　只有当我走出影厅，我才知道，我正孤独地在京城的大街上赶路。

活着（三）

跟一位专家兄弟论及养生，他以偏矮的个子和偏胖的体型表示对养生没兴趣。活着就享受，为养生吃苦是傻。可不养生，我们的生活质量未见得是享受啊？他说，你知道我今天去干什么了吗？我去参加了一个同学的葬礼，他40多岁，身体很好，可前几天，出车祸死了。能活到哪儿，你我都不知道。

闲逛中山路，店还是那些店，街还是那些街，那些喧嚣没有丝毫改变，只是逛街的人不同。是的，许多人没有来，或不能来，永远不能来。我还能回来，是因为还活着。某天，当我故去，街对于我来说沉入虚无。

人的许多行事、生活方式是在残害自己，为片刻欢娱罔顾未来。在那些无法阻止或避免的天灾之外，许多人祸在不断破坏着这个世界的祥和，剥夺着人的生命。可悲者，不仅在于他们的死，还在于他们至死也不明白为什么死。

经常目睹一帮人围着桌子麻木地吃海参、燕窝、鱼翅、鲍鱼……酗酒……这些东西都被吃得干干净净，酒成为毫无味道的礼仪，人一天能消化掉那么多营养和美酒吗？有钱了势大了，欲望不断臃肿，健康在无意识中被摧残。

走、锻炼成为特别安排，正在成为"时尚"，是因为双手和双腿的功能被交通工具替代，那些名义上、表面上健康的人，其双手、双腿成了摆设，只剩下精于算计的大脑。这样的人，是健全的吗？

有的男人，爱不上任何人，任何好女人只够他片刻之欢，一时满足之后是失望和厌倦，为什么？因为他们失去了爱的能力而只剩下生理上的勃起或委顿。他们的日子不是无休止地纵欲，就是无法摆脱的失望。道德门槛被铲平之后，肉体不过是享乐工具，而精神则进入了幽暗无边的黑洞，健康遥不可及。

城市有许多安慰精神、放纵欲望而实际上是在摧残健康的东西：酒店、桑拿、酒吧、夜总会、车、手机、电脑……充满交易充满纸醉金迷的公关、私关，表面是金钱，实质是精神和肉体的消耗。这个社会就像一个血淋淋的磨坊，把精英阶层那些活得疲惫不堪的人磨得心灵和肉体支离破碎。

抚摩厦门

厦门就像一个风姿绰约的女人，不仅很值得观赏、体验，而且非常适合抚摩。

抚摩，可以知性、可以亲切、可以性感，也可以淫秽。

厦门就像一个风姿绰约的女人，不仅很值得观赏、体验，而且非常适合抚摩。

蓝蓝的大海就不说了，你用手去触摸舒缓的海浪感受活泼的飞沫时，你会很容易找到只手牵引整个大海波浪的感觉。海边沙滩的沙就更不用说了。厦门的海滩除了偶尔会从对岸漂来废木、泡沫块之外，有了专业清理人士的打理，显得格外干净，金黄的海沙在碧蓝的海和碧绿的树木映衬下，格外惹眼，有黄澄澄食物的诱惑。在沙滩上，在海涛的叹息中，无论是掏洞还是垒山，都是一种不可多得的享受。

在环岛路，还是抚摩那些长跑的雕塑吧，这样灵动的物件，看看是不解"渴"的，只有抚摩，才能感觉到它的质感和灵性；抚摩那火红色的桨板吧，排列、叠加在一起朝天斜立的桨板诉说的是海浪的故事与征途的经历；抚摩书法广场的石刻吧，那些穿透时空的石头与诉说历史的文字一经拥抱、融合，就变成了厚重、伟岸的丰碑；也可以抚摩胡里山炮台的铁炮，那里有民族的耻辱与自尊，有考量尊严和道义的天平，我们拒绝过、反抗过，我们最终成了这块美丽土地的主人……

厦门最值得抚摩的还是鼓浪屿。那枕着海浪飘摇于大海的岛屿小巧玲珑、充满知性的诱惑；那老别墅的门框、窗框、石鼓、石阶纹理清晰，充满质感与沧桑；那流淌着音乐旋律的环鼓人行道，那怒放的凤凰木、木棉花，那日光岩顶峰傲视厦门的岩石，那拒绝人们抚摩的钢琴展览厅以不同时代编年的钢琴……可以抚摩喟叹感悟的东西太多了，在厦门，在鼓浪屿，我们所到之处，都可以伸出我们感性的手去抚摩那充满性感的一切。

我 在

QQ 有朋友敲门，问：在吗？我答：在。一些亲人、朋友偶尔给我打电话，问我怎么样，我会明确回答：还活着。许多人反问：怎么这样说？我不做解释。

"在"表达的是一种生命存续的状态，其替代词就是：活着。在佛祖眼里，众生平等，都应该得到尊重。佛祖及其历代弟子努力宣扬佛法、自度度人，是因为这个世界上生命与生命从来就不平等：弱肉强食、适者生存、高等动物猎食低等动物、低等动物生来就是被欺凌、被吃的；高等动物生来就被宠爱、被娇纵、被尊重；高等动物之间也在不同领域和不同层面上演绎着欺诈与被欺诈、欺凌与被欺凌、吃与被吃的故事。

于是，"在"跟"在"被人为地变得不一样了，有了地位、生存状态、心灵感受等悬殊。戕害个性、屠杀生灵的事每天都在我们身边发生，许多人还乐此不疲。戕害者和被戕害者在各自的位置上"在"着，也各自疲惫地苦恼着自己的苦恼。

某天跟一帮朋友走进厦大附近一家佛具店，云顶岩某庙的悟贤和尚看到我的头比他还光，不由双手合十，连称：施主很有佛缘。也许他认为我光头及慈眉善目的形象很像、很适合做和尚。20 多年前，我就开始涉猎佛经研读《金刚经》，跟佛祖结缘。南京金陵刻经社每年会给我结缘佛经，都是宣纸印刷的，其中有一套一函八本竹纸雕版本《摩诃般若波罗蜜经》，我珍藏至今。跟许多人修炼佛法不一样的是：我修炼的目的在于让自己善良而快乐地"在"着，不追求成仙成佛，相信有佛的境界而不相信有佛的存在。多年来，我遇庙必拜，不为别的，只为感受众生平等的氛围，寻找心灵深处那份笃实的安宁。也许以后年纪大到力气只够支持自己走道而无力从事其他劳动的时候，我会考虑到寺庙混口饭吃。

我"在"，表明我承载意识的肉体尚还健全，意识也算清醒正常，这样"在"着的状态值得好好珍惜，说句悲观的话：过一天少一天，弥足珍贵。

卖　乖

50 多岁的年龄，40 岁的身体，30 岁的心态，20 岁的理想、10 来岁的性格……交 60 后、70 甚至 80 后的朋友，娶 70 后的太太，有 80 后的儿子、90 后的女儿……

朋友说，什么好事都让你赶上了，真是个"福"人。我就叫"福寿"嘛。在"富"与"福"两字之中，你选什么？我选"福"。如今"福"这点基本锁定，"寿"尚在听天由命之中。估计问题不大。对于一个好人来说，尤其是一个所求不多的好人，古今中外的神明都是赞同并护佑的。

这不是得了便宜卖乖吗？

没关系，懂得身处"福"中卖乖，是一种风度，更是一种修养。懂得卖乖，要有"乖"可卖。可谁没"乖"呢？多多少少都有的，都会有的。有的人，其"乖"够大，却不当"乖"，放浪形骸，任意挥霍；而有的人呢？其"乖"恶性膨胀，"飞龙在天"，不懂得适可而止，于是"亢龙有悔"，再无乐趣，直至郁郁而终。

在我看来，健康的身体、智慧的脑袋、足以支撑工作的技能、游刃有余的工作、宽松和谐的工作环境、积极进取的态度、健康和睦的家人、温饱有余的日子、堪称自在的业余生活……这些日常萦绕在身边的好东西，都是可卖之"乖"，可以不卖，但不可视而不见。人生在世，只要不过于自私孤僻，贪心不足，在世界上做个乐于承担责任不讨厌的人，随着年龄的增长，知识经验的积累，每个人都会积攒一大把富足之"乖"，亲朋好友都会唯其马首是瞻，乐见其活更乐见其成，如此，做什么事都游刃有余。这都是"乖"，更是"福"，应无比珍视。

能够清醒地认识到自己拥有的"乖"，并珍视之，不卖，偷着乐；卖，大家乐。

习惯性流浪

女性多次流产，会习惯性流产，此后，她也许很难再怀孕；

男人多次撒谎，会患上习惯性撒谎，从此，他嘴巴里很难吐出真话。

是否可以说，流浪惯了的人，会习惯性流浪，从此很难在一个地方待下去？

我想，我是患上习惯性流浪了，因为我又想重新找房租房。

平心而论，怎么会有一所房子百分百满意呢？这套房子位于城市繁华地带，有文化，大，位置好，动静分区，通风向阳，闹中取静……但逐渐发现了致命弱点：这栋楼由写字楼改成住宅，除了厕所的下水道属正常安装，厨房的下水道是用塑料管在地上临时铺设的，很细，极容易堵塞，得一点点用水、放水，才能适应它的排水习惯。以临时下水道配搭我们临时的生活？于是，经常要跟厨房打交道的老婆苦不堪言。还有，这间厨房的煤气管道影响排烟机的安装，连煤气公司的人都无可奈何。致电房东，房东表示爱莫能助。

于是得忍受排水难、无法排烟的厨房熬煎。作为租房族，我们最大的优势就是不必忍受不喜欢的房子，但我们真能那么容易搬走吗？

一般而言，在一个地方住到一年以上，除了把那个地方临时当家，很难从内心喜欢那个地方。要不然，旅游业为什么越来越兴旺？因为人们喜新厌旧，要看新风景，要住新地方，要呼吸新鲜空气。但我才在这地方住了三个月。

房子毕竟不是妻子，租房族换套房子很方便。在合适的时候，有了更好的房子，我一定要换了这套厨房没有正宗下水道难以安装排烟机的房子。我想说的是：在我们住房水平尚处初级阶段的时候，花不起大价钱买房，就必须站在现实的地面思考问题。即使有能力买房，关于交通、关于环境、关于邻居、关于房子质量、关于通风、采光、功能配置等种种问题，哪能十全十美呢？没有哪套房子可以完美到令我们从此永远不想搬家。

结论，患上习惯性流浪症的我们有一点可以聊以自慰：想住哪儿住哪儿，住烦了就搬家……

快意日子

6点起床，喝水，磨豆浆，吃黄瓜，锻炼，冲凉，凉风从窗外流泻进来，穿堂而过。7点，与妻子、女儿一起美美地吃早点，7点半，女儿上学……

每天都这样开始，很普通。这是每个人都能有的生活，但不是每个人都会感受到其中的惬意、幸福。那些反复重复、了无新意、过于熟悉、缺乏刺激的生活容易在人们的心灵和思想上磨出老茧，致使原本极富生命活力、融融亲情的灿烂生活，被忽视被漠视被厌倦成难耐的时光。

人有时就是贱。贫穷时，会惋惜那些曾经被自己浪费掉的钱财；坐在号子里，会怀念阳光灿烂自由自在的生活；饿肚子时，会留恋向往哪怕是刚从乡村田野的土坷垃里刨起的红薯；生病时，会渴望健康时的欢笑、生命勃发的欢娱和精力充沛的爽快；濒临死亡时，会回忆那些早已无法追悔的遗憾和错失……痛苦时，回味幸福，动辄"想当初……""那时候……"，而在幸福的时候却总以为一切是那么庸常、平淡，缺乏光彩。

不到黄河不死心，不见棺材不落泪，生命就在这无形却又坚硬、锋利的锯齿的切割下支离破碎。生活中许多看似平淡的东西，常常蕴含着哲理乃至生命真谛：孤寂瘫痪的小姑娘看着窗外那些一朵朵落下的叶子，珍惜着自己每一刻生命，她以为最后一片叶子落下的时候，她也该走了，但那最后一片叶子并没有落下，于是她重新燃起生的希望。——一位画家用他的画笔驱走了寒冬也赶走了死神。一个孤寡老人爱上了他家门前那条弯曲的小路和山头的泉水，他每天都要沿着这条路走到山头喝那一眼日渐枯竭的泉水并坐在山石上休憩，他以为当那眼泉枯竭时，他也就该走了。但泉眼穷而不枯，老人却日见健旺。——那是他与自然融为一体后的生命奇迹。

每个新的一天，悲观地看，我们都离死期近一天，而乐观地看，我们还拥有许多谁也夺不走的分分秒秒健康快乐时光，每个健康快乐的人都是最富有的人。

死亡权

许多问题，不一定非得等到死的时候去反思；许多毛病，也不必等到了死的时候才遗憾、痛惜；许多事，也不必等到了死的时候才去遗憾或追悔。

朋友许兄的父亲大人病危，六天水米未进，死对于他老人家来说，只是时间问题，他在等待死亡，他的所有亲人都在等待他死亡，并早已准备好了他的后事。

抽空特地前往晋江许兄老家去探望，84岁的老人很干瘦，躺在床上，双眼紧闭，面容安详，只有出气，没有进气，处于生命弥留状态。在生命的终点，他的家人放弃了让他生的努力。——他的肉体彻底罢工，昏迷不醒，没有知觉，无法进食，连输液都无法进行。他老伴拉着他的手，坐在他的床边，深情注视着他的面容，神情慈祥平静，已然没有半点悲伤，是那种牵手送行的动人场景。许家子孙都聚集在堂屋里，搓麻、打牌，一个个欢声笑语，等着给老人送终，全没有老人垂危将逝的悲伤，倒有节日的喜庆气氛。

我深知农村有将老人寿终正寝作为白喜事的风俗。但一个生命将要死亡成为亲人的喜悦，这个判断有点残酷。老许说，自然规律，没办法。他补充了一句，我们都会走到这一步。这话也很残酷，够真实。一个人倾其毕生经历，圆满完成使命，在儿孙满堂家业兴旺时，离开人世，进入历史……这有点旅行者到此一游的味道，来了，走了，带走了肉体，留下了回忆。

回厦门途中，同行兄弟即兴感言：我要是活到80多岁成为这个样子，就自裁算了，免得给亲人添麻烦。这话与我老家乡下的一位单身汉老兄的话如出一辙。那位老兄终生未娶，但从不缺女人。他的口头禅是：男人是个朽，全靠 × 和酒。俗套了，"×"是敏感词。我有幸亲耳听到过他的解释：活到满口无牙，两眼昏花，酒不能喝，× 不能肏，活着干吗？趁早自裁。

能坦然面对死亡，据说也源于生命本能。曾读过几本美国人写的研究人的死亡临界意识的书。大意是说，人死亡要经过以下几个阶段：先是耳朵充满痛苦的噪音，接着进入一个黑暗的隧道。——与出生时的状况近似，走到隧道尽头，于是豁然开朗，阳光明媚，充满喜悦，这时会看到自己已故的亲人来迎接自己，随之开始反思自己这一生的过错，如能重活，心灵复归大善，他会改变以前许多处世做人方式，最后忘记一切，如烟消逝。许多被访的死而复生的人重返人间后，成了大彻大悟的圣人，令人敬仰。据说许多死者的灵魂还能脱离肉体升腾到天花板上注视那些抢救自己的医生和趴在身上哭泣的亲人。

　　死，作为与生对等的一种权利，不像生那样活蹦乱跳，激情勃发，而是十分残酷，非常凝重，但一个人善终，仍然可以让人欣慰喜悦，这实在值得我们这些活着的人检视。许多问题，不一定非得等到死的时候去反思；许多毛病，也不必等到死的时候才遗憾、痛惜；许多事，也不必等到死的时候才去遗憾或追悔。我欣赏许家老人低调淡泊的一生，儿子身家数十亿，而他却一直安居晋江，过普通人的平常日子；我也欣赏我老家那位单身汉老兄坦然赴死的勇气，既不痛苦地苟活，也不给别人添麻烦，真正男人本色。

汕头去来

　　一群鸟雀因一个老人的死，获得一次再生机会，生和死的机缘就这样被无常地排列组合，令人扼腕。

　　约好今晨去汕头。——一个朋友的父亲走了，他是汕头人。

　　汕头在我心中，从小就是一个梦一样的地方。——那儿离我很远，靠海，有许多轮船和解放军。很小的时候，知道的第一个城市是北京，第二个城市就是汕头。为什么？因为我有位表哥在那儿当兵。他是我姑母第一次婚姻留下的孩子，姑母被抛弃，这个表哥成年后一直对他的生母很好。那时我刚上初中，当兵对我来说简直是一步登天的美事。表哥寄来的那种带蓝条的信封，在我眼里简直是来自另外一个世界的圣物，珍藏起来。学会写信也是那时的事。觉得虽然天各一方，却可以通过写信互相联系，真是温馨幸福。表哥给我家寄信很少，他离开家乡到部队后寄过一封信，头一年过年似乎也来过一封，后来就没有了。直到他转业被他当领导的父亲安排在我县邻近的安陆当干部，我们之间基本没什么来往。

　　他让我记住了千里之外的汕头。连他服役的地点、部队番号我至今还记得：广东省汕头市莲塘 0489 部队 79 分队。那时我最想去的地方，就有汕头。长大后我去过很多地方，包括广州、深圳、佛山……却一直无缘去汕头。时空阻隔、机缘未到，就算那地方在心中是个恒久新鲜的梦，也许终生无缘与它谋面。

　　这回，因为一个好朋友，因为他父亲仙逝，我与汕头的机缘到了。有点残忍：一个朋友父亲的死，居然促成了一个不相干者的汕头之行，了却他内心深处的一个心愿。有点伤感：儿时一个幼稚梦，居然到了知天命之年才可侥幸触摸。

　　因沈海高速通畅，我们仅用了两个多小时就到了汕头。现代科技说，时空可以折叠，通过虫洞，可以瞬间实现我们也许用一生的时间都无法实现的游历。高速公路应该是一个可以简单切割和折叠时空的东西。只是出门的时候，太阳才刚从东海升起来，到汕头，太阳当顶了。我们因时空阻隔，被残忍地一去不复返地掐掉几个小时，才到达目的地，这是谁的安排？同行的学究许先生说，这是六维空间决定的。现代科学，比如爱因斯坦，他的"广义相对论"为我们描述了四维空间，许学究加两维：我们无法感知的五维空间和六维空间。在第五六维空间中，人类的认识还非常肤浅甚至幼稚……尽管他讲得我有点晕，但我愿意相信，人类对自身世界的认识的确还不足以解释已经发现的许多现象。

老人昨天就上山了。他是佛门俗家弟子，他的亲人和佛友们正在寺庙里为他做法事超度。我们也加入其中。如果承认五六维空间的存在，我们就不能否认，他老人家的确到了西方极乐世界，并且能够感知我们对他的超度。最令我感动的，还是一群僧侣带着一群俗家弟子举行的放生仪式。——丧家从街上买回了大量即将被投入油锅的斑鸠麻雀之类，装满好几笼子，僧侣们在放生前齐声念阿弥陀经、波罗蜜多心经，然后打开笼子。那些飞鸟倾笼而出，四散纷飞，逃命之切，令人落泪。——它们因老人的死，获得了一次再生机会，生和死的机缘就这样被无常地排列组合，令人扼腕。

午斋间，聊到汕头风景名胜，知汕头有南澳岛、礐石风景区、观海长廊、海门莲花峰。还有我心目中的莲塘，今次是无法一一体验了，留点遗憾，下次再来。尽管也许今次之后就没有下次。我们生活在速度以秒来计算的四维空间中，谁知道呢？

50 门外

50 门内时，以为自己年轻，那笑也天真。

天明时，一声生日快乐，把我推出 50 的大门，成了一个年过半百的老人。

走出门，恍然惊醒，我已没有了回程。

昨日已死，宴席已散，功过无意，忧乐同味，未来纷至沓来撞得我踉踉跄跄。

儿时，我的时间论天算；成年了，我的时间论月算；而立后，我的时间论年算；一转身，我的时间要怎么算？论年？太长；论月？太短；论天？太快……

50 门外，糊涂了笑容，迎面而来的，依然是快乐。

每天都是赚的

有位同事最近很郁闷。丢三落四、时常忘事、屡屡出错，已经造成了不大不小的损失。对待这样的员工，也许很多老板要考虑，她看来出状况了，是否应该考虑辞职。人都希望年轻，年轻是资本，但年轻也是经验不足的代名词。结果她真提出辞职了，她说，很不好意思。知耻近乎勇。这样的员工，虽然她难免会继续出错，是一定会进步的。

就聊聊。聊得不错，最后要结束"聊天"了，她提出了一个题外的问题：为什么你每天都充满激情，每天对人对事物都那么热忱呢？而我一郁闷，就看什么都不顺眼。

哦。我说，我也有郁闷的时候，但我一般会看自己不顺眼，不会看别人或者其他客体不顺眼，毕竟郁闷是自己的事。主要原因在自己。另外，一个重要的原因是：我已经 50 开外了。所谓 50 而知天命，尽管我依然不知天命为何物，那些曾经幼稚过年轻过激情飞扬过的日子也依然如同昨天，但对于我生命存续的每一天，我都充满感激、充满珍惜。我以为，此后的每一天，都是赚到的。

她很惊奇：日子也有赚的？我说，是啊。这个社会、这个世界，每天都有生命在因为各种原因消亡、陨灭，每天都有人因为疾病、事故失去生命的支撑力甚至失去尊严，我们仍然能健康快乐地活着，难道不应该感激、珍惜吗？

年轻人难以真切而完整地体会到这种情怀。我表示理解。是啊，因为是赚到的，所以我要让每一天都变成阳光灿烂的日子，成为没有虚度的闪光点……

生的半径

以家乡为圆心，千里为半径，画圆。这个圆圈上，有北京、厦门、佛山⋯⋯

曾听过一位兄弟的高见：一个人的生存半径大小，决定了他的财富多少。他把我们赚钱比作牛吃草。如果半径小，可吃的草就少，半径大，就意味着可选择的草多，吃的草自然就好。人的生存半径扩大，意味着可赚的钱增多。

可我不是这样。半径很大，财富却并没有成正比例增长，还是那样，足够生存而已。好在我妻、我女儿、我，都是非常容易满足的人，只要账上还有足够的钱可以养活我们，足够适度地快活、潇洒，我们的脸上每天都充满幸福的微笑。女儿的口头禅是：明天会更好，她指的是不断在进步的成绩；老婆的口头禅是：明天？明天再说吧，今天最重要；我的口头禅是：每天都是赚的，得百倍珍惜。

我们都这么傻，让许多亲人担心，令许多朋友困惑，甚至让一些相干或者不相干的人瞧不起。他们都有道理，不管是什么道理，我们都不感兴趣。我们一家人在一起活在这个世界上，我们都清楚在一起的时光是非常有限的，我们更看重关于生存、关于生活、关于生命质量的道理。

生的半径的扩大，使我免不了要经常走南闯北，我是潇洒了，但老婆和我可爱的女儿要经常承受分离的伤感甚至痛苦。倾盆的思念时常瓢泼到我的头上，让我戚戚然自责：如果我有足够的本事，在厦门就能搞定我们生存的根本，就无须让她们时常承受离别之痛。

那天在火车站，她们娘俩送我南行，本来很高兴的，我告诉女儿，我很快就会回来的，但等她们被列车员请下车后，列车开动，女儿在站台上忽然扑到妈妈怀里哭了。看到这情景，我温暖，更感伤。忍受着火车把我们之间的距离越拉越大，我在遥远的异乡活生生地享受她们的思念，品咂亲情的温暖，我无怨。

我生的半径是离别的距离，我幸福。

心安如归

我是个俗人，经历了从湖北老家到沿海的厦门这次人生大迁徙之后，陆续飞往国内各个城市去走动。西安、佛山、北京、内蒙古霍林河等地都留下了我的足迹。在厦门十多年，我利用周末，大、小长假等空闲时间带着家人，先后走遍了福建所有风景名胜，尤其是厦门周边城市。某些被人极度推崇的地方，如武夷山、东山岛、德化石牛山、宁德白水洋等，我们还不止去了一次。佛山周边的小岛天堂，北京周边的密云山水……好地方多，并无"到此一游"的冲动。每个地方，每处风景，山河湖海，奇花异木，艳阳月色，阴晴圆缺，风雨雷电……各有妙处。

人生如梦，江山不老。喜新厌旧的人们占有欲太甚，乐于"临幸"新的风景，那种自以为是、自作聪明、贪得无厌，远不是热爱生活、热爱大自然可以粉饰的。对地球上所有的风景而言，浮泛如蝼蚁的人在里面是个什么东西呢？不过是一缕风，一个影，到或不到，走或停，看或不看，欢快或者郁闷，去或留，有什么相干呢？显赫者留下这样那样近似普通人扔下垃圾的说头，无非是逐步破坏它的原生态，使之在历史长河中逐步变得不伦不类乃至怪异变态……

心安处处是风景。如果活得够满足、够自信、够快乐，在什么地方有什么关系呢？我在云梦生存、生活了38年，其间很少有机会外出，那时，外面世界对我来说简直到处是天堂，心向往之到心浮气躁，大有白活一辈子的悲凉。及至跑出云梦，放足神州，却发现，云梦这个小地方其实挺好的。春节回家，重游过往曾多次孤独造访的旧景，幽静如大山店的山冈小流、清澈如滚子河的碧水、蜿蜒细弱却历古不息的寒溪、垂杨夹岸的府河……每处风景，越是少有人干涉，越是静美、怡人、养心，连风都是甜的。是因为我还活着，才有机会体会到自己过去曾忽略甚至厌弃过的纯然之美。

景由心生。人生在哪里、停在哪里都不重要，重要的是不要让自己的心随着身到处流浪。当我们能够以平和、恬淡、宽怀、快乐之心，顺其自然地去发现、去感受身边之美的时候，我们存活世界的每一刻，才会真正充满阳光、充满快乐。

快乐包袱

手机要充电，没同型号的连接线；总有些等这等那的时候，没喜欢读的书；需要转存文件，没容量足够的移动硬盘；身上被蚊子叮咬，奇痒难忍，没风油精……

"一沙一世界，一叶一菩提。"一个人是一个世界。人生很多时候，稀里糊涂忙碌着解决的，时常就是这些小问题。而要解决这些小问题，就需要一个随身的包包。——即问题"一揽子"解决方案，把所有不可或缺的物件一包而统。

深灰色帆布包跟我一样，没型没款，就两块菱形帆布留口缝底。里面补些包袋，分成若干格，配合拉链、提带、金属环、扣之类。在我妻子眼里，这包就是一垃圾袋，里面什么都有：硬盘、充电器、身份证、驾驶证、银行卡、公交卡、零钱、手机、袖珍笔记本、红黑笔、钥匙串、水罐、袖珍书、MP4、茶叶、太阳帽、眼镜，甚至还有纸巾、牙签和我喜欢吃的各种坚果……

背这样一个必不可少的包包，重量不大，却累赘。随之而来的问题，正是这个麻烦一统的"包袱"。走到哪儿，得人不离包包不离人，得随时记得带着；得偶尔清理包里的物件，及时更新换代、清除垃圾；到一定时候，包包似乎也得更换款式和质量。一辈子与这样一个包包如影随形，够古怪。如果某天包包不慎丢了，一切问题又回到原点，更大的问题随之产生……

跟世界一样，不管你是强大或弱小，自私或公益，问题在那儿，大家都知道；谁要去解决问题，就要准备背包袱；包袱背上了，也许过去的问题并没有解决，新的问题却随之产生，甚至新问题远远麻烦于老问题。

这才是"天下本无事，庸人自扰之"。放下包袱，怎么就那么难呢？我们何以变得越来越娇气？我们的问题何以变得越来越多越来越支离破碎？那些生活中细枝末节的许多问题真的是问题吗？

可见，佛教所言"放下"，说起来容易，做起来真难。即使超脱如高僧，他就没有背上装满新老问题的包袱吗？傻瓜如我，既然离不开"包袱"，就把它当快乐背下去吧。也许这才是一种真正的"放下"呢。

不变的是

几个朋友闹酒，提起世界末日，或笑，或默，或叹，或感。有个朋友说，得狠狠为自己花一笔钱，买一件正常情况下非常想买又肯定不会买的东西。在选择消费方式上，有的选择向"表哥"看齐，买块奢侈手表；有的考虑把所有钱取出来，带着一家人出去游山玩水，享受一把；有的甚至考虑把房子快速出手，拿着所有钱去整辆兰博基尼……反正末日要到了，不花白不花。

我拉直嘴线，无语。平常大家讨论无聊问题，我都这样。对于末日之谈，讨论真实性，毫无意义；讨论如何对待，无聊。但我无权反对别人为末日而恐慌。

人生就是这样：你永远不知道下一刻将要遭遇什么。既然不知道，那些关于未来的，无法确认的种种猜想有什么意义呢？正如泼出的水必然化作蒸汽，抛出的砖头必将零落成泥，人一出生就注定走向死亡，化作尘土，早晚只是时间问题，顺其自然就好，没什么好害怕和纠结的。

科学也好，迷信也罢，不管是否有世界末日，每个人必有末日。如果不去探求把此刻过好过充实，而迷惘地将自己堕入无常的未来迷幛，等于自己找死。所以，当有人问我的打算时，我说，我会如常生活，不做任何安排。这也适用于我老了以后。活着，努力承担那些属于我和也许不属于我却有能力承担的责任，做个善良快乐的人，但我决不考虑临死的事情，更不考虑死了以后。到世上走一遭，没必要那么累。

对我的回答，大家似乎有些失望，有些煞风景。但没办法。时代在变，世界在变，社会在变，人们在变，我也在变，而不变的是：那颗坦然的心，等到某天这颗心变了，不跳了，不变的，依然是我这个曾游走于人间的人。

说嘴

一

走在大街上，如果留心，最上眼的风景，不是鳞次栉比的高楼大厦，也不是人造景观的豪华阔气，而是人们千姿百态的嘴。

仔细观察，认真比较，人们的嘴巴千人千面、万无一同。从形状、肤质、肤色，到那时那地嘴巴主人因喜怒哀乐而表现出的不同形态，嘴巴的生动绝对不亚于人们一贯推崇的心灵窗口眼睛。

嘴巴中比较常见的嘴形是"一字嘴"，嘴线平直，嘴形平静。嘴唇薄者，一般难开金口，一旦开口，则滔滔不绝、妙语连珠。嘴线长的人，一般歌喉出众，唱功了得。适合吃开口饭。嘴线与鼻翼宽度相当者，上唇略薄而下唇丰润，属上色嘴，是情场极品，亲嘴最佳。

另一种常见嘴形像倒扣的船，抿起时嘴线呈弧形倒扣，古代相书上称其为"覆船嘴"。这种嘴上唇比下唇厚者容易给人沉重郁闷的印象，嘴主须笑口常开，可弥补不足。下唇比上唇厚者，虽难敌上色美嘴，每每笑起，定然性感迷人。这种嘴巴用来骂人，有汹汹逼人之势，少有对手。该嘴对于舌头宽大的异性情人，真是天造地设，相得益彰，而对于小舌的情侣，就游刃有余、应接不暇了。

与"覆船嘴"相对应者，属"月牙嘴"。嘴线弧形上翘，呈自然笑意，这种嘴，属于那些容貌清秀俊雅的朋友，他们中有少数人也许说不上漂亮，但绝对亲和动人。这种嘴上唇薄而下唇丰厚者，是情场抢手货色、十分难得。而上下唇厚薄相称者，可以"朵"称之，一个吻，为"一朵吻"。

嘴中比较性感但观感略差的嘴，是嘴唇厚而外翻的嘴，无论嘴线长短，均难有很好的笑容表现，古代相书上称其为"吹火嘴"，并认为这种嘴与覆船嘴中下厚上薄的嘴一样，容易出脏话或者搬弄是非，因此，有此嘴者要注意在适当的时候慎开尊口，以免给他人添烦恼给自己惹麻烦。

健康、红润而有光泽的嘴唇，不论嘴形，也不论年纪大小，都是美妙而艳丽的，反之，颜色晦暗乌青，则多半罹患疾病，须去看医生。

二

其实，古代相书以嘴断性的鬼话多半武断。不管什么嘴，吐出金镶玉帛还是污言秽语全在个人人格魅力的修养，与嘴巴形状无关。

守嘴如瓶慎开尊口不仅关乎人品，更关乎贞洁。但人们的嘴巴从功能到表现时常如同人本身一样复杂。轰动一时的"艳照门"事件让人们对明星嘴巴的功能有了新的了解。他们的嘴巴不光能在银屏上说出感人至深的台词，吐出慷慨激昂的演讲，唱出嗓音纯净靓丽、缠绵悱恻的歌曲，还可以作为性器使用，叫人怀疑他们的嘴巴吐出的如簧之声里带着些性感的臊气。人的精神之美与动物赤裸之淫荡完美统一，连在床上的表现都与普通人不同，叫人对星们更加刮目相看。

嘴巴实在是个麻烦的东西。因为性格各异，嘴巴跟了不同的人，要承受各种强人所难的苦役。

比如吃，正常吃些五谷蔬菜、喝些山泉井水是很轻松的，但许多人吃就要吃动物尸体，普通鸡鸭鱼肉还不爽，还要吃山野珍奇猛兽，如虎豹豺狼、蝼蚁蛇蝎之类。最出格的吃要数吃人流产出来的胚胎，虽然并未出生成人，但一经受孕成长，就具有了人的生命，在西方生命理念中就是人，享有人权，煮了炖了吃肉喝汤，实在令人发指。如果说吃猪肉、羊肉鸡鸭鱼鹅之类尚可勉强理解的话，人们吃牛马骡驴这些为人类服苦役的动物的肉就有些薄情寡义了。健康的时候没命地使唤，一旦年老力衰则剥皮剔骨，尽食其肉，有点类似一些不孝之子，使唤完老人待其年老无用后不管不顾，任其自生自灭，只恨死了不能吃肉。难怪有古人在研究人为什么会在老人去世后哭泣的原因时说：那是因为他们痛心于老人死了居然不能炖了吃肉。

比如口舌。嘴巴在不同人身上所表现出来的品行也大相径庭。虽然很多人的嘴巴在为人类做功德，诸如为善的教师牧师和尚律师中的精英们，但人间过于复杂，滥用嘴巴的人大有人在。巧舌如簧巧言令色，见人说人话、见鬼说鬼话者有之；颠倒黑白胡言乱语，对政敌、财敌、情敌恶语中伤者有之；骗字当头无中生有欺上瞒下者有之；成天出口成脏满嘴喷粪不说人话者亦有之……形形色色不一而足。嘴巴本来是用来沟通的器官，怎么可以用来助纣为虐？

比如性感。前文所言明星"艳照门"堪称性感中用嘴的典范。从动物本能来说，嘴巴也许本来就是一个性器官。你看猪狗牛马、虎豹狼虫之类，它们在交配前莫不以嘴巴为前戏。西方研究性本能的哲学家弗洛伊德对于人的性本能中的"口唇欲"就有相当详细、精辟的分析。他甚至还研究了与嘴巴相对的"肛门欲",认为人在性的方面都表现出了动物原始的兽性,所不同的,仅仅在于人大多会在不为人知的一隅才会原形毕露,媚态丑态百出。而将那些赤裸裸的行为拍下来泄向公众,就难免让那些自己也精于此道的卫道士们斥为贻笑大方有辱斯文了。

三

嘴巴是个好东西,它不仅使人类可以饱享大自然的种种恩赐,使人类得以进化发展,而且使人们之间的信息得以方便地流传。更值得肯定的是,嘴巴说不定在人类的繁衍优化上也功不可没。善待嘴巴,善用嘴巴,对人、对人类,至关重要,善莫大焉。

说管道

　　管道，是一种隐秘的存在，也是人类存在的一种方式。焉知宇宙不是由若干勾连串通的管道构成？焉知人际关系不是各样的管道结构？管道不完全是通道，它与通道的本质区别在于其绝对封闭、先天隐秘。

　　万事万物，由生到死，由此及彼，由那时到此时，都必须借助一种不一定可以看得见摸得着但一定客观存在的管道。植物必须埋入黑暗的地里，让它借助一种管道孕育、发芽，又以管道的形式破土而出，或开花结果，或耸入云天，它们在地上与地下、根与枝叶之间，在时空的运行管道里，成长，直到死亡，其实也一直遵循着管道生存模式。人与一切动物的产生莫不如此，那是经由隐秘通道进入，伴随痛苦与欢娱，又在一个隐秘的所在孕育，然后通过一个隐秘的通道产生。这个进入、孕育、出生的过程，与其寄生体从一开始就是分离的。虽然它的生命历程可以因为其寄生体千奇百怪的变故而充满变数，随时有可能中断成长过程而结束，但只要这个生命还可以继续它在管道中的脚步，它就遵循一切生命固有的管道生存模式，直到从一个管道走出而进入另外一个管道——人际关系、社会形态的管道，从此面临各种管道的诱惑，犹豫着，或者选择着要不要进入某个管道或闯进某个管道而开始另一种管道生活。

　　知识，这个光怪陆离的管道十分幽暗，缺少亮光，像战后的战场，也像从古到今缺乏清理的垃圾场，充满精华和糟粕。那些在时间长河中不断沉淀、积累、堆积的充满谬误、自以为是、冠冕堂皇甚至难以自圆其说的种种被冠之以发现、发明的东西，其实是在引导人们进入各种黑暗、诡异、未知的管道，从自然科学到社会科学，那些莫不是研究人或者物体通过某种管道达到一个莫名其妙的目标的这理论那学说全是与这个世界、这个宇宙背道而驰，全是在搞乱原本宁静的本原世界，全是为了一己之私的存在的胡闹。就是没有一种学说是维护本原世界的和谐引导人与万物在世界的不同管道里共生共存的。人类的管道类似于一个个锋利的刀剑或者针尖，将宇宙、将本原和谐的万象世界扎得千疮百孔，甚至体无完肤、危机四伏。一个个和谐的管道破裂，昭示着人类万物生存环境的恶化。地震、瘟疫、洪水、风暴等自然灾害几乎全是管道破裂的爆炸、溃口、喷涌、喷射……

政治，这个管道的黑暗就不用多说了。不进入管道，就不成其为政治；不进入管道，就不能算是政治管道中人；不善于连接或者打通管道，就不能在政治的管道里生存；不善于开辟新的管道就不能最终掌控其所觊觎、渴望、贪求的更多的管道。政治的管道是贪腐的管道，是尔虞我诈的管道，甚至是充满欺诈充满战争生灵涂炭的血腥管道。国家、团体和个人在这种管道的互相倾轧、撕裂、强权连接中不断分化、组合，合纵连横，风云变幻。民主类似自然界的阳光，但管道拒绝阳光，否则，政治管道里众生相过于暴露，习惯幽暗的人失却随心所欲操作和掌控管道的优势和随意攫取的好处，甚至会使他们对政治失去兴趣。于是，团体、国家、世界，大大小小的管道断断续续、藕断丝连、杂糅纠结，成为一堆永远说不清、理不明的充满变数和危机的管道垃圾堆。

爱情，其管道的形态更为典型。是管道与管道的碰撞、连接、错综、交换或者重合而合一。虽然其在某种形态上有着生命的本质属性，但其政治属性时常使爱情的管道走向怪异、容易因受伤而破裂甚至从此阻塞而死亡。爱情的管道从一个管道渴望进入或者纳入另一个管道发端，伴随着欢娱或者痛苦，一个管道进入另一个管道并与之纠缠、磨合、挣扎、争斗，直到并行或者扭结前行，或者扭结中加入新的管道甚至干脆与周边另一个管道扭结，因此，在爱情的世界里，是若干堆形如垃圾的乱麻堆积成一大堆的乱麻。黑暗中的爱情管道掩藏了太多的忠诚、叛逆、欺压、欺骗、变态等动物本能属性不断变异而来的种种稀奇古怪的表象。

商业，与政治是孪生兄弟，跟政治管道的纠结、扭结、勾连尤其密切。可以说，没有政治管道，就没有商业管道；没有商业管道，政治管道也似乎毫无生气。这两个隐秘的家伙互相依存互相砥砺互相利用互相倾轧。它们因自然属性的接近而亲密，因其嗜血属性而互相怀疑利用直到争斗。在商业管道生态中，不深谙在政治管道中的通行之道，就无法在商业管道中兴风作浪乃至叱咤风云。这堆东西也是一堆乱麻，把人间搞得异常痛苦而尴尬。

有不在管道中运行或者没有管道属性的事物吗？没有的。这种具有黑暗属性的东西伴随人的产生而不断成长、壮大，正在登峰造极。

管道学，一定是继人间的哲学兴盛后的另一门科学，或者干脆就是以研究思维管道和思想管道见长的哲学的一个分支。

等我有时间了，我得好好研究研究，建立完整的管道学体系，成为福寿管道学者，好让兄弟姐妹们少费时日少走黑路以在各种管道中能够抬头挺胸傲然前行。

说　商

分东西的数量结果，叫商；可以卖的东西，叫商品；可以赚钱的机会，叫商机；卖东西的地方，叫商场；以买卖货物为职业的人或者企业，叫商人客商厂商商家；比较机巧狡猾的商人，叫奸商；从事买卖商品的活动，叫从商经商商务；为卖出自己的东西而与别人钩心斗角尔虞我诈相互抵制、变着法子贬损别人抬高自己的争斗，叫商战；甚至衡量一个人的智力和情绪控制能力的标准也与商相关，叫智商情商。

商，真不是个东西。什么人，什么事，什么东西，一旦与"商"搭界，就充满纷争、欺骗、阴险、狡诈，风云变幻，险象环生。

首先，商人的话不可信，所以他们经常要把诚信挂在嘴边，以聊补自己的诚信不足。他们经常看似词不达意、语焉不详而实则在其话语或者合同文本中暗藏玄机，世俗谓之无商不奸，无奸不商。给你的口头承诺千万不要相信。他们不是被忘记了，就是被否认了。什么？我有这样说吗？不不不不，我不是这样说的，我没这样说，我是说……你肯定听错了，笑话，我怎么会那样说呢？哦，真的那样说吗？我肯定是喝多了，喝糊涂了，酒话，酒话啊。……你能怎么办？其次，不要认为与商人签了合同生意就做成了。不要说合同本身时常藏着你难以察觉的陷阱，就算是很明白地跟他签约了，执行中也通常充满变数，难以把握。你的东西出去了，事做了钱不到手不能说生意做成了。许多情况下写到合同里的话也一样等于放屁。三个字就打发了：没办法。你真要为一单生意打官司吗？算算吧，不要说你为了打官司要摆平层层关卡打通种种关节费尽无限心机浪费无法计算的工夫，可谓劳神费力，就从经济上来说，一般一个官司打下来，你争的就只剩下一口气了。对于普通人来说，也许争口气比经济更重要，但你得具备争这口气的经济实力。跟法院和律师打交道不比跟商人打交道容易。

过河拆桥是商人的习惯。需要你时，你是朋友、哥们、兄弟，叫得热乎死你。一旦他的目的达到，你不是被忘记就是被抛弃，谁叫我辈只有被利用一次两次的价值呢？普通人之所以普通就是因为利用价值小啊。何况世界这么大，有太多的人可以在其朋友、哥们儿、兄弟的迷幛下被忽悠，被算计，你要是太认真所谓的朋友、哥们儿、兄弟之类，你就注定有买不完的单、上不完的当。

　　商与金钱挂钩疯狂逐利，彻头彻尾地改变许多人的人格，难以捉摸、不是东西。跟商打交道就是费神、麻烦。套用那位爱好并善于教别人做好人的已故老头的一段话：一个人做个正直商人并不难，难的是一辈子做正直商人，一辈子诚心诚意，诚信经营，永不欺骗……那才是最难最难的啊！

说 吃

人类肉体存续需要营养，营养要靠吃来实现。吃作为满足本能需要的生理活动，与性有同样的地位。子曰："食色，性也。"毛泽东借用古人的话说"民以食为天"，不能让老百姓饿肚子。

吃被提高到"天"的位置，固然不错，但吃正逐渐异化、恶化，已到了罄竹难书的地步。人世间，因一个"吃"字，地球上的生物越来越少了，据说每小时灭绝200多种。环境越来越糟糕了，因为吃，人们越来越胖，百病缠身。可以说，人类再没有比吃更离谱的事了。

从老虎、豹子一类凶猛的野兽（俗称野味），到有毒的河豚、眼镜蛇，从天上飞的猫头鹰、大雁，到水里游的鲨鱼、鳄鱼，从人类一直痛恨的老鼠、蟑螂，到与人类关系一向良好甚至有近亲的狗、猴之类，人几乎没什么是不能吃不敢吃的。即使人肉，他们也在开始尝试。犯罪分子吃人肉不赘言了，据说，在某次大迁徙的艰难旅途中，就有人将饿死同伴的肉割下来吃的……

吃在人类进化过程中不仅越来越胆大，其吃法也越来越离谱。当面活刮生蛇、活杀鲜鱼活吃虾子是比较平常的吃法，反正是吃的东西，没有人会心疼它们的生命。但有些吃法，是越来越不像话了。在广东人餐桌上，有一味菜叫"猴头"，其吃法是将活生生的猴子绑缚在桌下，让猴头从桌子正中的圆孔中露出，剃光猴头的头毛，用锤子敲破猴子的脑袋，一干人用汤勺舀猴子脑袋里新鲜的脑汁吃……不知道舀猴脑吃时猴子的痛苦，在谈笑中舀吃猴脑，人的面目在这时是何等恶毒狰狞，笑得再美也遮掩不了他们的凶残。

另一道菜就更离谱了，用流产下来的娃娃做的，将已经初具人形的胎儿炖成汤，然后连同嫩肉一起吃掉，骨头都不留……

说　我

　　"我"是个什么东西？读了弗洛伊德的学说就可以像从梦中惊醒一样豁然开朗。在弗洛伊德的学说里，"我"充满矛盾，时常分裂。67 岁那年，他出版了《自我与本我》，这本书里，他对于"我"的分析令人瞠目。

　　他认为：本我（id）包含要求得到眼前满足的一切本能的驱动力，就像一口沸腾着本能和欲望的大锅。它按照快乐原则行事，急切地寻找发泄口，一味追求满足。本我中的一切，永远都是无意识的。这样看来，按本我的意愿，腐化堕落、嫖赌逍遥、杀人越货顺理成章，本我强势的人，不是在政治上有超人成就，可以凌驾于万人乃至数百万数千万人之上成为君临天下胡作非为皆有理的王者，就是占山为王的草寇或住在监狱的罪人。

　　他说，自我（ego）处于本我和超我之间，代表理性和机智，具有防卫和中介职能，它按现实原则行事，充当仲裁者，监督本我的动静，给予适当满足。自我的心理能量大部分消耗在对本我的控制和压制上。任何能成为意识的东西都在自我之中，但在自我中也许还有仍处于无意识状态的东西。于是，一切思想斗争常常是这两者的斗争。比如今天那些官员，他要贪污，要包二奶、要买官鬻爵、要徇私枉法、要行种种满足本能之事，他的本我与自我原是要激烈斗争一番的，但是高官厚禄、金钱美女的诱惑使那些修养较差的人本我超级强势，自我被无情打压，"有权不用过期作废"就是这些官员本我的宣言。普通人亦然。比如很多人都知道嫖娼宿鸭是人伦之耻，认为是快感是舒服的是本我，而认为是耻辱的则是自我，两者争来斗去，最后常常是欲望占了上风，"搞"了再说使许多人内心充满了负罪感。

　　超我（superego）代表良心、社会准则和自我理想，是人格的高层领导，它按至善原则行事，指导自我，限制本我，就像一位严厉正经的大家长。弗洛伊德认为，只有三个"我"和睦相处，保持平衡，人才会健康发展；而三者吵架的时候，人有时会怀疑"这一个我是不是我"？或内心有不同的声音在对话："做得，做不得？"或内心因为欲望和道德的冲突而痛苦不堪，或为自己某个突如其来的丑恶念头而惶恐？这种状况如果持续得久了，或冲突得比较严重，就会导致神经症的产生。

对于本我和自我的关系，弗洛伊德有这样一个比喻：本我是马，自我是马车夫。马是驱动力，马车夫给马指引方向。自我要驾驭本我，但马可能不听话，二者就会僵持不下，直到一方屈服。对此弗洛伊德有句名言："本我过去在哪里，自我即应在哪里。"自我又像一个受气包，处在"三个暴君"的夹缝里：外部世界、超我和本我，努力调节三者之间相互冲突的要求，所以自我是矛盾产物。

弗洛伊德有点像上帝派到人间来指点迷津的，他让人们对自己的精神领域从此有了极其明朗深刻的认识。从此以后，世界上再没有哪位精神病专家能够超越他对人的精神世界的认识。"我"是个什么东西呀？说起来，"本我"原是个混账东西，稍不留神就会做偷鸡摸狗、溜须拍马、男盗女娼的苟且之事；"自我"是个老实巴交的家伙，具有理性，充满原则；而"超我"属于理想化的角色，那些在世界上流行的宗教，多半以修炼超我为目标，企图用超我来统治自我与本我。

这样看来，本我超强之人，只有两条路可以走，而且，充满惹上杀身之祸的潜在危险：就算做了皇帝，也有被弑君篡位的危险，而作为普通人，不是被人杀就是被法度制裁；自我超强的人，老实巴交，"扬尘"掉下来怕砸破脑壳，可能一生无甚大错，也终生无所作为，碌碌而终；超我超强之人，大半成为圣人，要么像佛一样俯瞰众生，要么像老庄那样逍遥人生，是人间异物，少之又少，殊难成就。更多的，是那些在三驾马车的拉扯牵制中艰难前行的人，正如我辈，成不了大气候也决不至于有甚大碍，终其一生，平安是福。

不能不佩服弗洛伊德的英明伟大。在20世纪三个最伟大的犹太人中，人们习惯于把他排在最后。但我认为，唯有他对个人做了深入的研究，并且对人类产生了长久有益的影响，而排在他前面的另外两个伟大的犹太人爱因斯坦和马克思都给人类世界带来了巨大的麻烦。按照他们的学说登峰造极，人类早被毁灭了一千次一万次。所以，个人认为他们三个人只有弗洛伊德对人类善意的贡献最大，应排第一，其他两个人要么排在后面，要么入另册。

天窗说

"天窗说"理论由谁提出在此暂不透露。可以肯定的是：此公系京城高人，一般不随意给人授此秘技。如此，正如钱钟书先生所言，你们如果喜欢鸡蛋，不必了解这鸡蛋是哪只鸡生的。在此我只是转述或者整理。

"天窗说"基于人的思维方式和行为准则，认为每个人都有一个天窗，只是开与合的不同。与天窗对应的是天线，收集信息用的，每个人都有。天窗是大脑与嘴巴或者双手的结合，传递信息用的。天窗打开，各种信息，红黄蓝白、是非曲直，全部简单处理，并全部反馈；天窗关闭，管你风云变幻，他全部吃下，绝不反馈，即使偶有反馈，也只有只言片语，令人不知所云。

"天窗说"理论发现者把人分成三类：

一类是天窗完全关闭的人，他们的大脑电波敏锐地收集整理信息，却并不忙着表态或者表达，甚至表达出来根本不是他们的真实判断，而是根据他们的需要选择表达方式和内容，因而谨言慎行，十分深沉稳重。其实这种人也不是绝对关闭天窗，在他们独处时，比如他们一个人在卧室或者密室的时候，他们的天窗一般是打开的，他们会做出他们在现实中绝对不会做的事，也会说或者写他们绝对不会说的话。毫无疑问，这种人想的和说的，说的和做的，常常是风马牛不相及的两码事甚至是多码事，是做大事的人，适合从政当官、从商做生意、从宗教做和尚或者教士，那些波澜起伏诡谲多变的局面，只有这种人能够摆平。

二类是天窗完全打开的人。这种人说话办事不假思索，直来直去，想什么说什么，看到什么说什么。他们毫不设防，一往无前，只晓得卖力拉车不晓得抬头看路。这种人多半自诩透明人，不拘小节，是那种大错不犯小错不断的主。他们终其一生，总是在不知不觉中得罪了许多人，容易成为众矢之的，时常生活在怀才不遇之中，不具备成大器的素质，因此，虽然看上去洒脱自如，其实非常孤独，少有真朋友。这种人分布在各个行业，常常是不受人待见。

三类是天窗时开时闭的人。这种人的天窗开闭自如。什么时候开什么时候闭他们根据场合对象现状调整到恰到好处，是属于绝顶聪明的人。比如当着领导，他们的天窗要关一半开一半，适当装傻；当着下级他关闭天窗认真收集信息，并进行紧张的处理，然后不轻易表态，寻找合适的场合表明自己的立场观点；面对同事他们偶尔会打开天窗说"亮"话，给朋友足够的真诚和亲和，借以表演豁达、潇洒。这种人一般具有艺术气质，属于政治界认为有缺陷的人，如果进入艺术圈，当纵横捭阖，一往无前，如果不幸成为政治傀儡或者商人，就比较麻烦。

忍常人难忍之气，可成常人难成之事。天窗说发现者说，大千世界，归结为一个字：忍。你得接受你不愿意看到不愿意听到不愿意遭受不愿意接受的所有事情。你成全了别人的自尊或者霸气才能成就你自己的尊严和霸气。呵呵，这么累，这哪是做人，简直是在忍气吞声要饭。

说空白

人这辈子都在拼命填补空白。

所有快乐与烦恼都由空白造成：有空白在那儿，填不上，痛苦；只填了一部分，痛苦；填上了，发现新的空白，痛苦；抛弃空白或争抢空白，痛苦。什么参禅拜佛、信教修炼，在空白面前，这些东西都是浮云。

因为空白，人们浪费了许多时间。从甲地到乙地，或车或航，近走远飞，不仅这段路程是空白，需要你的行程去填满，从出发地到目的地这段时间也是空白。你像傻子一样等待你的双腿或车或飞机把你的肉体运送过去，才能开始你认为的正事。有时这事其实是废事甚至是混账事。旅途中，这段空白时间极少有人做正事。比较洒脱的人睡觉；无聊的人看可看可不看的垃圾读物；散淡的人听从旅程安排，观望身边的自然或人物风景打发时间，其实就像白痴；比较懂得享受的人边吃东西边看电影或者听音乐，不管在哪儿过、怎么过都是过；郁闷的人则在这个空白中整些新的动静甚至麻烦，把自己搞得郁闷透顶狼狈不堪。——整个人生的时间不都是这样的吗？从任何起点到任何终点，当中都是空白，你的任何作为，都决定着你离终点的远近，或者终其一生根本就到达不了终点。

小结一下：人一辈子能不能到达自己理想的目的地，达成自己想要的目的，关键就看你对空白的态度，你如何去填补那些空白。填补的时间、力度、效果，决定了这个空白是仍然一片空白还是一团乌黑或变成乱七八糟一团乱麻的更大更麻烦的空白。

把空白的外延再延展一下：

空白是空闲：你如何打发空余时间决定了你这辈子能不能做成一件正事。有的人空余时间睡觉，结果长了一身肉生了一身病；有的人是美容健身巴不得自己更加优质地多活些年头，多赚点不值钱的自信；有的则用空余时间去经营赚钱，争取自己和一家人过得充裕一点；有的干脆出去扯淡，做不了正事还时常惹出一些增加空白的麻烦；有的则是去打麻将、玩游戏、上无聊网、聊无聊天、办无聊事……千奇百怪。很少有人利用空白时间做正事，比如围绕自己曾经的追求去读书、学习、钻研、钻营。——为什么成功的人凤毛麟角？都是空白闹的。

空白是缺陷：如何填补自身从肉体到灵魂的缺陷，决定着你的生存、生活、发展的质量和分量。先天性的缺陷也许是无法逆转的，但先天性的缺陷还不是最厉害、最可怕的缺陷。连霍金都能成旷世少有的"宇宙之王"。许多普通人有着顶尖完美的肉体，却不过是一堆行尸走肉。最可怕的缺陷大都后天造成，无论是知识缺陷、性格缺陷、心理缺陷、生理缺陷等，都与个体的人格修养、生活态度、思维方式、行事方式息息相关。明白了自身存在的缺陷，如何去努力改变而填补这些空白，则关乎人生价值、忧乐和作为。

空白有优劣。也就是说，有好的空白，也有不够好的空白，中庸的观点认为还存在不好不坏的空白，有些空白终生不用去填补。也即填补什么样的空白，决定了人这辈子成为一个什么玩意儿。有的人穷其一生努力去填补人类科学的空白，成与不成，是人类高尚的追求；有的人投机钻营，倾毕生经历去填补权势、地位、虚荣的空白，他们也许有机会认为自己非常成功，但他所留下的空白也许会令其死有余辜；还有的人殚精竭虑去填补财富空白，他欲望的战车从启动之日起，就无法停歇，成与不成，最终归结于老年时无法幸免的遗憾……

空白，是这样神奇。古人解决不了空白，就想象出如来佛、孙悟空等佛法无边无所不能的人物，一个筋斗云嗖的一下十万八千里；手掌翻转间山河移位，人神变形，这些故事的产生，都来自作者对空白的思考。那些出类拔萃的科学家、文学艺术家之所以成功，也莫不是基于对世界现存空白的思考与利用。

人类自产生以来就在努力填补好坏优劣各样空白，能否填补那些有价值的空白，就看你如何对待如何去运筹那些你能够发现的美好空白。

南方北方

立冬是前几天的事，但冬天昨天凌晨才敲门。那点寒，在空气中暗涌，在风里氤氲，在灌得罅隙尖哮中声张。早晨醒来，我让先我起床的妻把门窗关牢。

走出楼道大门，劲风扑面推来，无比清新。比起记忆里家乡的冬来，这点寒略及皮毛，不值一提。喜欢温暖的人，只须稍微遮挡一下，稍事运动，暖就回来了。如果刻意坚持，其实是用不着加衣服的。对于喜欢运动的我，尤其如此。跨过马路，到对面绿树葱茏的中山公园跑几圈，热汗微蒸，遂大踏步深呼吸，彼时，传递冬天信息的风就舒适得仿佛讨好人类的谄媚，唰唰唰抚得每寸肌肤都有狂欢的冲动。看看公园晨练的人，我很容易感受到大家其实都在享受这种舒适。

仔细思忖南方冬的性格，不能不反思北方和故乡气候的冲动、尖刻、冷漠，也不能不佩服南方天时的宽厚随和。人的表现似乎全随了他所处之地的季节。相比起来，也许北方及中部人初交时更容易接触更容易成朋友，而可否长久则与季节一样充满变数。爱、好感、友好与疏远、怨愤或者嫉恨常常说变就变。在热到需要祖露时，他确实可以脱得精光赤诚相见、豪言壮语、两肋插刀、敢上房敢杀人；而堕入冷漠时，他就算包裹上十层八层棉袄也未必可以御寒。其豪爽需要热度维持，其冷漠却时常是满屋火盆也无法烘热。类似东北大汉梁山兄弟，因了计谋的参与，他们爱时可以作势割自己的肉，恨时却可以杀人不眨眼……

南方不同。南方人仿佛是孔孟之道中"中庸"之道的践行者。热度适中，寒凉适度。不卑不亢，不惊不躁。也许你不能很快跟他们成好朋友，但他们大多数永远不会成为你的敌人。你不必有太多礼节，也绝对不要过于简单从事。你"投桃"不可能像对北方人一样马上获得"报李"，然而长久的温暖如春必然会催开万紫千红五彩缤纷的鲜花。

直到可怕，爽快到难以接近，冷到冰天雪地，这就是北方，北方人；不简单肯定，也决不贸然否定，这就是南方，南方人。

带个好包

不带包的，一般是领导。小人物不带包，十有八九会误事。这不，考虑到今天事情消停些，想洒脱点，抓个手机塞进手包就上班了。结果糗大了。首先是手机忘了充电，没充电器连接线，接着是一项临时工作需要用到既往资料，可移动硬盘没带。钱包没带没有现金没有卡；车钥匙没带司机不在只好干等……

每天提着沉甸甸的公事包，也没见这么多事，提着还挺累，放下包包，却发现，原来包包里杂七杂八的东西可派大用场。难怪信息市场上，动不动就是这包那包恨不得将满世界稀奇古怪的功能一网打尽，以一包解决信息通道上的所有问题。

于是，在官场、职场、市场混的人，都必须打个包备用。

在工作、生活领域，将物质资源需求打包随身携带，确实有利于提高工作生活效率和质量。在精神领域打包也是自古来仁人志士、儒道饱学的终极追求。古人所谓"慎独"之说，就是个很像样的精神包裹："君子慎其独也""慎其闲居之所为"，是说，君子，在别人看不见、听不见的时候，也不能想做什么就做什么，尤其不能做坏事，要自律而不能靠他律。看，"慎独"之包够大，道德、伦理、修养乃至毕生所受教化，全包。且要随身"携带"，不能以为独处无人看见听见就可以有须臾的放松，更不能抛弃……到宋朝的大学问家朱熹，他把这个关乎人格修养的包包打得更为结实，他说。慎独，"慎"是"以君子之心常存敬畏"，"独"是"人所不知而己所独知之地也"。这个"包"里面，不仅有"行"的约束，更有"心"的规范，意识的时时觉醒，包括了十分广大的内心世界……

包，从物质到精神，都不可或缺。当今中国，一个自古以来具有无数美好包包的民族，权力、金钱、美女等一些牵动原始欲望的诱惑导致思想、行为失范，包包漏洞百出甚至破乱不堪，不带"包"的人太多了，带好包包这样基本的要求变得越来越奢侈，甚至很不正常。

带好包包，一定能够走得更远，亦必可拥有更加久远、快乐的人生。

宽慈自在

"宽慈"，宽容、慈悲。"自在"，存在、活着。宽慈自在，宽容慈悲地活着。

万事万物，具宽慈，则自在。无宽慈，则陨灭。具宽慈，可久在。

物过于强势、跋扈、犀利，一般难容于世。强大如恐龙，跋扈如虎豹。人，生而在世，倘若健康、平安，乃至舒心快乐地"在"着，大抵应该是被宽慈地对待着，应该无比知足、感恩、奋进。倘流年失利，诸事不顺，则应该反省自己是否足够宽慈，宽慈的底线是否有所下降，当消除些促狭、邪恶的妄念。

人世不够宽慈。各种团体、个体，因固执而贪婪，以丛林法则弱肉强食、损人利己，这世界每天都发生着没有底线、乖张凶残、恃强凌弱的不平之事，成王败寇的故事似乎总是在暗示人们，过于宽慈，必然吃亏，没有底线，平步青云。

人很容易犯的错误是：以渺小的一己之见，自以为是、自作聪明地妄断世情，以为丛林法则不过是这个世界运行的通行法则，永无更改。殊不知，丛林法则不过是这个世界运行的虚假表象，实则另有因果、万物归宗。

富可敌国，却死无葬身之地；贵为皇帝，却难保善终。那些人神共愤的团体和人物，无论他们曾经多么跋扈、嚣张，最终都难免自食恶果，并贻害其后世。历史与现实的无数事实证明：心存宽慈，不种恶因，虚怀处世，神鬼敬之。

宇宙运行有常。渺小的个体虽无法左右世间的善恶因果，但一定能在有生之年证得安详、自在，乃至平安、幸福。人之初，性本善。世若洪流，水本清澈，涵养大善，而暗昧、邪恶、污秽翻腾其中，呈现的是污浊的表象，其能汹涌畅流，说明其主流仍然是清澈无尘的。偶然中必然，必然中偶然，都取决于个体宽慈的储蓄是否足够消弭促狭阴私的恶念。一泓清水，因为追名逐利者的疯狂搅扰，自然浑浊；而一道浊流，当泥沙裹挟所有清水时，流自淤滞。看到的不一定真实，而宽慈所对应的，必然是清流、碧潭一样，舒缓、静美的圆满。

酒言酒语

如果不愉快，就滚出门，徒步暴走，不想看什么玩意儿，就别看，一直走。

之所以不客气地用"滚"而不用走，是因为人一般都有些贱气，不把那个屁都不是的"我"放在一边，是无法真正认识自己的。狼狈地"滚"出去，是一种进步。我相信，用快走制造的累，足以排泄内心的烦。

我就是这么做的。我永远也不会因为烦恼而把自己关在狭窄的房间里，去做自寻烦恼、自作聪明、庸人自扰的所谓深思熟虑。我不会算计别人，也不算计自己。

认识我的人，没有人认为我聪明，我也从来不认为自己聪明。我认为在人间做一个聪明人是很累很傻的事。

没什么说的，走。走到浑身出汗的时候，就脱衣服，从外脱到内，直到内裤。如果不想拿着那些衣服，就扔掉，傻就傻得像样。这时你烦恼什么呢？一般不会是走不动，而是缺乏耐心，没有目标。

当你为目标而困惑时，可以问问自己，这辈子你的目标真的很清楚吗？你曾经的目标真的那么正确那么重要？继续走，有个想头会逐步清晰浮现出来，今天避开一切不安全因素的走，与你出生以来在人间的行走有什么两样呢？你一直不是躲避就是挣扎，甚至排挤别人，更不正常的时候，还会乞求别人给你让路推你前行助你上坡……目标不是别人给你设定的，就是你糊里糊涂选定的，并曾多次改变，失望多于希望。也许你从不曾像今天这样如此明白地思考过，这目标原来不过是一个不可靠的、空洞的、永远射不中的靶子。

这时，你可以关注你所到之处的风景。那些人物，雷鸣电闪、风霜雨雪，春种秋收、草青草黄、绿肥红瘦、四季流芳。这才是真正在须臾之间属于你的东西。

重要的是什么？是你当下活着的状态。不要告诉我你经天纬地、叱咤风云，这些都是屁，只有当你还能够如此健步到累的时候，你，你周围的一切，包括足够真实和真诚，时间才都笃定属于你。

茶 思

茶，是非常私人的东西；茶境，是非常私人的环境、意境；茶道，是非常私人的奥秘、奥妙。

随着年龄增长，我越来越在意属于私人的茶、茶境、茶道。并不在意是否有人理解、有人知道。回归私人回归内心的茶、茶境、茶道，才是茶内在的意蕴。

正因为茶高度的私人属性，所以，茶、茶境、茶道适合共享、分享。茶道之博大，主要体现在茶、茶境、茶道的认同、包容、扩散、分享、共享。

茶及茶器等相关商品可以售于市，茶境、茶道，却无法售于市。试图将茶境、茶道像美味佳肴一样售于市的企图，多半吃力不讨好。何哉？万千之茶，无论老茶新茶、绿茶红茶，亦无论贵贱，只要品质尚可，皆可成饮，这种商品属性与美味佳肴之原材无二。但是，茶人、茶境、茶道，却无法规之划之、整齐划一、万众同一、一概论之。草舍茅屋、石台木几乃至席地而坐；田头地脚、山坳崖头、面山观海、蛙唱虫鸣；青瓷紫砂、瓦壶铁釜，甚至竹筒木勺，万千茶境、茶器，须天、人、物之大道和谐，茶境方成，茶道可论，似规而划一的茶境，不管你多么高端豪华，总属于鱼行酒肆之类，可以售于市，但与真正的茶道、茶文化相去甚远，那只不过是需要的人、需要的时候可以方便借用的一个僵化的格式化空间，或可称为"嫖茶"。换句话说，茶、茶境、茶道只能由茶人自己去寻找、营造、体察、感悟，才有之，否则，不过是走马观花的市井之行，将钱买欢的腐靡之风……

总之，茶可以商品化，茶境、茶道是永远无法商品化的圣境。为了交易，你可以跟上餐馆、酒店乃至勾栏院一样，花钱进入茶馆或打着茶艺茶道名义的茶店、茶馆，但追求真正禅茶一味的生活，除了自身修为之外，一般应在私人场合，通过逐渐与茶人合而为一的茶器、茶境去追寻，可以是家里、办公室，也可以是竹篱、茅舍，甚至是野外的海边、山头、田埂、地脚，所有那些能够承载茶人自由旷达灵魂的所在，都适合独自或三五成群去享受、感悟茶、茶境、茶道的真味。与地位、身份、贵贱、档次、美丑、贫富没有一毛钱的关系。

　　在纯粹茶人的环境中，茶，洗茶、泡茶、闻茶、品茶、饮茶、吃茶……乃至让肉体与灵魂氤氲在茶所弥漫的氛围中，毫无人事之繁、利禄之躁、生存之忧，只有随茶器、茶香、茶气、茶味飘忽弥漫的清净剔透……

关于快乐

如今什么人最快乐？官商士人，工农兵学，他们快乐吗？

先定义一下快乐。快乐作为一种精神感受，指人类精神上的一种愉悦，是一种心灵上的满足，它会使人变得开心，第一个关键词是"满足"。一切福田，不离方寸，从心而觅，感无不通，方寸即是心，一切的快乐都在自己的心里，快乐源于人的内心。第二个关键词是"心"。快乐我们触摸不到，但它却能够表现在我们的脸上，那就是我们的笑脸。第三个关键词是"笑脸"。

话说，难以"满足"的人，争厚争薄，抢前抢后，比上比下，"心"烦意乱、"心"乱如麻、"心"怀鬼胎、"心"术不正，难以绽放"笑脸"，何谈快乐？

搞清楚了"快乐"的概念，试分析什么人最快乐。

官不快乐，这很好理解，争、抢、比是他们的常态，"心"烦意乱、"心"乱如麻、"心"怀鬼胎、"心"术不正这些东西很容易与他们沾边，他们快乐的难度系数太高了，当然不容易快乐；商的压力也越来越大，争、抢、比就是他们的职业，"满足"对于他们来说，超级艰难。"心"烦意乱、"心"乱如麻、"心"怀鬼胎、"心"术不正这些东西也容易进入他们的工作生活，其快乐的难度系数一点儿也不比官宦阶层低，某种意义上他们的风险系数反而比官宦更高，快乐自然难以企及。

那么士人呢？按照古今文献对士人的定义，士人，古时指读书人，亦是中国古代文人知识分子的统称。政治上尊王，学术上循道，周旋于道与王之间。他们是国家政治的参与者，又是中国传统文化的创造者、传承者。今天，应该是指社会精英群体，包括学术精英、技术精英、艺术精英等。他们容易快乐吗？很显然，功成名就的他们只要不"争、抢、比"，懂得满足，把"心"放正，其脸上比较容易绽放笑容，获得快乐感受的难度系数远比官商阶层低得多。

工农兵学属于普通劳动者阶层，比上述人士的快乐系数都低，原因在于他们一般容易得到"满足"，他们多自认"弱者"，"争、抢、比"的欲望也有，但相对低得多，大多数人的"心"容易认同现状，接受现实，比较平和安定，且工作生活之中反而很容易绽放笑容，快乐的难度系数不高。

　　所以，就快乐来说，人间的快乐结构也呈金字塔形，越往上，快乐的难度系数越高，越是基层，越是容易快乐。这也就很容易解释为什么皇帝、高官反而容易短命，而长寿者多存在于普通人之中的奥妙。

　　人间的事，一争，自然就笑了；一抢，时间就笑了；一比，天地就笑了。所以，要做个快乐的人，一要懂得"满足"，顺应自然，不"争、抢、比"；二要"心"正，尊重时间，正派善良温和利他；三要敬畏天地，经常自发地绽放出幸福的笑脸。

　　如此，要判断一个人是否快乐，上述三个指标基本够用，列位看官大可以自测。

　　我自测，我是快乐的。可以晒一下。有个自造的词，也可以称为我比较物质的工作生活境界，叫作"边走边享"。"满足"，我是真满足，经济文化，不争不抢不比，概无多求。诚实努力工作，有足够支持我们宽裕和谐生活的收入；偶尔创作，并不以发表谋取名利为目的；家庭和谐、妻子贤惠、儿女争气。某天与儿子走在静静的海边栈道上，忽然自得地感慨，上天赐予我的"好"，实在是太多太多。把"心"放正了，让嘴角时常自如地上翘起来并不难，有自觉的"边走边享"心态，天大的问题、难题，一笑而过，焉能不"快乐"？

　　什么人最快乐？我最快乐。不争、不抢、不比的人，有满足的"边走边享"自觉，也一定很容易最快乐。

忽然想唱歌

阳光把所有建筑物照成透明一样的亮，把每个人的脸都打出灿烂的微笑，这时候，吹着点柔和、通透的风，欢娱的情绪顷刻觉醒，蓝朗天空、嫩白浮云、明亮的路、路旁鲜绿，还有那些今天似乎心情格外晴朗放松的路人，都让我备觉亲切、可贵。此时，耳畔回荡起席琳·迪翁演唱的《我心永恒》，旋律流淌之中，让我竟然有了泪奔的意思。感动于眼前，困惑于过去，惶恐于未来，有留不住美好的惶惑，也有追问无常人生的傻帽和痴迷。

这样清晰的迷惘，让我忽然有歌唱的冲动，放纵这样的情绪，我相信，一个神情爽朗的神经病中年男人必横空出世。——这个不正常的男人，他的家人怎么不把他关好，让他出来吓唬人呢？

不肖如我，对人间除了留下一双儿女，似乎别无建树，却时常生出旷达、豪迈的感怀，时常要经由现实的明媚而"发思古之幽情，吟伤今之离恨"，这感觉正如醇美的酒，令我全身心热辣、迷醉。随后，就是如同高潮过后的失意、彷徨。——随着年龄的增长，越来越珍惜自己存活于世的可贵，每一点来自自然、人生的美好，都会明确入眼入怀；也越来越沉迷于明天未知的苦恼和困惑，在主动糊涂与明朗的失望乃至绝望中纠结。

只刹那沉郁，我会努力从生命沉沦、消弭的恐怖中挣脱出来。每个今天是如此可贵，不可重复，有哪个没有到来的明天是笃定属于自己？谁能说得清？为明天的未知而耽误今天的分分秒秒，这才是真正的傻瓜。

于是，我想唱歌，想放开歌喉仰天长号，咏叹。歌喉不好的我，意识中塞满了那些音域宽广、旋律豪迈奔放的歌曲，那些酣畅淋漓的曲调，深刻、切近地帮助我体验到活着的质感，抒发出空阔辽远的情怀。

如果你某日在厦门大街上看到有个中年男人旁若无人地大踏步边走边唱，那个人很可能就是我。

一生只读一种书

　　读书是件好事情。作为消遣，如果对各样稀奇古怪书籍饶有兴趣，像吃自助餐一样这吃一点儿，那尝一点儿，快乐就好。如果想通过读书成点事就要考虑了。书海无涯，生命有限，千万不能硬着头皮博览群书，而要只读一种书。

　　走进书店，各样图书琳琅满目，应有尽有，如果没有目标，就算你泡在里面十天半月，你一样无比茫然、满心空虚；现在网上书籍也很多，没有目标，你就在网上漂吧，就算每天头昏脑涨、筋疲力尽，你也不会有太多收获。

　　《四库全书》够经典，共 79337 卷 36227 册。史书上有这样一个小故事：宋太宗特别喜欢当时编纂的一部丛书《太平总类》，把它列入阅读书单，决定日览 3 卷，一年读完。这本书也因此更名《太平御览》。一天 3 卷，大约 3 万多字。可以肯定，按照宋太宗的读法，要用 26446 天也就是 72 年又 5 个半月，才能读完《四库全书》。有行家言：《四库全书》成书至今，还没有一个人能够读完这 8 亿字的鸿篇巨著。

　　禁止与号召人们读什么书是古今皆有的。焚书坑儒说来太寒心，还是说点比较文的。一般老师要学生博览群书，多半是他自己懂得不多，蒙人。博览群书四个字多深多玄？某些大家建议人们博览群书是骗人的，他自己也许终生就读了一种书，钻研了一种书，却欺骗别人去苦读一些也许终生都用不上的书。所以，一个人要成为某一方面的专才、大家，我建议一生就买一种书，只读一种书，这样才节省财力、节省时间、往深里读。千万不要听那些读书人、写书人的忽悠。中国几千年文明史，留下多少东西？有多少好东西？现在每年要产生多少书？读不完的。许多东西，从一出来就是垃圾，而且炒作之风泛滥，浮夸之风盛行，没有主见，就活该你浪费金钱浪费时间。

裸 灵

——写在《私奔日记》出版之际

灵魂过于幽深者不仅让别人看起来如悬崖天坑，幽暗诡谲，自己也会郁结、疲惫。故作高深者尤甚。

人间被光怪陆离的高深者害得很惨。今世，看得到一本真实的书吗？我没有看到。历史、文学、艺术……虚假粉饰或恶意抹黑者汗牛充栋。

见此，拙作《私奔日记》是史上第一本绝顶真实的书。我把衣穿好了，把灵魂袒露出来，以至于有人深感不适，高声抗议。

斗胆一问，我狂妄吗？再问某人，干你屁事？

人间多彩。就因为灵魂的原因，同样是肉，有的能露，有的不能露。人们穿衣为的是巧妙露出可观瞻之肉。遮掩与暴露的技巧，正是服装设计师、摄影家、作家、演员们的专业，也是世人做人、处世的技巧。

对待灵魂，在选择遮掩与暴露时，一般人的习惯与穿衣无异。对己对亲友、对盟友隐恶扬善，对人、对对手、对敌人巧张挞伐，并无所不用其极。所以，历史、文学艺术作品、各种演讲、讲话、沟通交流，大都是被过滤过的产物，浮泛虚假，大多"满纸荒唐言，一本混账话"。

鄙人有幸来世，穷而不困，忧而不烦，卑微而不悲戚，才疏学浅却不妄自菲薄，亦且自幼崇尚阳光性格，高洁人格，遂成不谙世故，不懂遮掩奥妙也不屑费神操此多余之心。我不想在活着的时候那么累。衣可整齐，但说话办事，待人接物，惯于直来直去。盖因我懒，疏于思考复杂问题，是非曲直就地解决，避免浪费时间；我尤爱惜自身，不愿为别人的聪明或愚蠢、善良或恶毒、显赫或卑微而劳累脑细胞。活着多难，何必枉费心机戕害自己？故迄今存世52年，写文无数，做事无数，交友无数，也交恶无数。我从来就不缺在我面前和背后真假溢美或操心奸损之人。——于我鸟用哉？

没有做广告的意思。书出了，自有人好恶，买，不买，都谢。

幸福在你手中

——答《私奔日记》读者

又有陌生人来信对我的事、我的书做唏嘘不已的感叹。他说："我每一次看您的空间我是泪流满面！控制不了自己的情绪甚至是号啕大哭！我内心里有过您的'过去'！有过您的经历！当时没有完成您的'过去'，我时至今日后悔，甚至是悔恨自己！"

我回答他："每一种选择都有两面的理由和结果，重要的是，我们不能总是停留在对过去所为事情的考量上，我们要低头看清脚下的路，抬头往前看。过去的很多事虽然值得总结，但大部分是垃圾。人生苦短，容不得我们过多地去纠结，荒废生命活力。"

是非都是垃圾

《私奔日记》出版后，不断有找到我手机号码的人从天南地北打来电话，或者在我的空间留言，给我的邮箱发信。福建、广东、湖南、山东、山西……有相同选择失败而感喟的；有悬崖勒马后今天后悔的；更有那些至今仍然纠结于"走"还是"不走"的人；也有干脆就是为了表现他的道德高尚而直接质疑、谩骂的。我都以平和心态对待他们。事过境迁，没有什么不可心平气和的。即使是那些刻意对我表现他活得非常高尚的人，我也表示尊重他的意见，理解他表演高尚，只希望他这辈子别做亏心事，活得一如既往地坦然。

时代发展到今天，当年十分离谱的事，今天似乎已经没什么稀奇了，大半是因为"不必了"。自己当年做下如此离经叛道之事，近 20 年心灵炼狱，不只是对伤害亲人、失去事业依托甚至生存根本的痛悔和惶恐，更多的，是良心沉入道德谷底的愧与恨。当年记下的日记，80% 以上是这种愧与恨。《私奔日记》出版后，我的诚恳自我解剖获得了大多数舆论的理解，甚至获得支持和劝慰，也偶有写文章、做节目水平又不怎么样的人在网上、报上、电视上做自以为是、断章取义，甚至恶意歪曲、恶毒污蔑的评论。比如湖南卫视李锐在他主持的专栏里说着我的书，找几个人丑化地表演着荒诞不经的事，自以为道德楷模胡说八道着王八蛋鬼话，我都认了，连打官司的欲望都没有。为什么？我以为这一切都是我应得的报应，这报应来得还不够猛烈。同时，我也无意去炒作什么，书出出来就是给大家拍砖的，别人怎么说，随他去吧。

对于依然纠结于生活的人，我不能漠视，他们是与我活在同一个世界的兄弟姐妹，他们很多面临我当年相同的处境。泉州有位陈姓老板，给我打了几次超过半小时的电话，他说，我们永远不要见面，就交个无话不谈的"电话友"。我理解。他正纠结着，过去曾经的爱在今天因时间久了，保鲜、保护不力，变味了，想追求一份属于自己的爱情，但又怕断送自己正在上升的事业，一边是事业和家庭，一边是自己深爱的女孩，不知该怎么办。我反复说，三思，三思。不是所有的情况都需要私奔；这个世界是可以商量的；这个时代可以选择的路有很多；不是所有人适合私奔，比如王功权；也不是所有的私奔都能善终，还比如王功权……人不能光为自己活着，我们活着的理由是，因为我活着可以给周围的人带来快乐和幸福。我们永远无法准确评估未来的事，必尊崇于自己的良心，千万不要铤而走险。

不管他是谁，事情出了，说我对，意义不大；说我错，也毫无用处，因为一切我都已承受。

幸福在你手中

这位小妹，网名"小叶子"，她也陷入了纠结之中。她来信（因为可以理解的原因，有删节）说：

看了媒体对您的报道，我心情久久不能平静。很多人很多事之所以打动你，是因为有共鸣。我不知道是什么初衷让你披露这段往事。毋庸置疑，我要去看这本书才能对您的事评价。所以今天我是想告诉您我的往事。之所以说往事而不说故事，是因为它真实存在，且已经是过去的事。这样的经历或许为社会大众所不齿，是道德唾弃的对象，但我只能说为了爱，我顾不了那么多。

如果上天能给我一个愿望实现，我只求我从来没有遇见过他。因为一旦遇到了就注定我会陷进去。我从不后悔我的主动表白和追求，因为时光倒流，我仍会在遇见他的时候做同样的事。我们相识于……（删去37字），不知道是否是一见钟情，至少也是在三次见面以内，我就喜欢上他，但是我们分隔遥远的两地，跨越几个省份。分别前，我在众目睽睽之下鼓起勇气向他扑上去来了个熊抱。我对

　　自己说：对他的感情就结束于这个拥抱吧。毕竟那时候我已接近婚期，有一个爱我，但我不怎么爱的未婚夫。但是感情来了挡也挡不住，我还是给他发了个邮件，开始淡淡的若有若无的联系。寒暄完了，邀请完了，没什么话题可以继续了，五一也到了，我还是忍不住直截了当地跟他表白了。刚开始他是拒绝的，但是对于他，大我"很多"（替换）的一个老男人，（删去51字）我想大概也很难抵抗这种来自年轻女孩狂热的追求。所以他投降了，开始关注我，之间的过程真是痛并快乐着。我发誓我起初的想法真的是没有想破坏两个人现有的生活，或者说我只求曾经拥有不求天长地久。但是人是会变的，随着我们感情的加深，我会开始幻想如果能够嫁给他是什么样的场景。我也能很明显地感到他感情的天平也慢慢向我倾斜，有时候会跟我说我们私奔吧之类的话，等到理智时分又恢复现状。

　　他太太看他看得很紧，（此处删去81字）周末时他还很认真地和我探讨有没有可能过来和我在一起。我当时被打动了，原本我对他的感情就像黑咖啡一样醇厚，他的话无疑像一根点燃的火柴将我的感情燃烧了。周一，我很认真地在电话问他，我们可能在一起吗？他沉默良久，最终还是劝我理性一点。那次双方闹得很僵，我哭了，并不是因为感觉自己被欺骗，而是有种永远看不到希望的绝望。我，接受过良好高等教育的80后女生，有车有房有稳定的工作有疼爱我的父母和未婚夫，但我深深爱上这个比我大很多的男人。我从不后悔对他的感情付出，我愿意为他放弃现有的一切随他浪迹天涯，但他拒绝了，他没有勇气放弃他现有的一切。你可想而知，当我知道你的事迹后，我简直震撼了，我没有想过在我的周围还真实存在我的翻版，所不同的是您有勇气放弃当时的一切，为爱私奔，而他没有。

　　我想告诉您的是，没有更好的解决办法，如果时光倒流，私奔无疑还是快刀斩乱麻解决问题的最快方式，或许不一定妥当，但是妥当的办法不一定能有一个好的结局。我真的很能理解您的做法，并对您的太太有着各种羡慕嫉妒恨，请幸福地生活下去吧，连带我实现不了的那份幸福一起幸福着。我原本再也不相信爱情了，但是看到你们，我又开始相信爱情的存在，只是我没有机会拥有了。

　　我无话可说，她的真诚袒露，让我唏嘘不已，并充满敬畏。

　　我给她回信："你的经历我完全能够理解并尊重。这个世界每个人都在按照自己固有的方式生活，打破平衡不仅需要勇气，更需要担待的责任和能力，我一点也不认为那些在激烈感情下理性退却的人有什么错。《廊桥遗梦》的故事曾震撼世界。我对那些因为责任和理智按压感情的人十分佩服并非常尊重。对于我来说，如果不是我特别坚强并有相当强的生存能力，我都有可能不在这个世界上了。

私奔不仅离谱，而且危险，它容易使深爱的两个人深深受伤并陷入绝境。正所谓人必先生活着，爱才有所附丽。这是很坚硬的事实。

"我们虽然不曾为这份感情而后悔过，但是整理日记过程中，想起当年的生活，我们真的有些后怕，都不知道我们是怎么走过来的。唏嘘之余，感谢上苍对我们的眷顾，感谢社会对我们的包容，感谢亲人对我们的原谅，感谢许多朋友在我们困难时给我们伸出援手。说到这儿，你该清楚了。私奔真的不是一个好的选择，尤其不是一个聪明的选择，如果是真爱，就一定有更好的，更有利于保护这份爱的方式去呵护这份爱。

"我希望你多多珍重，快乐地去看待自己的生活和工作，暂时无法解决的问题，不要想太多，幸福其实一直就在你手中。"

此后，她买我的书，读我的书，又先后几次来信发表感慨。

今天收到当当网上订的您的书，迫不及待地就打开拜读。看了三分之一的感受就是：经历各种磨难的爱情才是真正的爱情。很佩服您太太当年跟您一起吃的苦，在您吃苦的同时，她也陪着一起在吃苦，从某种程度上来说她受的苦更多，当年凭她的条件，如果不是爱不会选择您。要是我，一定会做出同样的选择，但我不确定我能坚持下去。我很能明白物质的重要性，特别是从小我养尊处优没有任何物质匮乏的窘迫，工作以后薪水优厚稳定，我也认为就算我从头开始，我也能生存下去，当然之所以我自信，凭借的是我的年轻、我所接受的教育背景。我喜欢的男人，他曾经对我说：如果他再年轻10岁，他也愿意抛下一切来找我。现在我很能理解，并设身处地地替他考虑，我不能自私地要求他为了我放弃他好不容易得来的地位、年薪。他也有他的责任，不可推卸的家庭的责任。虽然爱情很美好，但现实太无奈。我不感慨我和他相遇太晚，因为一切都是缘分，至少我曾经很美好很单纯很完整地付出我的感情，也就不遗憾，不是每一个爱情故事都是完满的结局，如果我和他的故事也能完满，那我只能说这是个奇迹。不管您信不信，反正我是信了。继续看下去，厦门因您而更美好（此处删去26字）。

今天的主题是不甘。是的，看完您的书，会让我心里多少不平衡。为什么您可以放弃一切为爱走天涯，为什么他不可以。难道是我不够好，不足以抗衡这些外在的物质的东西吗？还是他不够爱我，可是我明明也能感觉得到他压抑的痛苦。我们和你们情况不同，（此处删去32字）我敢保证我们不会陷入你们当年的境地，但是他还是不愿意放弃他现在所拥有的一切。对我来说，父母、工作、房子、车这些都不及他来得重要，我愿意为了他去放弃这些。可是我得不到相应的回应，真的很痛苦。一方面，是绝望，没有希望的绝望；另一方面，是舍不得放弃的痛苦。

能成功妥善地安置、处理一份珍贵的感情，我祝福她。

珍惜分分秒秒

不容易，不容易，不容易。这就是人生。

容易吗？我们的肉体需要生存，我们的灵魂需要安慰，我们有许多稀奇古怪的欲望和念头要处理。只要我们活着，这些东西，就像垃圾场一样，环保处理只是一个永远无法实现的美好愿望。不要给我讲什么道义，这些我比任何人都懂得多，甚至很可能懂得深刻得多；更不要给我讲什么主义，这些东西我在幼年到青年的时候就怀疑，在这个世界上，有什么东西会来得比我们的生命更可贵？如果有人坚持这样认为，这样号召，我请他率先践行，别欺世盗名，欺骗别人用生命为自己的私利甚至野心买单，这比我私奔恶毒一万倍。

阳光依然明媚，春风秋雨依然诗意。厦门的冬天正在姗姗走来，而气温还是这样和煦，让我感受到每一粒阳光都在我手上活蹦乱跳，每一缕柔风都细嫩滑爽。

亲人们，朋友们，天下所有的兄弟姐妹，分分秒秒弥足珍贵，不会再来，不可重复，无法增加，面对任何幸福、郁闷或痛苦，淡定，淡定，淡定……

品 咂

窗外就可以俯瞰整个中山公园的浓绿的树和碧蓝的湖。久晴之后，那些树会蒙上些尘垢，显出些微灰色，而湖也会瘦很多，可看到更多的坡岸。

公园每天早晚都演绎着火热。早晨是腰鼓，老太婆腰鼓队每天早晨七点开始在公园门口的广场上整齐开打。咚咚咚，七不咙咚呛……她们很享受。在那个大铙太太的指挥下，没一点杂音。腰鼓后，是卡拉OK，那些曾在各种舞台上展过身手的老大爷、老大妈们竞相展示歌喉，夸张的声情并茂时常有激起人鸡皮疙瘩的作用；中午会适当消停；晚上就更热闹了，广场舞的音乐和口令、卡拉OK一齐登场。最近老头老太太们又整出一支管弦乐队在周五下午专场演出，给他们的歌唱家配乐，比卡拉OK“正规”多了。偶尔，还有精神失常的男人女人在公园门口大声演讲、讲话，像领导做报告：“我讲三句话……”结果他三句话硬是讲不完，个把小时还在反复强调“几个关键点”，跟现实中的领导一模一样。

够热闹。起初，我觉得这就是生活。所谓火热的生活，是人气。时间久了，尤其是想安静点时，那丰富多彩的声音一直让我烦心。歌唱走调，我会在内心费力更正，觉得要“这样”唱才好；老太太们铙钹不歇，腰鼓不止，只好佩服她们充沛的精力；那个管弦乐队不够整齐的音乐也让我颇有微词。甚至是疯子的报告，我有时也能听出些道道，觉得这家伙过去也许当过一定级别的领导，虽啰里八嗦，却也口若悬河。

生活就这么起伏跌宕，磨炼人的神经和智慧。时间久了，我慢慢学会了适应。七点的腰鼓成了我的报时钟，腰鼓响起，我和女儿就该起床了，她要上学，我要锻炼；卡拉OK唱得好不好，可以充耳不闻，把心思放到自己关注的事情上也不是不可能；周五的管弦乐队大联唱开始，我们避其锐气，一家到海边去吹风……如此，生活进入常态，有些滋味了。再后来，就学会品咂了，这些乍一听有些粗糙、逆耳的声音，不就是人间的声音和活力吗？没有了这些噪声，整个世界也许就死寂了呢。

走近春天

孩子，你是我永远的春天。

在一个阳光灿烂的冬日，闽南的青草红花、老榕翠樟都把最鲜艳最嫩绿的一面朝着艳阳。这很容易让人误以为春天来了，其实春天离我还远。我似乎需要付出相当大的努力，才能逐步靠近以沐其表面的寒冷内在的温馨。我打点行装，背起行囊，从容出发，开始长途跋涉，跨过寒冷的冬天，去靠近你——春天。

这是一个让人容易顿生浪漫情愫的日子，我祈求并企图靠近春天。我也知道，今天像所有无所谓好或者不好的日子一样，稍纵即逝，但我很贪婪。我看得上所有那些在别人眼里这样那样的平常中蕴含诸多不平常的日子。不烦躁、不疲惫、不厌倦更不会嫌弃——我的日子，每天都是赚的。何况还是寒冷的冬日极其少见的如此类似春天、胜似春天的日子。

你是我的春天。太远，不是有些寒冷，就是有些燥热；太近，总是容易矫情、焦躁。那些柔和而带着阳光气味的风吹在脸上身上，还是需要借助质地良好透气上佳的衣冠才能消受得起，或者说，才能慢慢消受。我不需要也不祈求过于自信的春天有丝毫的改变，或许，改变了就不是春天了。

是的。你是我的春天。我正在走近你，靠近你，不是说我要靠你这样充满活力的季节来保证我的余生足够温暖、有力。我微笑着像个仆人一样给你献媚，也不是我不懂得自尊而自轻自贱。我在你面前完全透明，无须自信，更无须谋求任何首肯、认可或者嘉赏。我只需要沐浴你的勃发活力和温暖和煦，让我感到自己仍然像个纯粹的人那样活着。即使那里面带着让人凄冷的峻寒。

快乐一夏，淡定收秋，微笑过冬，每个季节，每个日子都有我为之欣喜之处，更不要说春天了。我靠近春天，不会放过任何一个阳光灿烂或者春雨潇潇的日子。

流浪的皮箱

    一只皮箱，陪伴一个微笑的旅人。皮箱里，一台电脑，几套衣服，三两本书，就是我的全部家当。仔细想来，无论是工作还是生活，我需要的，也就这几样东西。其他的，比如遮风挡雨的房子、房子里的睡床、床上的爱人……有些感情的积淀或者适当金钱的准备随时随地都能拥有，尤其是爱人，当情感水乳交融的时候，无论是否在自己当夜所依附的床上，心都是互相拥有的。不同的是，安居的梦与游走的梦也许一样温馨但无法同样安稳。只是我流浪惯了，是随遇而安的"惯犯"，即使一天换一个房间换一张床我也一样能与温馨的好梦结缘。

    全部家当浓缩成一只皮箱，算不算很贫穷？有利欲熏心的人对我说，那得看你皮箱里装的是什么东西。从物质财富的角度来说，一只皮箱装一箱子金钱甚至钻石与装我现在这些东西当然是不可同日而语的。可在我看来，那要看我提着的皮箱是不是负累，够不够快乐。关于这一点，有件小事让我久久难以忘怀。刚来厦门时，我在一家物业公司工作，负责代表开发商接收商品房，有个老板天天来看房，并跟我聊天。某天他说，以你的才能，做这工作赚这点钱太不值得，你跟我干，当我的副总，保证你立即脱贫，马上致富。我当然不会他说什么信什么。我问他，做什么工作呢？他说，第一件事，你去云南瑞丽给我提一只皮箱回来，给你20万。我笑了。我当然能猜到这只皮箱的分量。我说，抱歉，我没这个胆量。

    提着、拖着我清贫的皮箱，我的心理感受相当不错。首先是安全，没有人注意，从事特殊职业的人不会觊觎，我不必给它上锁，也不必箱不离人，人不离箱，把它扔在哪儿都放心；用起来得心应手，比如随时随地，我可以取出电脑或书籍，然后把皮箱当凳子或小桌，做自己想做的事，读自己想读的书；移动方便，走到哪儿，随手提、拖，都不觉得是拖累。某种意义上，我的皮箱已与我连成了一体。

    拖着我亲爱的皮箱，在各地狂奔，很方便、很爽。

说端午

"路漫漫其修远兮，吾将上下而求索。"既然路又窄又长，就该考虑这路是不是对的，做个有远见、明大局的聪明人，非得要当权者接受自己的观点其实是心勾勾巴不得获得重用青云直上，叱咤风云，这野心早已超出了他的所能和当时的社会实际。

用一个节日，记住一个几千年前落魄且悲愤自杀的文人，这就是端午节。记住他的理由，不仅是他的才华，他的郁郁不得志，还有他冠冕堂皇的所谓爱国。

最后一个理由最为纠结。他爱楚国，视他国为敌国。他国在当时是敌国，在今天不过是我国的一个地区。在一个国家，爱一个地方，"敌"另外一些地方，这不就像在自家屋里爱东边的房间而讨厌西边的房间吗？似乎跟爱家扯不上边。跟当年岳飞一样。满江红称为胡虏的，不过是我们的民族兄弟，中华同胞。

人们糊涂地尊重支持民族割据的英雄，过没有原则的节日，也不怕民族兄弟们见怪，这在民族政策极其严肃的今天，似乎是个例外。

就我个人来说，我非常欣赏屈子的才华而对他的官瘾太甚不以为然。"路漫漫其修远兮，吾将上下而求索。"既然路又窄又长，就该考虑这路是不是对的，做个有远见、明大局的聪明人，非得要当权者接受自己的观点其实是心勾勾巴不得获得重用青云直上，叱咤风云，这野心早已超出了他的所能和当时的社会实际。他要是知道楚国最终亡国，中华最终一统，他费那个心思干什么呢？瞎起劲嘛。

文化人最大的悲哀在于：要么以可怜的才华依附于当权者做鹰犬，统治者喜欢什么，他研究什么，诡辩什么，并不惜奴颜婢膝、溜须拍马，甚至不惜胡说八道草菅人命，这种东西的滥觞就是孔子及其追随者，一辈子企图用自己有效愚弄并统治百姓的主张取悦于统治者；要么不得志，与当政者故意作对，在旁边冷嘲热讽极尽挖苦讽刺之能事，间或闹出点意气之争，搞出点动静，这种人今天也不少。也有不少失望之余作势归隐山林自作悠闲做个不时向外发送信息其实做梦都想东山再起飞黄腾达的所谓隐士，卧龙凤雏及陶朱令之类即在此列；更有不少乐于依附于新贵，当门子、说客、食客，企图有朝一日攀龙附凤随同腾达的可怜文化人。有几个文化人在做正经事呢？窃以为，已故的钱钟书老先生是绝无仅有独一无二的。这个人，比屈原更值得纪念。

血液里充满"斗"的基因是中国文化人最大的缺陷，而光宗耀祖则是中国文化人根深蒂固的缺陷，正是这两个东西造就了端午节，也正是这两种根源性的东西害得历代文人大多不做正事而去穷极钻营之术，浪费生命，浪费智慧，使国家的发展在几千年来起起落落，满目疮痍，思想领域被各种围绕自己利益团体说话的统治者搞得乱七八糟，失去目标，至今形成不了健康的群体意识，这才是最大的悲哀。

过端午，多休息一天，做点正事，别想着斗，让这个国家消停点，让自己活得舒坦些。

想念红桧木

自从见了中国台湾 2300 多岁祖宗树，我沉稳了不少。那是棵"红桧木"。笔直粗壮，直入青天，枝繁叶茂，一身凛然之气。站在它旁边，我半天屏息凝神，感受造物主的神奇，也感受自己的幸运。站在它面前，靠在它身上，清凉的山风呼呼掠过耳畔，萦绕山间，那与"红桧木"共享时空的一刻，这种活，有质感。

导游小姐说，"红桧木"属名贵木材，质地坚硬，价格昂贵。日本占领中国台湾前，阿里山有数万棵千岁以上树龄的"红桧木"，鬼子大量砍伐"红桧木"，其中一棵 3000 多岁的"红桧木"也被他们砍了。作恶以后鬼子怕遭报应，在阿里山修建了"树灵塔"，类似树的坟墓，企图减轻罪责。现在，阿里山 1000 岁树龄以上的"红桧木"只剩下 56 棵。我们看到的这棵是现存树龄最高的。旁边标牌上列明：树高 47 米，胸径 25 米，10 人不能合抱。

几年了，一想起那棵参天古木，我就肃然起敬，顾念身处"红桧木"身边的一刻，深感自己浅薄，一时浮躁的灵魂如同淋了透澡，抽了败血，冷静了，安宁了。——相对自然万物，人屁都不是，那些被人山呼万岁的帝王，那些叫嚣"战天斗地"的狂人，他们不仅给后辈留下万劫难复的灾难，还在地球上留下蚍蜉撼树自不量力的笑柄。

于高山之巅，万木丛中，"红桧木"泰然屹立，默然 2300 余年，任你潮起潮落，风云变幻，我自冷眼看世界。曾经戕害"红桧木"的日本人呢？那些欲拥岛自立的狂人呢？……对"红桧木"来说，沧海桑田，尽在眼底，人的显赫卑微，不过过眼烟云。比之于那些曾经埋藏千年万年的死物，这有灵性有生命的"红桧木"独秀于林。有哪一种情怀，能如此虚怀若谷？有哪一种风骨，有如此博大厚重？又有哪一种潇洒，能有如此冷静洒脱？人站在它的面前，与在其脚下打洞、树上筑巢的蝼蚁燕雀有什么区别呢？甚至还不如呢。

人生在世仅几十年的风风雨雨就烟消云散，伟岸"红桧木"，皇皇数千年，真正的自然伟丈夫。

生日感悟

心态最容易先于年龄老去。纠结是生命的锉刀。主动遗忘或放下是快乐活着的诀窍。好风景不光出现在晴天丽日。狼的哲学被人赞赏，是因为人越来越贪婪。只要有亮光，就继续往前走。在装这个装那个冠冕堂皇于世的时代，我们能做的最好选择是闭眼和闭嘴。

心态最容易先于年龄老去。身体老不是问题，心老了问题更大。保持健康，像年轻人一样想问题，干实事非常重要。比如积极进取，雷厉风行，胸怀坦荡……风风火火一年多来，体重降到150斤，心态调到40多岁，做一切事，我并没有感到自己力不从心。心态健，则身体健。

纠结是生命的锉刀。主动遗忘或放下是快乐活着的诀窍。难有结果的事留给时间去解决。今天想想那些曾经被我放下的事，发现居然有一大半被时间解决了，少数无法解决的，我也不想去解决，由它去吧！

不生气的功夫在于坚决不自作聪明。什么叫自作聪明呢？自以为是；以自己的框框去框这个世界的人和事；不接受这个世界的改变；不懂得倾听；不懂得微笑和保持微笑等。生气是傻子症状的集中爆发，这一年我很少生气，不完全因为生活好了，更因为傻的症状好多了。

多吃坚果不吃肉有益健康。一年了，早晨喝水吃坚果，中午晚上吃素菜白米饭，身轻气爽。估计这一年给身体打下了很多长寿基础，必须坚持。奉劝朋友们也不吃肉。身上的气味、口中的气味，一切不好的气味都来自吃肉。那是尸臭。

好风景不光出现在晴天丽日。冰天雪地、乌云密布、电闪雷鸣都是难得的好风景。对人生风景有所选择只是因为眼睛有毛病。许多人生着这种重病却浑然不觉。

狼的哲学被人赞赏，是因为人越来越贪婪。猪的哲学被人哂笑，是因为人越来越傻。其实，无论是狼的哲学还是猪的哲学，都是它们面对现实所做的聪明选择，生存法则使然。它们的哲学是否适合人，值得深思。人们对狼和猪的哲学褒贬不一源于他们不懂得像狼或者猪一样选择适合自己的哲学。

这个世界什么东西是你的呢？没有任何东西是你的。人说睡觉是小死。想想你睡着以后的那段时间什么东西是你的就够了。穿在身上，拿在手里，吃到肚子里的东西暂时与你结缘，却都不是你的。没什么不可放下。

只要有亮光，就继续往前走。黑了，就歇歇。人生也一样。不要勉强自己去做任何事。顺其自然道路才能越走越宽。我的错误就在于见了亮光就飞跑，结果摔跤了；而黑了也不停歇，结果时常踏一脚屎，甚至掉进陷阱爬不出来。一慢二看三通过的规则也适合人生。

凡事只要去做，总会有成功的机会。说事很容易，做事，尤其开始做事很难。所以，要做一件事，最重要的一点是：立即开始。那些需要付出很多时间和精力的事，最好是自己喜欢做的。而短期需要毅力完成的，坚持一下，所有困难都会迎刃而解。

电话是个势利的工具。经常联系的，总是那些对自己有用的人。偶尔通过电话或短信骚扰一下那些看来已经不愿意联系自己的朋友，一可以证明自己的存在；二谁也说不清什么时候相互需要，偶有联系，可以让这种不时之需不致使双方太尴尬……

在装这个装那个冠冕堂皇于世的时代，我们能做的最好选择是闭眼和闭嘴。闭眼，可以守住内心宁静，防止被污染、被传染；闭嘴，可以避免被和谐甚至招来无妄之灾。瞧瞧真正的和尚静坐闭眼闭嘴就知道奥秘了。要活得清净，必须以做和尚的修为行走人生。

偶　感

爱是这个时代被废掉的第一个好词。

一群老虎、狮子领着一大群鸡鸭猪狗看风景。老虎狮子跑得很远，鸡鸭猪狗很快乐。他们说，不吃我，是你的错。被吃是整个村庄的喜事。

一群乞丐费尽心思向同伴证明自己不穷。正如两个瞎子相互证明自己是后天瞎，也曾领略过这个色彩斑斓的世界。虽然知道眼睛好是件美事，但瞎已成为他们的丰碑。

在任何一站下车，只要不匆匆，每一站都可以成为故乡。但人们固执地认为，故乡只有一个。于是，故乡只剩下坟墓上的墓碑和墓碑上的名字，名字是用沙子写的。

其实，这个世界的人们从来没有相同的目标，每一个人都作鸟兽散，以为自己有准确、正确的方向和目标，他们自己并不知道自己要去哪儿。虽然旅途中偶尔相遇，最终都将在不同的地方以不同的方式同归尘土，但他们一同行就累、就烦，甚至互相谩骂、攻击、杀戮。

所谓爱，如今只剩下宽容，还有少许冷漠。那些丰富的内涵和外延都在垃圾堆苟延残喘。但是太多人在向别人证明自己有多爱，多么懂得爱。爱是这个时代被废掉的第一个好词。

飞

你把我丢在这四下悬崖的高处叫我如何活下去。你先哄我安睡，然后悄悄把我放进时光飞车，让我在呼呼风声之中安睡。一个活生生的蠢货，你怜惜他成活得不易，以上天好生之德，也该让他去自生自灭，即使是十分纠结异常艰难的活着，即使是如其他虫兽一样迷糊地活着，可是你就像一个恶作剧的顽童，折腾他。

我孤立无援。我在陆地上突兀的孤岛望天号啕。这孤岛连石头都没有一粒，连草都没有一棵，连虫子都没有一只……除了用手指戳蓝天就是肆意撕白云。我的号叫声向八方扩散，震落漫天的豪雨、雪花、冰雹，后来是雷霆。我倒了，躺倒在这高耸的孤苦的危崖。风起了，我没有任何依附，靠山，更没有任何抓手。

流浪对我而言是最好的选择，也是最幸福的选择。没有人相信，流浪也是幸福的生活。没有人相信，我全身心地为这随风飘摇的流浪欢呼、歌唱。我这辈子，注定了要成为你随时都想抛弃随时都可抛弃也随时都会抛弃的宠物。我别无选择。或者说，这就是唯一能做的选择，这就是最好的选择。

我的飘摇无法停止。风呼啸着席卷一切，我不过是其中的一粒微尘。我能看到那些在风中稳如泰山的家伙在看着我们的飘摇流浪取乐。他们指指点点，絮絮叨叨，仿佛哲人，道理一套一套。他们告诫那些伫立风中的家伙，看，这就是失去依托的下场。他们不知道，他们所依靠凭借、抓扣的，不过是一根稻草。

你开心了。我知道。这样的故事像恒河沙一样的普通、细碎，难以计数。这场风使我们在飘摇中消磨着肉体和灵魂，在被彻底磨蚀、消散之前，我看到我飘过、晃过、划过的一切所在，都摇晃着一个个林立的光秃秃的孤岛，每个孤岛都有一个人或者兽被卷起、抛起、带走，那些号叫、悲鸣汇成更加恢宏庞大的风声。

我不知道该感谢你还是恼恨你。是的。本来可以没有我；本来就可以没有这一切。不管解释成游戏或者梦或者其他类似宗教一类可以自圆其说的东西，我，我们都是冥顽而愚痴的。不管你如何被带来，也不管你如何被俗套地带走，只要活着，保持微笑，保持姿势……

跋

谢谢！谢谢！谢谢！

一路走来，充满感谢。感谢天，感谢地，感谢时代，感谢你。

没有哪一件事不是在教导我聪明，没有哪一个我结交的人不是在提醒我自省。没有哪一个地方不是在警示我珍惜生命珍惜亲情友情，亦没有哪一分钟不是在棒喝我过一分少一分坦然快乐才是真。

……允许我打省略号。睁眼看世界，抬脚走人生，张耳听世情，心灵求本真。说历史太沉重，在时间长河面前，如果谁以为自己有多牛、多强、多壮、多辉煌，就在这个以为的时候，谁就是不知死活。不管王公贵族亦无论市井布衣，如果他懂得以淡定之心善待并享受周遭已然之境，他就可以算得是一个智者。

所以，我感谢。我要热泪盈眶地感恩致谢。

谢谢父母。你们把我带到这个世界上，给了我明澈的心智。是的，在过往的日子，我有时纠结、懊恼、愤怒，甚至有时绝望。但你们教我接受、承受和忍耐。

爸爸，您说过，好报来自好心，好心必有好报。没有好来报，只因心不好。妈妈，您也曾告诫我，三条大路走中间，尽管中间这条路有时会宽窄不一，充满坎坷，但走下去，更长远。我一直记着。善无大小，必恭从之。

谢谢时间。你无时无刻不展示着虚实玄幻景致，一切一去不复返唯当下最美。直到今天，包括此刻，通畅的呼吸健康的感受充实的快乐萦绕在我周围。尽管我也曾视而不见，也曾迷迷糊糊浑浑噩噩悲悲戚戚……但我终于在俯仰沉浮之中悟到属于我内心的真谛，与天归一，泰；与地归一，安；与人归一，和。

谢谢亲人。不管时空变换，人事更替。无法更改的血缘让我有了笃实的寄托。根的扎实，须的细密，干的稳健，枝的强劲，叶的繁茂，生生不息。我作为其中最为扭曲的一枝，也许不够美，不够壮，不够显赫，有时还不够给力，但是感谢风风雨雨的洗礼，坎坎坷坷的锤炼，我自得其美，自得其缘，自得其壮，自得其乐……也许不能助得家族显赫，却一定是你们最可靠的亲人。在那些浮泛的日子，不用经常想起我，但在你们有任何困难的时候，我一定是那个最早最快走到你们身边的人。

感谢自己。懂得接受，懂得承受，懂得忍耐，懂得放弃，懂得宽怀。说句狂妄的废话：这个世界已经没有什么困难可以打倒我了，除非上天不许，收我性命，我泰然接受。一切来自人的困扰，我都会微笑看待并坦然受之忍之容之。时间会说话，天地会表态。无论善恶美丑，开心容我，我亲之近之，怨愤拒我，敬而远之。远与近的距离只为了和睦快乐。

感谢你，感谢他，感谢一切熟悉或者陌生的与我有一面之缘的人，让我看见你，是上天的恩赐，为你们祈福，愿你们幸福安康！

李福寿

2017 年 5 月 13 日于厦门云梦山房